U0119614

人頭朝上

公平硬幣系列一

FAIR COIN

第一章

艾弗朗發現母親癱趴在廚房桌上，右手握著半空的伏特加酒瓶，一旁菸灰缸中的菸還悶燒著，燒成了灰色的圓條，緊挨著沾了口紅印的濾嘴。他用力壓熄菸蒂，揮去面前的幾縷殘煙。

「我想這又是我的錯吧。」他對著一動也不動的她說。她已經醉到不省人事，但也有可能會怪他放學後沒趕快回家，沒叫她起床去超市上晚班。他知道即使叫醒了她，她也沒辦法工作，而且她已經遲到一個小時了。

「斯洛夫斯基先生又要扣妳的錢啦。」他低聲抱怨著。艾弗朗悄悄自她手中抽出酒瓶，拿到水槽邊加進了四分之一的水。他用力搖動瓶身好稀釋酒精的濃度，這樣她就能喝得久一點。以他們現在的經濟狀況，實在無法讓她每星期喝上兩瓶伏特加。當然啦，如果她不把錢花在酒上，對他倆更好。他旋緊瓶蓋後，用力把酒瓶放回原處。她卻不動如山。

「媽媽？」通常這時候她應該醒了，一邊口齒不清地咒罵，一邊伸手去拿酒。但她卻一動也不動。他身邊的一切似乎在此刻突然消音，冰箱的馬達聲與天花板的風扇瞬時竟寂閴無聲。有大麻煩了。

他扶著她的肩膀，把臉湊過去看她是否還有呼吸。

「媽媽。」

他母親的左手中似乎握著什麼。是個棕色的藥罐子，還有幾顆紫色的膠囊散落在四周帶著幾道刮痕的貼皮桌面上。艾弗朗想起自己從沒看過她吃處方藥，胸口突然一陣緊繃。

「媽媽！」

艾弗朗輕輕地搖了她的肩膀，發現她沒回應後搖得更大力，更多糖果色的藥丸從瓶中散出，桌面和地上到處都是。他繞到她的另一側，要從她癱軟的手中拿起藥瓶時，軟膠囊在他的球鞋下劈啪作響。藥物標示上一長串的化學名稱對他來說一點意義也沒有。

艾弗朗將母親扶成坐姿，她的頭立刻往前癱垂。「媽媽。」他輕拍著她的臉頰。「醒醒啊。妳醒醒！」這時他的手背感受到一絲氣息，讓他稍微鬆了一口氣。「拜託妳，醒醒啊。」

「嗯……」她咕噥著，頭動了一下。

「媽！」

她緩緩張開雙眼，木然地盯著他看。「艾弗朗，你在哪裡？」

「就在這裡啊，媽。看著我。」

她眨了幾次眼，試圖聚焦看清他的臉。「親愛的？」

「是我。」

她還在狀況外。

「妳怎麼了?」

她搖搖頭,想把他推開。他更用力地抓住她的雙肩,深怕她會做出傷害自己的舉動。「別這樣!」她說。「別這樣!」

「到底怎麼了?」

他想抓住她的手臂,她卻趁機離開椅子,讓椅子落在兩人中間,他的腰則撞到流理臺的邊緣,讓他疼痛不堪。她看來弱不禁風,實際上的力氣卻大多了。

「你死掉了!」她往後踉蹌了一步,也清醒了許多。「艾弗朗死掉了!」

「媽,冷靜一點。我就在這裡。」

「艾弗朗已經死了。」她啜泣著。

「那是妳的幻想。媽,看著我。看著我!我很好啊。」

她跌跌撞撞地走到爐子邊,扶著邊緣向前俯身嘔吐。透明的液體噴濺在褪色的地氈上,混著一些她之前吞下的藥丸。

「天啊!」他說。

他衝向前去扶著搖搖欲墜的她,怕她跌倒。

她癱跪在地,垂著頭,咳了幾次之後,低頭看著自己製造的一片狼藉。最後她抬起頭,這次終於認出他了。她滿臉淚痕,眼線在雙眼下方糊成一片,像瘀青一樣。「艾弗朗？可是……我明明看到了你的屍體。」她的下巴還垂掛著一絲唾液。

「我看起來像死了嗎？」他打斷她的話。

「有輛公車撞到你，然後……」她搓搓自己的臉。「可是你在這裡。你還活著？你真的是我的艾弗朗嗎？」

「妳為什麼要這麼做，媽媽？」

「你還太年輕。」她閉上雙眼。「我可憐的寶貝啊……」

「媽，別睡著。妳必須要保持清醒。」艾弗朗說。

「保持……」她重複著。

「媽！」

她的嘴唇蠕動，嘀咕著什麼，但小聲到他完全聽不見。就在他想低頭傾聽時，她又全身癱軟撞上烤箱門，一動也不動。

艾弗朗抓起電話打一一九。在等著電話接通時，他緩緩讓母親平躺在地，用她的包包當枕頭。他的雙手不斷顫抖，溫熱的淚水模糊了他的視線。

電話那頭傳來平靜的聲音。「一一九。請問是什麼緊急狀況？」

「我媽吞了一些藥丸。」他說。

第二章

如果再有醫師或護士走過來，說他救了媽媽一命，或說她不省人事時有他在場真幸運，艾弗朗覺得自己就要反胃了。

他媽媽的所作所為一直在他腦中揮之不去。她到底打算做什麼？

救護車駛向薩默塞榮民總醫院時，她的意識恍惚，時昏時醒，醒來時總瞪大雙眼盯著他看，彷彿不敢相信他在身旁。她還以為他死了，她這麼說。

他一抬頭就看見門邊的護士，她有著咖啡色的捲髮，一臉親切的微笑，雖然兩人素未謀面，卻似曾相識。她胸口的名牌寫著茱莉亞·莫瑞爾斯。

「艾弗攘姆·史考特？」她把他名字中的捲舌音發得特別明顯，叫他「艾弗攘姆」，就跟以前爸爸叫他的方式一樣，而不像其他人叫他「艾弗朗」。他滿喜歡這種帶著西班牙腔的發音。

「我在這裡。我媽媽怎樣了？」他問。

「她還在加護病房，但至少舒服地睡著了。感謝老天，幸好當時有你在她身邊。」

艾弗朗打了個寒顫。

她決定改用較溫和的方式和他說話，於是在他身旁坐下，抓著他的手臂說。「你母親現在沒事了。迪克生醫師認為應該不會出現永久的後遺症，但是我們得讓她留院觀察一晚。」她皺著眉頭說。「或許更久吧。」

「更久？」

「我們必須先評估她的精神狀況，才能讓她回家，確保她不會再做一樣的事。」

「那不過是個意外，」他說。「她把自己的藥混在一起，然後多喝了幾杯。只是這樣而已。」

「親愛的——」

「她以前沒做過這種事。她不是故意的！」

在這小房間裡，他的音量大到自己都嚇了一跳，不得不閉嘴。

「知道了，」護士說。「你還好嗎？」

「我？」

「發生了這麼大的事。對你這個年紀的人來說，實在是件大事。如果你想找人聊一聊——」

「我只是擔心她而已。」

她輕嘆了一口氣。「你讀薩默塞高中嗎？」

他點點頭。

「或許你認識我女兒。瑪莉和雪萊・莫瑞爾斯？」

這就是為什麼他覺得她很眼熟了，原來她是瑪莉和雪萊的媽媽。這時他想起了她們的相似之處：她的頭髮就像她們的一樣捲，小巧的鼻子和濃密的眉毛簡直如出一轍，身材也一樣凹凸有致。

「我和她們在英文課同班。」他沒說出其實她們並不認識他。那對同卵雙胞胎姊妹人緣極好，根本不會注意到艾弗朗，再加上周圍又有一堆獻殷勤的男生，連他的摯友奈森・麥肯錫也不例外，不過她們對奈森也是一樣視若無睹。

他差點就要問莫瑞爾斯太太為何將女兒命名為瑪莉和雪萊，因為上學期時，班上只要念到《科學怪人》（註1），全班都很喜歡拿她們的名字開玩笑。

「那……現在怎麼了？」他問。「我是說我媽。」

「會有精神科醫師去和她聊聊，看看當時是怎麼回事，就是她——」她故意不把句子說完，雙眼飄到天花板上。他發現她的脖子上掛著條細鍊，鍊上有個銀色的十字架。「兒童福利中心的人也會去找她談談。還有你。」她說。

艾弗朗緊咬著牙關。「但她現在已經恢復正常了，真的很正常。」除了酗酒和憂鬱以外。

「這是醫院的規定。」

艾弗朗深呼吸了一口氣。

註1　創立科幻小說之先河的《科學怪人》為英國作家瑪莉・雪萊夫人的作品。

「她一直說我……死了。感覺她真的認為是這樣。」他說。

她的手有點像在教堂祈福一樣，在空中劃了個十字。

「有人弄錯了。」莫瑞爾斯說。

「什麼意思？」

「今天下午，我們確實收到一位車禍的罹難者。那個男孩年紀和你差不多，身高相仿，髮色也一樣。他的臉已血肉模糊，但說真的……我能夠理解為何有人把他當成你。」

她仔細端詳著他。

他勉力維持冷靜的表情，雖然心裡一片混亂，既震驚又憤怒。這件事很重要——他媽媽沒發瘋。她只是和其他人一樣被騙了。

「他被公車撞了？」艾弗朗問。

莫瑞爾斯點點頭，雙唇緊抿。「就在圖書館外面。他們說，他當場死亡，這樣至少對他比較好。」

「如果你們無法指認，媽媽又怎麼知道這件事？為什麼沒有人先和學校確認？我整個下午都在學校裡。」艾弗朗在學校待到很晚，希望有機會和怪咖女孩中最火辣的珍娜·金聊個幾句，那時候他媽媽差點自殺成功。

「我們有很好的理由認為那個人是你，他的錢包裡有你的借書證。」

艾弗朗把手伸到牛仔褲的右口袋，拿出鼓鼓的皮夾。他前一天才剛用過借書證，他記得後來有把卡塞回原本的地方。難道沒有嗎？

「雖然借書證已經足以確認身分，我們還是打電話請你母親來一趟。我想那個可憐的孩子一定是在哪裡撿到你的證件。在你今晚走進來之前，我們都以為你死了。」她噘起了嘴。「文件上還是。我最好趕快改一下。」

「我可以拿回借書證嗎？」

「在你母親來的時候，我們把所有你的——他的——東西都給了她。」她搖了搖頭。「很抱歉讓你母親經歷這些事。如果我的一個女兒……這真是悲劇。現在我們還得設法找到他的家人。」她站了起來。

她走向門口時，艾弗朗的身子向前傾了幾分。「那個，嗯，屍體還在這裡嗎？」

她困惑地看了他一眼。「你不會想看的。」她在門廊停下腳步。「我再一個小時就下班了。你有地方去嗎？還是可以聯絡誰？」

艾弗朗不想回到自家公寓，因為回去就得清理媽媽的嘔吐物，還得趴在廚房地板上，撿拾那些紫色的藥丸。

「沒有耶。我不能就待在這裡嗎？」

「今晚你替她做的事已經夠多了，不是嗎？我們家有個空房間。今年暑假我的大兒子留在大學裡打工。」一想到可以和奈森說自己住過瑪莉和雪萊的家，艾弗朗差點忍不住露出微笑。不過他還是想待在附近，以免媽媽醒來時看不到他。要是他下午在媽媽身邊就好了，現在他不想在她需要自己時離開。

「不用了，謝謝。」他說。「我想待在這裡。」

「如果有什麼變化的話，我會請其他護士跟你說，至少你明天不會漏掉學校的重要課程。」

艾弗朗不需要她的提醒。他心心念念期待著的正是學期最後一天——直到他發現媽媽倒在廚房桌上才忘了這回事。

莫瑞爾斯去巡房了，艾弗朗直挺挺的坐在候診室裡，他的胃大聲地叫了起來。他當然沒吃晚餐。雖然現在沒什麼食欲，但他知道自己應該吃點東西。此刻醫院的自助餐廳已經打烊了。他看見走廊盡頭有臺販賣機，不過卻發現自己沒錢可以買東西。

艾弗朗拿起媽媽的皮包。救護人員抵達時，他便帶了媽媽的皮包，以免醫院臨時需要她的身分證、信用卡或其他東西。他翻找著，看看有沒有零錢，他摸到揉成球狀的面紙，上面沾了些許睫毛膏，也摸到條狀的口紅，還有個裝蘭姆酒的兩盎斯塑膠空瓶。他把瓶子丟到走廊另一頭，空心的聲響在成排的座椅間迴盪。

他將手伸到皮包底層，摸到了一個透明的塑膠袋，上面印著「薩默塞榮民總醫院」。他用手指摸索著包裝裡的內容物，突然覺得脖子後方像是被什麼刺到似的。塑膠袋裡有一個皮夾，一串鑰匙，一只黑色的電子錶，還有一枚二十五分硬幣。

艾弗朗把塑膠袋裡的東西一股腦地倒在旁邊的橘色塑膠椅上。他數了數鑰匙圈上的鑰匙。正好五支，和他口袋裡鑰匙的支數一樣：一支是大廳的鑰匙，兩支是公寓的，一支是學校電影社儲藏室的，另外那支又小又圓的鑰匙，則是腳踏車鎖的。

那只卡西歐電子錶不值什麼錢，他左手腕上也戴著同樣的款式，只是那只錶的錶面有許多裂痕。他用拇指壓住螢幕，褪色的數字在破碎的液晶螢幕上跳動。

他猶豫了一會兒，才拉開灰色帆布皮夾的魔鬼氈。皮夾握在他的手中有種舒適、熟悉的感覺，就好像自己的一樣。他如果閉上雙眼，還會以為那是自己的錢包。他翻過一些紙片，好像是外國紙鈔或大富翁的紙鈔，五顏六色的，還有褪色的收據，以及一張漫畫店名片，那是間他連聽都沒聽過的店。另外還有張新開幕電玩店的會員卡，以及《神經漫遊者》的影城票根。一張過期的免費霜淇淋兌換券。三張幸運餅乾的紙條，還有，在拉鍊拉起的最裡層，有一個密封的保險套。

艾弗朗的借書證就塞在塑膠夾層裡，和他平常放的位置一樣。他從口袋掏出自己的皮夾，與陌生人的皮夾形式相仿，只不過是黑色帆布材質。他打開皮夾仔細端詳，裡面卻沒有借書證。他仔細翻找所有的卡格和夾層卻徒勞無功。一定是弄丟了。

艾弗朗吐了一口氣，手中滿是冷汗。他替自己打氣，希望突然就找到另一張借書證，這只是出乎意料的恐怖巧合而已。

現在塑膠袋裡只剩下一樣東西。他拿出那枚二十五分硬幣時，觸電一般的感覺讓他嚇了一跳。那是一枚美國的紀念幣，背面上方寫著「波多黎各一九九八」，下面寫著鑄造年份二〇〇八，圖樣則是一隻青蛙與有棕櫚樹的島嶼。

他房間裡有個專門收藏五十州紀念幣的玻璃罐，但他從來沒看過波多黎各的硬幣。這是限量版，因此數量比同系列的其他硬幣少得多。但五十州紀念幣全都是二〇〇九年鑄造的，表示這枚應該是紀念幣的原型，不知為何竟流入市面。他心虛地將硬幣偷偷塞進褲子後口袋裡，說服自己這枚硬幣屬於懂得它價值的人，而非被丟進停車計時器或販賣機裡。如果醫院聯絡了另一位男孩的家人，他就會把這枚硬幣還給他們，並且說明原委。

艾弗朗也拿回了自己的借書證。他把其他東西都丟回塑膠袋裡，把袋子塞回媽媽的皮包，然後他把皮包夾在腋下，走向長廊另一端。

他媽媽只有幾枚零錢，就塞在香菸的塑膠包裝紙裡。他挑了一包洋芋片、一盒奶油海綿蛋糕、一罐汽水。在走回候診室的途中，他發現有人走在他前面，看起來好像是奈森。

「奈森？奈森，等等！」艾弗朗跑到了轉角處，但是沒看到他的朋友。負責那一區的護士盯著艾弗朗，皺起了眉頭。「抱歉，我以為看到了認識的人。」他說。

反正那不可能是奈森。艾弗朗沒跟他說自己要來醫院。

艾弗朗轉身時注意到角落的一扇門。他慢慢走過去，讀出上面一行小字：太平間。那男孩的屍體就放在這裡。他還來不及阻止自己，就伸手轉動了門把。他不會真的想進去吧？艾弗朗回頭看了一下護士的工作站，她沒注意到他。

反正門應該是鎖著的。但他輕輕轉動門把時，門就開了。再一秒他就能溜進去。

不，他不打算溜進醫院的太平間。雖然他的好奇心一向惡名昭彰，還是沒辦法允許自己做出這種事。艾弗朗拉上了門，走回候診室，把媽媽的皮包、洋芋片、小蛋糕都丟在旁邊的椅子上。

艾弗朗拉開飲料的拉環後，汽水就噴了出來。他完全來不及伸長手臂把汽水罐移開，右腳的褲管被噴得到處都是。一定是他從走廊另一頭跑回來時搖得太大力了。

「棒透了。」他嘟囔。在有空調的室內，牛仔褲上深色的漬痕很快就變得又冰又黏。至少這樣能讓他清醒好一陣子。眼前的夜晚十分漫長。

第三章

到了早上，院方把艾弗朗的母親從加護病房移到了三樓的病房，緊鄰另一側的精神病房，令他們不大自在。

她看起來糟透了，活像前晚洗胃洗了一整夜，一副瀕死的樣子。拉下的窗簾擋住了晨光，床頭上方的日光燈也沒辦法讓她的氣色變好。她的皮膚蠟黃，嘴唇乾燥龜裂，看起來一點都不像他的母親。他感到雙眼灼熱彷彿即將哭泣，但他不再有淚可流。

「嗨，媽媽。」艾弗朗走到母親身邊時，注意到她臉上先露出驚懼的神色，然後才掛上一抹蒼白羸弱的微笑。他俯身緊抱她，驚覺她居然這麼脆弱。她手臂上有條塑膠管，連接到監測器旁的點滴上。

「那是我的皮包嗎？你拿很好看呢。」她說。

他拉下肩上的背帶，將皮包放在床邊的伸縮桌上。

「噢，感謝老天。」她說，並且翻找著包包。「我想抽菸想得要死。」

「別那麼說。」艾弗朗說。她轉頭瞪著他。「反正妳不能在這裡抽菸。」

他拉來一把椅子坐下，突然覺得筋疲力盡。他整晚到現在都沒闔眼過。

他想握住她的手，想和她說說話，但她卻不願意正眼看他。他還是開口了。

「媽，昨晚到底發生了什麼事？」

她搖搖頭。「我以為……嗯，別管我說什麼了。是我弄錯了。」她從包包裡拿出那個塑膠袋，小心翼翼地放在大腿上。

「那些不是我的。」他說。「他們搞錯了。」他輕輕地從她手中拿起袋子，放在一旁的桌上。「我沒死，看得出來吧。」

她笑了。「當然沒有。」

「但即使我真的……天啊，媽，妳怎麼能這樣對待自己？」他緊抓著床的護欄。「自殺？媽，妳是認真的嗎？」

「對不起，艾弗朗。我不知道那時候在想什麼。」她眼中盈滿淚水。「親愛的，我唯一擁有的就是你了。」

「都是我的錯。」他說。「我當初該早點回家的。我太晚離開學校，沒想到妳會發生這些事。」他想把喉中的哽咽隱藏住。

「學校？」他媽媽斜眼瞄著病房四周。「現在幾點啦？」即使她問今天星期幾，他也不會覺得驚訝。

艾弗朗看了一下錶。「剛過七點。現在是一大早。」他看了一下塑膠袋中的那只破錶。

「那你為什麼沒去上學，小夥子？」

「妳在開玩笑吧？今天是學期的最後一天。妳現在住院中。」

「你從來沒缺過課，我也不希望你今天破例。艾弗朗，你不該待在這裡，我不想讓你看到我這副德行。」她拭去眼淚，虛弱地笑著。

那她每次坐在電視前的沙發上，一副醉醺醺的樣子又是怎麼一回事？每次他必須從她手中抽出香菸，以免公寓著火又是如何？

她拿出了口紅和小鏡子，檢視一下自己的樣子，然後伸手掏出更多化妝品。

「我要和妳在一起。」他說。

「去上學吧。現在你幫不上任何忙。」

他多麼希望不要再聽到這句話。難道待在那裡就不算幫忙嗎？

「你可以下午再回來。」她說。「我都會在這裡。」

「如果妳堅持……」他站起來，握住她的手。「我跟他們說過這是誤會，媽。妳把藥混在一起了，因為那時候妳感到迷茫而且醉醺醺，妳並沒有打算要做什麼。」

「回頭見。」她堅定地說。

他彎下腰，她輕吻了一下他的臉頰。

「希望今天一切順利。」她說。

學期的最後一天只是一場漫長的集會，以便進行頒獎及發表長得淹死人的演講。艾弗朗對學校向來沒什麼認同感。一旦確定不會聽到有關青少年車禍喪生的消息後，他就對臺上宣布的事項充耳不聞。他不時打起瞌睡，奈森會用手肘頂他，把他叫醒。

艾弗朗沒打盹時，心思也飛到了九霄雲外。他想著母親在廚房中不省人事的樣子，想知道公車撞死的到底是誰；他明白校方在確認死者身分前不會貿然宣布消息，但同學間完全沒人討論這則八卦真是怪透了。就算死者讀的是別間學校，一定有人認識他吧。

大多時候，他在想珍娜的事。

艾弗朗大概是全薩默塞高中唯一不想放暑假的，原因無他，就是因為珍娜‧金。他一定會懷念每天看見她的日子，懷念午餐時間見到她，還有每節下課與她在置物櫃區「不期而遇」。想編個正當理由去她工作的圖書館而不被當成跟蹤狂，難度就高得多。

她現在正注視著他。她已經發現他盯著她看嗎？她的黑色短髮在雙耳上方以髮夾固定，今天她戴著書呆子風格的紅色尖角膠框眼鏡。雖然她多半穿著素色T恤和牛仔褲，卻擁有各種不同的流行鏡框，多到讓艾弗朗懷疑她是否真的需要眼鏡，還是那只是她的流行宣言。在其他女孩試著融入群體時，珍娜驕傲地展現出自己的聰穎。

在高中，這種高調的個人主義多半會引來不友善的注目，但她的個性相當隨和，這麼做只讓她更有吸引力。珍娜有許多追求者，部分原因是她充滿異國風情的一半亞洲血統讓她看來相當可愛，另外是她不吝分享作業的答案，又或者是因為她讓自己成為挑戰，因為她從沒回應過任何對她有興趣的人，包括艾弗朗。不時有謠言指出珍娜只愛女生，但是艾弗朗沒因此打退堂鼓。他把這些都當成耳邊風，就像大家看到艾弗朗和奈森老在一起，就說他們是一對的笑話一樣。就算那是真的，他也覺得沒什麼不好意思的，因此這流言對他完全不痛不癢。否認流言只會讓流言更逼真。

珍娜笑了，他將視線移開一會，才轉回她臉上。她還在微笑，而且是對著他笑。

奈森用手肘用力撞了他一下。「老兄。」

大家都看著艾弗朗，對他微笑。噢不，是嘲笑。

「艾弗朗．史考特！」

他終於聽到校長叫他的名字。

「該死。」艾弗朗說，有點太大聲了。他從椅子上跳起來，身旁的笑聲更大了。他面紅耳赤，擠出走道，走到講臺前方。上臺時他舉步維艱，像在登山一樣，前往講桌的距離更是遙不可及。不過幸好他沒絆倒。

「恭喜你，史考特先生。」校長說。他遞給艾弗朗一張獎狀，看起來像是假羊皮紙上印著雷射印刷的字。

「嗯，謝謝。」他和校長握手。他的手又瘦又粗糙，握起手卻強而有力。接著艾弗朗轉身走向臺階。

「孩子，走另一邊。」校長小聲地說。

「啊？」艾弗朗轉過身來。

校長轉頭瞥向肩後，示意他走舞臺另一端的樓梯。

「噢，很抱歉。謝謝你。」

他悄悄走過講臺後方，這時校長正念出下一個名字。艾弗朗在最後一階踩空，踉蹌了一下，不過沒有真的跌倒。觀眾席突然出現一道閃光，讓他暫時失去方向感。後來他走回座位時刻意路過珍娜的位子，他向她微笑，但她根本沒發現。

艾弗朗重重坐回位子時，奈森舉起了他的數位相機。「不是拍得很好，不過至少拍到一張精采的。」他刷了一下全黑的液晶螢幕面板，讓艾弗朗看自己下臺險些跌倒時，臉上的滑稽表情。

「謝啦。」艾弗朗說。

「恭喜你得獎。」奈森說。

艾弗朗看著獎狀上印的字：全勤獎。他不敢相信，自己竟然能繃緊神經做到這點。當然，他每天上學並不是因為喜歡學校，而是只要有理由能離開公寓就讓他欣喜萬分。還有，他也喜歡看到珍娜。他甚至連不計入全勤的自由上學日也去了，因為他以為她會在學校。結果她和其他人一樣，寧可去紐澤西的六旗主題樂園。

珍娜在接下來的集會裡得到許多獎項：全國榮譽獎、科學家獎、數學家獎。或許他們應該直接讓她坐在臺上，就能節省不少時間。每次她起身，西洋棋社與學報成員總是給她如雷的掌聲，橄欖球隊員也吹起口哨。

艾弗朗的目光追隨著她優雅的腳步，看著她上臺接受學術知識競賽最有價值成員的獎項。他甚至不知道學校有舉辦這種競賽。

「你為什麼不直接約她出去？」奈森問。

「她讓大家都吃閉門羹。」

奈森的相機不停地發出閃光，他讓艾弗朗看一個珍娜下臺的特寫鏡頭，這真是值回票價，讓他忘了自己被拍到腳步不穩的糗樣。

「或許她擔心約會可能會影響學業。我實在不懂你。她確實又可愛又高䠷，但迷戀一個怪咖實在不怎麼酷。」奈森皺著眉頭。「即使她願意讓你抄作業也一樣。」

艾弗朗抄她的作業好幾次了，其實他並不需要抄，只是想找藉口跟她說話。珍娜的筆跡很工整，有許多整齊的弧線與圈圈，她在寫字母i時用圈圈代替點，這是她唯一讓人覺得女孩子氣的地方。

「說得好像你很懂什麼才酷。而且，我們自己就是怪咖。」艾弗朗說。

「是啊，但我們並不是聰明的怪咖。那是另外一回事。我是說，她參加西洋棋社。你真的想和比你聰明的女生約會嗎？」

「想。」

「如果她太聰明，她就不會想跟你出去。」奈森搖搖頭。「另外，還有她的朋友……」

珍娜回到了瑪莉與雪萊中間的位置，兩姊妹非常欣賞她新得到的獎，傳著獎牌輪流端詳。他很想知道她們的母親是否說過在醫院看到他的事。他也想知道珍娜是否知情。

「你還好吧？」奈森說。「你整個早上都心不在焉的。要不是我跟你很熟，一定會以為你中邪了。」

或許暑假也不錯。很可能大家不會發現他媽媽曾打算自殺，即使發現了，到了九月時也沒人還在乎。

「我很好。」艾弗朗說。「只是很想離開這裡。」

集會之後，艾弗朗和奈森跑向在物理教室外的珍娜和雙胞胎姊妹。人潮很快就散去，走廊變得空曠。

「嗨，艾弗朗。」珍娜說。雙胞胎則只是對他點點頭。很少有人能夠分辨這對苗條的姊妹，所以大部分時間都直接叫她們瑪莉雪萊，她們也早就習慣了。她們甚至刻意穿一樣的服裝，從國中開始就這樣，根本是變相鼓勵大家這麼叫，只不過她們現在的穿著性感得多。

「嘿。」艾弗朗說。他吞了一口口水，突然覺得口乾舌燥起來。「恭喜妳獲得那麼多獎項，珍娜。我想妳所有的獎項都拿到了吧。」

「除了一個以外。」她指著他手中捲起來的那張紙，「你是多想拿到這個獎？」

艾弗朗笑了。

珍娜右邊的那位雙胞胎開口了。「聽到你母親的事，真是令人難過，艾弗朗。」

「謝謝妳。」他說，一邊擔心著她們知道了多少。對病情保密不是醫病倫理的一環嗎？

珍娜左邊的那位雙胞胎點了點頭。「媽媽會讓我們在火車站下車，然後再去工作。如果你想趕上訪客探病時間，我想你可以搭她的車去醫院。」

「噢，好。那樣就太棒了。」艾弗朗還沒跟奈森講他媽媽的事。他的朋友靜得出奇，幾乎沒有加入話題。他看起來目眩神迷，雙手緊緊抓著相機。艾弗朗知道他怎麼了：這對棕髮雙胞胎的身材是全校最火辣的，而且她們也不吝惜賣弄。

「妳們要去哪裡？」艾弗朗問。

「去城裡吃晚餐跳舞，」珍娜說。「去慶祝。」

「女孩之夜。」瑪莉雪萊很快地補充。

「你母親還好嗎？」珍娜問。

「她現在沒事了。」艾弗朗有些尷尬，雖然看到她關心，他實在很開心。「沒什麼大不了。」

「噢，差點忘了，」珍娜說。「我有東西要給你。」

「真的？」艾弗朗的心臟開始怦怦跳，五臟六腑都在翻騰。

她在包包裡找了一下，然後拿出一張白色的塑膠卡片。

他的借書證。

他伸過手去，卡片的邊緣劃過他的手掌與手指，他的耳朵脹得又熱又紅。

「妳在哪裡撿到的？」他問。

「前幾天你把卡忘在借書櫃檯。怎麼了？」

「沒事。謝啦……我不知道我弄丟了。」他打開皮夾，看了一下他在醫院找到的那張。兩張一模一樣。他把兩張塞在一起，然後闔上皮夾，再把皮夾用力塞回去。

「我想你會需要借書證，我在圖書館常看到你，」珍娜說。「我暑假會繼續在那邊工作，所以應該還有機會見面。」

他點點頭。這算是邀請嗎？她是真的想見他，還是出於禮貌說說而已？

「你要來嗎，艾弗朗？」珍娜右邊的雙胞胎說。

「我得先清空置物櫃，」他說。「外頭見？」

「別拖太久。」雙胞胎異口同聲地說。不知道她們怎麼辦到的？

「我很快就過去。」他說。

三位女孩繞過艾弗朗與奈森，之後再度排成一排，朝走廊另一頭走去。奈森轉頭看著她們離開，然後走到置物櫃旁與艾弗朗會合。

「瑪德蓮怎麼了？」奈森問道。

艾弗朗不知道從什麼時候開始，奈森就直呼母親的名字。她很喜歡別人這麼叫她。

「她在醫院裡。沒什麼大不了的。」現在的他無法承受再敘述一次細節。

「媽的，難怪你這麼心神不寧。很遺憾發生這種事，我開車送你去醫院吧，我也想見見她。」

「不用，不用，沒關係。莫瑞爾斯女士會載我去，我想我媽現在也不希望受到太多關注，但還是謝謝你。」

「嘿，我想這能讓你暫時分心！」奈森說。他讓艾弗朗看了相機中三個女孩的照片，但那只有肩膀以下，大腿以上的部分。

「你沒拍好吧。」艾弗朗說。

「才不是。」奈森微笑，指著身著藍色洋裝的瑪莉雪萊露出的驚人事業線。「很可惜珍娜胸前不是太有料，不過她身材也不差，尤其她今天沒穿那些乏味的襯衫。」

艾弗朗再同意不過了，他喜歡看珍娜穿裙子。在上高中前的那個暑假，女大十八變的她總是讓艾弗朗分心，害他的代數差點被當掉，那堂課也是他們第一門同班的課程。那年，有許多男孩注意到她，後來她開始把自己包得緊緊的。現在他們對她藏起來的部分更感興趣。

「她有她獨特的魅力。」艾弗朗說。「你怎麼拍到那張照片的？」艾弗朗無法從照片上移開視線。

「我把快門的聲音關了。等等，還有好幾張。」

奈森讓相機跳到下一張照片，是瑪莉、雪萊和珍娜的背面照。

「變態，」艾弗朗說。「你真該以自己為恥。別忘了一到家就要 e-mail 一份給我。」

「我可以用這些照片大賺一筆！」奈森削瘦的身體靠著置物櫃，滿足地看著相機螢幕，長長的金髮蓋過雙眼。「聽著，你到車上以後，想辦法坐在她們中間——」

「我才不要偷吃她們豆腐。她們的母親在車子裡耶。」況且珍娜也在場。他不知道自己是否有機會坐在她旁邊，雖然他最可能被迫坐在副駕駛座。

「這樣才更好玩啊。她們在她面前很可能什麼都不會說。拜託，看看那些小妞！」奈森大叫。艾弗朗翻了個白眼。

他打開置物櫃時，掉出了一張紙。他彎腰撿起。

「許下願望，拋起硬幣，美夢成真。」他讀出紙條上的字。這看起來像是奈森的筆跡。「到底在說什麼鬼？」他把紙條丟給他朋友。

奈森看了紙條。「好怪喔。我不知道。」

「那不是你寫的？」艾弗朗認為那一定是他的筆跡。

「我沒留紙條在你的置物櫃裡，那是小學生才會幹的事。」奈森再看一次那張紙條時，瞇起了雙眼。「那看起來的確像我的字，有點啦，但我不知道那是什麼意思。什麼硬幣？那沒道理啊。」

他把紙條還給艾弗朗。

艾弗朗盯著紙條看。指的會是他昨晚發現的二十五分硬幣嗎？他根本沒跟奈森提過。想到複製的借書證與那個長得像他的死者，讓他覺得心裡毛毛的。這到底是什麼意思？紙條是誰寫的？

他從後方的褲袋掏出那個硬幣，再看了一次那張紙條。

「你不會真的要試試看吧？」奈森嗤之以鼻。

艾弗朗聳了聳肩。「無傷大雅。」他把硬幣平放在掌心，清了清喉嚨。

「我希望……」他看著奈森。「我希望我媽能出院。」

當然什麼都沒發生。

「丟啊。」奈森說。「就照著紙條說的去做。」

「算了。這真是蠢。」艾弗朗說。他把硬幣放回褲袋，感覺手掌震動了一下，就像有人拿大頭針戳他一樣。他手一滑，硬幣就掉到地上，在不平的灰色地磚上越滾越遠。

「噢。」他低語。

「怎麼了？」

「它……我嚇到了。」艾弗朗說，同時掃視四周。硬幣落在他前面的置物櫃下方。他蹲下去撿起硬幣，甩掉上面的灰塵。是正面。有那麼一瞬間硬幣摸起來很燙，不過在他手中很快就冷卻下來。突然他眼前一陣天旋地轉，讓他感到反胃。他緊抓自己的肚子。

「艾弗朗？」奈森問。「你不起來嗎？」

他得去廁所。「我——」他忍不住了。

艾弗朗轉身把頭塞到他的置物櫃裡。

「老兄！」奈森說。在艾弗朗嘔吐時，他走向走廊的另一邊。

艾弗朗用手背擦了嘴。「抱歉。」他說。他屏住呼吸，關上置物櫃，決定放棄那些他累積了一整年的書和漫畫。他走向走廊盡頭的飲水機漱口。水很溫暖，嘗起來有點金屬味。

「你還好吧？護士可能還在學校。」奈森說。

「我現在沒事了。」就像什麼都沒發生過一樣。艾弗朗把硬幣與紙條塞進他的後方褲袋，拎起了背包。他突然意識到自己很幸運，萬一剛剛的事發生在他和珍娜說話的時候……

「但你吐在置物櫃裡。我是說，至少你得和工友講一聲。」奈森把相機螢幕轉向艾弗朗。那張照片有點模糊，不過看得出艾弗朗將頭塞進置物櫃的樣子。光是那張照片就讓他再度反胃。他把相機一把推開。

「真高興有你在身邊記錄我每個最棒的時刻。」艾弗朗說。

「相機不會說謊。」奈森說。「你就是那麼遜沒錯。你真的沒事嗎？」

「或許我在醫院被傳染了吧。」艾弗朗說。畢竟他整晚沒睡都坐在那裡。但誰聽過只維持二十四秒的腸胃型感冒（註2）？

「你什麼時候去過醫院？」

「我剛才跟你說過，我媽昨天住院。」

「噢不會吧！」奈森瞪大雙眼。「是真的嗎？瑪德蓮還好嗎？」

「我們不是剛剛才聊過？」那對雙胞胎讓奈森心不在焉的程度遠超過他的想像。「她會復原的。現在我要搭瑪莉和雪萊的便車去醫院。」艾弗朗緩慢地說。「還記得嗎？」

奈森聽到之後似乎更驚訝了。「你一定是在開玩笑吧。我真想跟她們一起擠在後座。天啊，真希望住院的是我媽媽。」

「別亂許願。」艾弗朗說。

等等，許願？

註2　一般腸胃型感冒又稱為二十四小時型感冒（24-hours flu），因其引起的嘔吐症狀通常在二十四小時後緩解。

他剛才許過願，希望媽媽不要待在醫院。現在奈森卻不記得這回事了……

「嘿，你應該想個辦法坐在她們中間。」奈森說。

「我說過了，那不是個好主意。」艾弗朗說。

在走廊的另一頭，麥可．古帕爾走了過來，看到他們的時候笑了。

「糟了。」艾弗朗說。

奈森靜靜地看著麥可大步走向他倆。「怎樣？他又不會幹麼。今天是學期的最後一天了，就像簽了停戰協議一樣。」

「我看比較像是沒有人在場阻止他吧。」艾弗朗說。這是麥可在學年結束時一定會進行的儀式——找到他最喜歡的受害者，給他們點顏色瞧瞧，好讓他們整個暑假都記得他。

麥可在他們面前停了下來，雙腳分開站定，雙手交叉擺在胸前。相較於又瘦又高的雙胞胎，他又矮又胖，胸部鬆軟下垂。艾弗朗聽說他為了打橄欖球，服用類固醇讓自己變得比較壯。

「你們想去哪，娘娘腔？」麥可說。「我們還沒好好道別呢。」

「我們要走了。」艾弗朗說，後退了一步。在這種狀況下，奈森通常會跟著他一起閃人，但奇怪的是奈森一副毫不在乎的樣子。

「你在開玩笑吧？他嚇不倒我的。」奈森說。「暑假快樂，麥可！」他拿起了相機，然後閃光燈亮了一下。這麼做只會讓麥可更憤怒而已，就像對著公牛揮旗子一樣。

「你怎麼搞的？」艾弗朗問奈森。

艾弗朗表情扭曲地看著麥可抓住奈森背包的背帶，把他重重釘在置物櫃上。裝滿書的背包吸收了撞擊的力道，但是奈森的頭向後一甩，撞上了薄薄的金屬門。學校各處的置物櫃門都有著奈森頭型的凹痕，簡直可以把這些凹洞當作奈森的成長紀錄。

「唉唷。」奈森說。「很抱歉——我要說的是祝你暑假走狗屎運。」

麥可臉色一沉，將奈森從左邊甩到右邊。「你在爽什麼，娘娘腔？很高興不用每天看到我？」

奈森的頭髮披垂在額頭上，雙眼從瀏海的間隙往前窺視，然後他笑了。

「真可惜，我可沒這種榮幸和你一起上暑修。祝你上得開心啊。」

艾弗朗嚇了一跳。別挑釁他啊，奈森。他這朋友總是缺乏適可而止的自保能力。他們第一次碰面是在一年級，從那時候開始，因為奈森知道艾弗朗會挺他，他倆的友誼讓奈森變得更加有勇無謀。不過，現在還這麼想就太超過了。

麥可大吼一聲，把奈森的兩條背帶擰在一起。

「用功念書啊，」奈森喘著氣說。「三年級的時候沒有你就沒意思了。天下無難事，只怕有心人，對吧？」

「嘿，」艾弗朗對麥可說。「放了他吧。」有些習慣總是很難改變。他不害怕麥可，但是他知道自己打不過他。他的出聲抗議不過是做做樣子而已。但如果他什麼表示都沒有，奈森是不會原諒他的。

「你想當下一個嗎？這裡還有空間。」麥可凶狠地笑了。

「坦白說，還有人在外面等我……」艾弗朗說。

「我罩得住，艾弗朗。」奈森說。

「我不能丟下你。」

「我不能丟下你。」麥可尖聲模仿。

「快去吧。」奈森說。「你不該錯過這趟車程。跟瑪德蓮說我祝她早日康復。」

「好，你確定嗎？之後萬一怎麼樣……就打給我吧，如果你還有辦法打電話的話。」艾弗朗說。

「這就對了，快滾！」麥可說。

艾弗朗推開了大門，步入戶外。外面不是象徵自由的清新空氣，而是初夏的暑氣，蒸得他立刻冒汗。

艾弗朗環顧停車場，卻沒看到莫瑞爾斯女士的福斯老爺車，也沒看到那對雙胞胎，或是珍娜。

也沒看到校車。

他摸了摸口袋，但除了那枚二十五分錢以外，什麼也沒有。那天早上，他已經把媽媽給他的一點錢花在從醫院搭車到學校。走回去可是很遠的一段路啊。

停車場裡還有一些車，麥可的黑色BMW跑車，以及奈森的二手藍色雪芙蘭都還在。也許他應該等奈森開車送他一程，說不定奈森在飽嘗了麥可的老拳以後，需要去醫院一趟。不過，艾弗朗不想錯過探病時間，所以用走的可能還是比較快吧，除非他走回去把奈森和麥可拉開，只是這樣艾弗朗自己可能也會受傷。兩害相權還是取其輕。

艾弗朗開始走了起來。

第四章

艾弗朗的母親不在病房裡。她的東西和裝著那個不幸男孩的皮夾、鑰匙、手錶的塑膠袋也不見了。他一陣心慌，僵直地站在那裡，盯著鋪得整整齊齊的病床。難道他們和她聊過之後，把她轉到精神科病房去了嗎？

艾弗朗看見莫瑞爾斯女士在護理櫃檯內。

「莫瑞爾斯女士！很抱歉我剛剛沒出現，我在出校門的路上遇到了一些事。嗯，請問妳知道我媽在哪裡嗎？」

她從櫃檯後的座位上抬眼。「抱歉，你說什麼？」

「她今天早上待在三〇二號病房。」

她低頭看了一下板夾。「那間病房沒有人住。請問她的姓名是？」

艾弗朗皺了一下眉頭。「瑪德蓮·史考特。妳不記得我了嗎？瑪莉和雪萊剛才放學才說要順道載我來醫院的。」

「你認識我女兒啊？」她的聲音裡帶點驚訝與懷疑。

「我是艾弗朗。」他慢慢地說。「我昨晚待在加護病房外的候診室裡。妳過來跟我說她……」

「昨天晚上是我值班，但是沒印象看到你啊。」

艾弗朗提高音量。「我們講了很久的話耶。」

「好好，別這麼激動，親愛的。如果見過你們，我想我會記得的。」

「我原本也是這麼想。」艾弗朗在猜會不會是莫瑞爾斯有個在醫院工作的雙胞胎姊妹？雙胞胎不是一種家族遺傳嗎？但她的名牌寫著茱莉亞·莫瑞爾斯，和之前跟他說話的女士絕對是同一個人。

他深吸了一口氣。「聽著，妳可以查一下嗎？我確定她在這裡。或許她被轉到……另外一間病房去了。」如果她一直在講艾弗朗死掉的事，現在很可能已經被送到精神病院去了。

莫瑞爾斯女士將黑色的鍵盤拉近並打字。她纖細的指尖輕巧地啄著鍵盤，一吋長的指甲上塗著鮮綠色的指甲油。

「很抱歉，沒有她的住院紀錄，」她說。「你確定你沒記錯醫院？很多人都會發生這種事——」

「一定是電腦出了錯。昨天晚上是救護車送她來的。」

「那系統裡一定會有紀錄，」她說。「她是什麼原因被送來醫院的？」

「她——」艾弗朗十指緊壓著櫃檯的檯面。「算了，很抱歉我弄錯了。」

「你太激動了。何不先坐下來，冷靜一下？我找個能幫你的人來……」

他為什麼會這麼激動？他媽媽就這樣失蹤了。但他現在可不想引起兒福單位的注意，說不定他們已經忘了他和母親的事。

「我一定是記錯醫院了，妳說得對。是我弄錯了，就這樣。」這件事情讓他想起……「不過，或許妳可以回答我另一個問題。昨天在公車事故喪生的男孩，妳知道他的身分了嗎？」

莫瑞爾斯的臉色變得更加凝重。「我也不知道什麼公車事故，還有，就算我知道，也不能把個資透露給你。這真的非常不恰當。我沒時間在這裡陪你玩遊戲。」她把鍵盤推開，發出塑膠刮擦著金屬桌面的聲音。他覺得她才在對他惡作劇。

「不是的，昨天下午有具送進來的屍體，和我的特徵一模一樣。你們在他的皮夾裡找到我的借書證。我把一整袋的東西留在我媽的病房裡——」

莫瑞爾斯女士臉色一沉，站了起來。「史考特先生，你說的話顛三倒四的。需要我打電話給誰來接你嗎？」

「算了。」他迅速地走開。

走到電梯旁時，他停下腳步，回頭看了一眼。莫瑞爾斯女士已走到櫃檯前方，緊盯著他。他不怪她，他知道自己的話聽起來有多荒謬。

他唯一握有的證據，只剩他昨天在塑膠袋裡找到的硬幣了。

許下願望，拋起硬幣，美夢成真。

這不可能。硬幣不可能讓願望成真。不過他確實許了願，希望媽媽出院，結果媽媽真的不在醫院了；事實上，就像她從來沒去過一樣。如果這個願望讓她住院的事實消失，就能夠說明為何莫瑞爾斯女士不記得這件事；就跟在學校時，艾弗朗丟硬幣之後，奈森不記得他母親住院的情形一樣。但為什麼她不記得那位死去男孩的事呢？那跟艾弗朗的願望無關啊。當然，那並不重要，因為願望不會成真，至少不可能透過魔法達成。

艾弗朗搭了電梯到大廳。門一開，就看到麥可·古帕爾站在那裡。

他看起來糟透了。

麥可的左眼上方有道裂開的傷口，腫到眼睛只能半張著。血從太陽穴旁駭人的傷口滴下，下唇中間也破了。

「你到底發生了什麼事？」艾弗朗說。從來沒有人打倒過這位學校的惡霸。

麥可用完好的那隻眼睛瞄他。「你那個娘娘腔朋友是個神經病。」

「什麼？」

「他像瘋了一樣痛打我。」

「是奈森幹的？」奈森沒辦法把人家打成這樣，除非是用車撞的。

麥可開始咳嗽。聽起來不太妙。「是啊，我想最驚訝的該是我。」

「我離開學校的時候，是你在痛扁他。」就當是奈森找到方法反擊了吧，艾弗朗不太同情麥可。雖然不太可能，但想想奈森的舉動，似乎他早有預謀。不過要把麥可打成這樣，一定得用鐵橇之類的。

麥可搖搖頭，忍著痛嘀咕：「我只是稍微修理他，然後再把他塞進置物櫃。」

聽起來就很痛。那是麥可在國中時慣用的伎倆。奈森是目前少數幾個瘦到還能被塞進置物櫃的人，即使如此，他的體型也不比從前了。那一定很痛。

「那你活該。」艾弗朗說。

麥可睜大眼睛。「我不知道他是怎麼逃出置物櫃的，但他就在我的車子那邊等我。」

「你確定那是他？」

「我從一年級開始就把那張臉當沙袋，化成灰我都認得。」

「他就是那時痛扁你一頓的嗎？」

「他超結實，也知道該怎麼打架，就好像變了一個人似的，整個人殺氣騰騰。還天殺的用磚頭砸爛我車子的大燈。」

磚頭，原來如此。

但這種行事風格卻不像艾弗朗熟悉的奈森。

「然後那個混蛋幫我照了一張相。」麥可說。

這麼做就像奈森了。難得大贏一場，他不會不留下任何紀錄的。

麥可提到奈森變得不一樣，那想法讓艾弗朗不寒而慄。萬一有人真的長得像他的摯友，就好像太平間裡有人長得像艾弗朗一樣？但他不相信有人長得那麼像奈森，像到讓麥可認錯人，況且前後也差不到幾分鐘的時間。一定有其他更單純的解釋。奈森受夠了時時挨揍的日子，那樣的日子超過十年了。

麥可抓住艾弗朗的肩膀，但他平時的鐵拳卻變得羸弱無力。

「聽著，」麥可說。「你可別把這件事傳出去，不然你的日子就難過了。」

「當然囉，麥可。我會替你保守這個丟臉的祕密。」這是艾弗朗第一次想要有個部落格，好在上面大聲公布這個消息。艾弗朗希望奈森捕捉到一些不錯的鏡頭。光是這些照片就足以勒索麥可，以便安穩的度過高中生涯。

「你要留意那個傢伙。他不像看起來的那麼弱不禁風。」麥可說。

「我知道。」

麥可盯著艾弗朗，然後轉身一跛一跛地走進剛開門的電梯。艾弗朗笑了，他一定要問問奈森這是怎麼一回事。

不過，沒手機這回事確實讓艾弗朗不開心。如果他多花些時間在超市打工，一定買得起一支手機。但如果他真的去打工，媽媽一定會把薪水用在家庭開銷上。此外，和媽媽一起工作是件很奇怪的事，尤其他的工作表現比媽媽更好。

艾弗朗走到醫院入口附近的公用電話前，不過卻狠不下心把最後一枚硬幣丟進投幣孔。雖然那枚硬幣不可能有魔法，不過絕對有些名堂。

他把話筒掛了回去。他回家看過媽媽的情形之後，再打電話給奈森也不遲。

艾弗朗推開了家裡的大門，擔心著不知開門後會看到什麼。

他媽媽就在那裡，正在客廳的沙發上打盹，旁邊又放著一瓶伏特加，不過至少沒看到藥罐。他把電視關掉。

「幾點了？」她嘟囔。

「剛過七點。」他向下瞪著她。

她哀號。「慘了。我得打給斯洛夫斯基，跟他說我在路上。」

「又來了？」

「你怎麼這麼晚回家？」她坐起來，伸手去拿菸。

「我去了醫院一趟。」

「醫院？你去那裡做什麼？」她想把一頭亂髮撥整齊，不過似乎搞不定。他不明白她何必白費力氣。她突然抬起頭看著他。「醫院！你還好吧，親愛的？」

「我？我很好。我不知道他們這麼快就讓妳出院了。」

「什麼意思？」

「妳不記得了嗎？」他說。

「記得什麼？我如果住院的話，一定會有印象吧。」她點了菸，透過一片煙霧看著他。「你沒有偷喝我的酒吧？還是你和朋友胡搞瞎搞？」她大笑。

「胡搞瞎搞？」他吐出這幾個字。「這一點都不好笑，媽。」

「你是怎麼了啊？」她把頭轉開，從嘴角兩側吐出煙霧。煙還是朝他飄了過去，他生氣地把煙搧開。艾弗朗的眼中盈滿淚水，不過不是因為這些煙。

這並非只是她一個人失憶而已。她不記得自己試圖自殺。一定是那個硬幣的問題。硬幣消除了所有的記憶，只有艾弗朗沒忘記親眼所見的一切。

「妳昨晚去了哪？」

「在店裡啊。還能去哪裡？」她在菸灰缸裡彈了幾下菸灰。「既然聊到這個，那你去了什麼地方？我離開的時候你不在家，今天又很晚回家。你知道我要你放學之後直接回家，艾弗朗。」

他嘆了一口氣。「別跟我顧左右而言他，媽。」

她笑了。「這裡誰才是媽媽啊？」

「有時候我也很懷疑。」艾弗朗撿起了伏特加酒瓶，旋緊瓶蓋。「不能再這樣下去了。」

「我知道。我已經喝得比較少了。」

「所以妳今天晚上要工作？」

「我不知道我能不能工作。」

艾弗朗嘆了一口氣。「那我打電話給斯洛夫斯基先生，說妳今天不舒服。」她老闆知道這代表她又醉到不行了，但他不會撕破臉揭穿他們，只要店裡不是太忙的話就算了。

「你真是個好孩子。」她說。她躺回沙發上。他則親了她的臉頰，拿走她手中的菸，然後在菸灰缸裡按熄。

「我愛妳，媽。」

即使妳沒救了。

艾弗朗走進廚房，裡面沒有任何嘔吐的跡象，沒有紫色藥丸，也沒有前一晚的蛛絲馬跡。這讓他鬆了一口氣，這樣他就不用善後了。或許那只是個惡夢吧，或者是他瘋了，或者硬幣真的能讓夢想實現。不管怎麼說，他很高興媽媽活著回到家裡。至少他們有了重新開始的機會。他撥了電話的快速鍵，打給媽媽工作的萊特商店。

「我來猜猜看，」斯洛夫斯基先生說。「她人不舒服。」

斯洛夫斯基先生一定看到了來電顯示，或許他太常打了，打到他每猜必中。

「嗨，斯洛夫斯基先生。是的，我媽……她生病了。很抱歉，她今天晚上沒辦法過去了。」

「我真的很驚訝。我有時候也不太想上班，但是每晚我還是在這裡。」

她昨天晚上差點沒命啊，艾弗朗很想大喊。他抓緊了話筒。「她會補償你的。我保證。」

「你保證？我要的是她保證。你的工作表現都很好。」斯洛夫斯基先生說。

「謝謝你，先生。」

「別再發生這種事了，懂嗎？她必須要積極一點。這次我是說真的。」斯洛夫斯基先生壓低了聲音。「我發現有些酒不見了。希望不要是瑪德蓮拿的。我們的倉管沒像你這麼能幹。或許是他算錯了。下不為例。」

艾弗朗嘆了一口氣。「謝謝你，斯洛夫斯基先生。」

「你最好多注意她一下。如果你暑假想打工，跟我說一聲就行了。你在的時候她就會工作。居然不是為了老闆工作，而是為了兒子，唉。」

「我會考慮的。謝謝你，先生。」

艾弗朗把話筒摔回電話座。他不敢相信媽媽居然偷酒。如果她丟了工作，他想她一定找不到其他工作。或者，她辭去現在的工作之後，根本就懶得去找新工作。雖然他們會一起抱怨老闆，但實際上斯洛夫斯基先生對她已經很寬宏大量了。

艾弗朗才不想讓自己的暑假浪費在幫媽媽代班上。

他翻找著她皮包中那個有皮夾、手錶、鑰匙的袋子，卻找不到。就像屍體從醫院消失一樣離奇，但至少艾弗朗還有那枚硬幣。

他走到書桌前，將鍵盤和漫畫書掃到一旁，把那枚二十五分硬幣擺在眼前，讓正面朝上。看起來就和正常的硬幣沒兩樣。他把手伸進裝硬幣的玻璃罐裡，拿出另一個硬幣來比較。

雖然硬幣的正面都有喬治・華盛頓的頭像，肖像的樣子也有些微不同。在頭像周圍刻著同樣的字：「美國」、「自由」、「我們篤信上帝」。甚至兩枚硬幣上都同樣有著小小的P，代表硬幣來自費城鑄幣廠。

他用兩手掂量硬幣的重量。那枚神奇的硬幣似乎稍微重些，而且比較亮。或許硬幣裡面真的有銀的成分？從一九六五年開始，二十五分錢皆使用銅與鎳製造；由於這枚硬幣比較新，很可能在成分比例上有所調整。

他把兩枚硬幣翻過來。兩枚的背面都不是標準的老鷹圖樣，都寫著「E PLURIBUS UNUM」，管他什麼意思。左邊那枚有著自由女神的圖案，下方寫著「紐約一七八八」，表示紐約在那年通過憲法，正式成為一州。另外還刻著「通往自由的門戶」，下方印著二〇〇一，標示該枚硬幣發行的年份。

如果那枚神奇的硬幣採用同樣的格式，那麼波多黎各就是在一九九八年成為一州，但那顯然是錯的。發行年份則標示為二〇〇八年，也就是該地方紀念幣打造的前一年。艾弗朗若有所思地用食指敲著那枚硬幣，然後打開電腦。

在花了幾分鐘時間查維基百科之後，他發現硬幣上的青蛙叫做多明尼加樹蛙，是波多黎各的吉祥物之一，此外他也確認了他已知的一件事，就是波多黎各絕不是美國的一州。當地最後一次投票發生在一九九八年，和硬幣上印的年份相同，但投票結果是讓那個島繼續維持當時的情形，仍為美國的自由邦。此外，真正波多黎各紀念幣的樣子完全不同，且發行於二〇〇九年。顯然這枚硬幣不是普通的硬幣。但比起魔法，那看起來比較像是替私人收藏家特別壓製的新幣。

艾弗朗拿出他在置物櫃中看到的紙條。許下願望……

好吧。他要再許一個願，好證明之前的事不是碰巧，或是他自己的幻覺。

「我希望我媽不要這麼糟糕。」不行，他應該要說得明確一點。「我的意思是，我希望我媽不是酒鬼，有個好一點的工作，表現得更……像個媽媽。」

然後拋起硬幣讓夢想成真。那個寫紙條的人怎麼知道他找到了這枚硬幣？這個謎團讓他百思不得其解。

他拋起了硬幣，而且丟得有點笨拙，在硬幣搖晃落下時也沒能接住。硬幣撞到他的桌子邊緣，正面朝上地落在地毯上。他彎下身子把硬幣撈起來。

硬幣的溫度比之前高了些嗎？他覺得頭部充血，瞬時有些頭暈，像上一次一樣，視線也模糊了一秒，但接下來……什麼都沒發生。

或許是他太快站起來的緣故，不是什麼魔法造成的。他走到客廳，媽媽仍在沙發上熟睡著，跟他離開客廳時一模一樣。如果硬幣真的能改變什麼，這個時候媽媽應該正在工作才對。

他覺得自己像個白痴。本來他已經開始相信——想要相信——硬幣能讓他美夢成真。他把兩枚硬幣都丟進玻璃罐裡，並旋上蓋子。

他想把紙條丟掉，不過卻找不到了。

紙條剛剛還在那，但現在已經不在他桌上了。他翻找了垃圾桶，以免紙條掉進去。他也把地板搜了一遍，沒想到紙條就這樣徹底消失。

現在他真的開始擔心起自己的精神狀態了。

第五章

隔天早上，艾弗朗被煎培根的香味喚醒。

他床邊的檯燈仍亮著，但亮度跟窗外流瀉進來的晨光相比，簡直小巫見大巫。他起身時，一本厚重的精裝本《魔戒》從床上滑下來，重重砸在地毯上，發出一聲悶響。他拾起那本書，想要把折彎的那幾頁弄平，就往反方向折，結果反而變得更糟。他闔上書，希望書本身的重量能稍稍把折痕撫平。

之前他看見珍娜讀這本書的時候，以為自己如果也讀了，有共同的話題可以聊，就能讓她印象深刻，但她根本沒發現他上個月每堂下課都隨身攜帶這本厚書。現在學期已經結束，他可能會把書還給圖書館。感謝電影和網路，如果有機會和她聊起來的話，他還是可以假裝看過這本書。

他把書丟到桌上，脫掉皺皺的T恤，聞了一下腋下的部位，然後把它揉成一團——畢竟穿過兩天以後已經不適合再穿了。他實在很討厭穿著衣服睡覺，那總是讓他覺得自己沒有真正睡到覺，新的一天就好像前一天的延續。

奇怪的是，他的洗衣籃竟然空了。上個星期他是洗了衣服沒錯，但他沒空把衣服都收起來。他一打開衣櫃，所有的衣服都井然有序地陳列在抽屜裡，正是母親願意做家事時才會使用的整理法。

他穿上一件乾淨的襯衫，把頭髮弄順，然後走向傳來鍋鏟交擊聲的廚房。

早餐已經擺在飯桌上了，是貨真價實的早餐。盤子上堆著金黃酥脆的培根，下方墊著吸油紙巾。另外還有一大盤法式吐司，以及一杯柳橙汁在等著他。

「早安啊，小睡蟲。」他媽媽站在爐子邊對他微笑。「我正要去叫你起床。」

「媽？」艾弗朗走進廚房。空氣中瀰漫著煙霧，但不是香菸的味道，而是煎鍋裡食物飄散的香味。「妳在做什麼？」

「我想讓你的暑假有個好的開始。可別奢望每天早上都這樣啊。」

「但是……妳不是不煮東西的嗎？」是很久沒煮了。他早就習慣早餐是冰冷的玉米片與調味麥片，或是快遲到的時候會吃的 PopTarts 果醬吐司餅乾。他記不得上一次看見媽媽在早上八點前起床是什麼時候了，更不要說梳妝打扮好，甚至心情愉快。

「你還好吧，親愛的？」她說。

他從爐邊走過時，她輕柔地舉起手搭在他的肩頭上，輕吻了一下他的臉頰，抓抓他已經有些凌亂的頭髮。

「你又太晚睡了，是嗎？」她說。「我煮了咖啡。」在流理臺上，放著一臺寬矮的咖啡機，有著嶄新閃亮的鉻金屬與黑色塑膠外殼。「我們什麼時候有這個的？」

「你發燒了嗎？我幫你看看。」她伸手想摸他的額頭，但他閃開了。

「我沒生病！」艾弗朗抓起一個馬克杯，從咖啡壺裡倒了半杯咖啡，味道比他媽媽之前喜歡的即溶咖啡還香，嘗起來的味道也好多了。他拿著咖啡到桌邊坐下。「媽，妳還好嗎？」

「你問我？我才擔心你怎麼樣了呢。你跟平常不太一樣。」

誰才跟平常不一樣啊？她好像變了一個人，看起來氣色非常好，比平常好上許多。她把梳理整齊的褐髮紮成高馬尾，看起來年輕了好幾歲，臉色也相當紅潤健康，體型也苗條不少。

「妳這麼早起床做什麼？」他問。

她把炒蛋倒進盤子裡，送到他面前。「一件名為『工作』的小事，有一天你就明白了。」說得好像上了高中的他不曾幫她代過班、不曾在暑假打工一樣。

「妳今天上早班啊？」斯洛夫斯基先生有時候會叫她值兩班，好彌補之前請假的時段。

「現在我真的很擔心你。出什麼事了嗎，小艾？」

「沒有啦。」他還沒醒嗎？也許自己正在作夢。但如果是夢的話，他還不想醒來，至少先吃了那些培根再說吧。

「你在學校的最後一天怎麼樣？很抱歉昨晚沒時間和你聊聊。我想我在沙發上睡著了。」

那是因為妳又喝醉了。他聳聳肩。「我得了獎。」他說。

「真的嗎？什麼獎？讓我瞧瞧。」

艾弗朗走進房裡，把獎狀拿給她看。他坐下來，叉起一些蛋放進嘴裡。

「全勤獎。」她咯咯笑。

「什麼？」

「我以你為榮。」她的表情只認真了一秒鐘，然後又大笑起來。他從她手裡奪回獎狀。

「妳是應該以我為榮。我很重視自己的學業。」

「你是說這跟你喜歡的女孩子沒關係，對吧？珍娜・金？」

艾弗朗突然嗆到。「妳怎麼知道她的事？」

「你從二年級開始就會看她看到出神。她在學校演的那部戲叫什麼來著？」他從沒對媽媽提過對她有好感的事，她也向來不是太關心。艾弗朗拿起一條培根嚼了起來。嚼碎的培根融在嘴裡，好吃極了。

「你怎麼突然不說話了，一分錢買你現在想什麼？（註3）」她說。

一分錢……那枚硬幣。是他許的願！他把叉子丟在桌上，一下子坐直。

「又怎麼了？」她的聲音裡帶著一絲不耐煩。她拿出一包菸，倒出一支，接著拿起

註3　原文為Penny for your thoughts，直譯為「一分錢換你的想法」，是用來詢問對方在想什麼的俚語。

打火機。「我正在努力，小艾。我真的在努力了。」

他用那枚硬幣許了兩個願望，兩個似乎都實現了。那樣絕對不是巧合。如果他沒有完全脫離現實的話，這鐵定不是他的幻覺。

是魔法！他擁有一枚魔法硬幣！

他笑了。「一切都很好，媽。謝謝妳做的早餐。」

她點了根菸，吸了一口，把煙朝桌子的另一頭吐得老遠。「你確定沒有什麼話要跟我說？」她說。

他吞了一口口水。「我……愛妳，媽媽。」

「那是看在吃飽的份上吧。」她站起來，解開圍裙，嘴邊還叼著菸。她拍拍袖子，撫平頭髮，確認著儀容。「我得趕快出門了。我不知道你能吃多少，但做這些讓我覺得心裡比較好受。我知道自己最近工作量比較大，因此想要補償你一下。」

她把圍裙甩到椅背上。「你重獲自由的第一天打算做什麼？」

「我打算和奈森出去，」他滿嘴都是吐司。「去圖書館。」

她笑了。「給那個女孩一些空間，好嗎？」

艾弗朗嗆到了。

「還有，出門前要整理乾淨。把碗盤都放到洗碗機裡就行了。」

艾弗朗抬頭看著她。「我們也有洗碗機啊？」他媽媽搖搖頭。「你是怎麼搞的？不管這是怎麼一回事，我希望你趕快恢復正常。」

媽媽出門之後，艾弗朗迅速跑回自己房間。他拿出那個錢罐，把硬幣全倒在沒鋪好的床上。他瘋狂地翻找著。萬一那枚硬幣像其他東西一樣消失了怎麼辦？

從昨夜開始，艾弗朗的母親就徹底改變了；她以前也曾經那樣過，就是他爸爸還在的時候，在一切變糟之前。他真是不敢相信她變回以前的樣子了。

在那裡！他把那枚魔法硬幣從硬幣堆裡掏出來。他一再翻轉著硬幣，硬幣也在他手中發出了低沉的金屬聲響。

他不知道接下來要許什麼願，但他必須好好計畫一下。他不希望操之過急。他知道第三個願望很可能是最後一個了。向來都是三個願望，不是嗎？

這個暑假讓他覺得充滿了希望。

艾弗朗將他的腳踏車鎖在薩默塞公立圖書館的腳踏車架上。他在位於入口處兩側的一對石獅前停下來。這些石獅子是複製品，和紐約市立圖書館總館的石獅一模一樣，但大小只有一半。在薩默塞這樣一個威斯特徹斯特郡的小鎮上，它們雖然有些過於浮誇，卻總是讓艾弗朗驚嘆不已。他小時候把這對石獅命名為柏特和厄尼。柏特是左邊的那隻，也是他最喜歡的一隻；雖然牠們兩隻一模一樣，只是相反而已。

艾弗朗在登上臺階時拍拍柏特的左掌，經過還書箱，穿過旋轉門，直接朝借書櫃檯走去。

以前他都在星期六下午和爸爸一起來。艾弗朗除了漫畫以外，通常不怎麼喜歡看書，但他喜歡和爸爸相處的時光，因此他總是期待著這樣的機會。他總是抱著滿滿的書回家，讓爸爸在睡前的說故事時間讀給他聽。

有些事情是無法改變的，艾弗朗想著。他仍然用圖書館當作藉口，好接近那個人。他從背包裡拿出《魔戒》，頓時背後輕盈起來。他走向櫃檯。

珍娜坐在櫃檯後面，她埋頭看著書，就跟平常一樣。她的短髮垂掛在臉的兩側。看到她穿著緊身背心，讓他著實嚇了一跳。讓他更驚訝的是，他竟然能夠一探胸前的風景，他更是頭暈目眩了起來。

「借書嗎？」她說，雙眼仍然盯著書看。

「呃。」艾弗朗說。她怎麼知道自己盯著她看？（註4）

珍娜抬起頭來，把瀏海往後撥。「嗨，艾弗朗。要借書嗎？」她又說了一遍。

「噢。其實是要還書。」他把書放在櫃檯。她站了起來，把書滑過去。她的手指輕輕地拂過破舊的書封，然後將書翻面，用機器掃了背面的條碼。

「今天要借其他的書嗎？還是你也是來用電腦的？」她問。

「也是？」艾弗朗反問。

「奈森已經在那裡了。最好不要讓雷諾德女士發現他在下載色情片。」

珍娜把書滑向桌子後方的推車裡，接著就埋頭看她自己的書，活像艾弗朗已經離開

註4　珍娜說的是 checking something out，艾弗朗以為珍娜問他「在看什麼？」。

了。

嗯，他到底在想什麼？她正在工作，或許沒時間和朋友聊天，而且他也算不上是她的朋友。但其實她看起來不怎麼忙，況且在放暑假的第一天，一大早圖書館裡沒什麼人。

「嗨。」艾弗朗拉著椅子過來時，奈森打招呼。

「幹得好啊，我是說昨天你和麥可的事，」艾弗朗說。「我本來要打電話問你怎麼擺平他的。」他母親的狀況和神奇硬幣讓他分了心，徹底忘了這件事。

「你說要問我什麼？」奈森看著艾弗朗。

「昨晚我看見他去了醫院，在你教訓他以後。」

「你說反了吧。那個混蛋把我塞進置物櫃裡。」奈森揉了揉肩膀。「我想他在幼稚園的時候一定常把方形積木塞進圓形的洞裡。」

艾弗朗笑了。「是啊，但是你最後反擊了，你到底怎麼離開置物櫃的？」艾弗朗通常得在大家離開之後，把奈森從置物櫃裡拉出來。

奈森皺著眉頭。「我被困在置物櫃超過一個小時，最後凱莉老師聽見了我的喊叫聲。她找工友拿來萬能鑰匙開鎖。我還以為我整個暑假都會困在裡面呢。」奈森臉紅了；他從一年級開始就喜歡那位捲髮的社會學老師。雖然他可以去修榮譽課程，但他還是選了凱莉老師的田野調查課，甚至盡可能多參加實地考察行程。但他那門課還是差點被當。

「嗯，有人在停車場把他海扁了一頓。為什麼他要扯謊說是你幹的？」那樣不是讓他自己更難堪？

「我超希望可以對大家說那是我幹的。」奈森說。

艾弗朗希望他的母親不在醫院，硬幣把事實變成她沒住過院。或許他的願望也改變了跟麥可有關的事？只不過他不知道為何硬幣要改變奈森打架的結果，這似乎與他的願望完全無關。

艾弗朗把手伸進口袋，遲疑了一下，不知道該不該把硬幣拿出來。他該跟奈森說那些願望的事嗎？他又要如何解釋？只有艾弗朗記得願望成真前的情形，他無法以此證明硬幣具有魔法。

「你去醫院做什麼？」奈森問。

這件事多說無益。「沒什麼。我很高興你沒事。」奈森的樣子看起來比昨晚的麥可好多了。「我還以為會很慘。他有可能把你鎖進我的置物櫃，跟嘔吐物關在一起。」

奈森用奇怪的眼神看著他。

「噢，不會吧！他不會真的把你塞進去吧。」艾弗朗說。

「你到底在講什麼鬼話？為什麼你的置物櫃裡有嘔吐物？」

「你還拍了照耶！」

奈森皺起鼻子。「我不記得有看到嘔吐物啊，但就算有我也沒差啦。」

艾弗朗嘆了一口氣。他不知道為什麼硬幣消除了這段記憶，但如果那個他最不願意讓人看到的一刻消失，他也沒什麼好抱怨的。

「說到照片，你在看什麼？」艾弗朗問，準備轉換話題。

奈森轉過椅子面對螢幕。

「我弄給你看。」奈森說。他登入自己儲存照片的帳戶，上面儲存了他每天拍的數十張照片。雖然他在家裡有自己的電腦，但他的父母卻會監視他在網上的一舉一動。他的父親是公司的網管人員，並且在家中網路安裝了監控程式，所以奈森改用學校和圖書館電腦做些私人的事。說來諷刺，這些地方的電腦反而沒什麼限制。

奈森點擊了一個資料夾，螢幕上立刻跳出許多影像縮圖。他放大了其中一張，讓艾弗朗看見昨天珍娜、瑪莉、雪萊在學校的情形。她們都背對著相機站著。

艾弗朗偷瞄了借書櫃檯一眼，但是珍娜已經不在那裡了，推車上待歸架的書籍也不見了。館員雷諾德女士正弓著身子在鍵盤上瘋狂打字。所有小孩都知道她在寫小說，只是不知道她寫的內容是什麼。她從來不提這件事，或許這意味著她寫的正是她愛不釋手的浪漫言情小說。

這讓他再次想到珍娜。他很失望自己竟沒有好好把握和她短暫相會的時光。他原本打算再找一本書當藉口好到櫃檯晃晃，但她接下來可能整個早上都要把書上架。他也不想特別去找她，免得太過刻意。

「這是我的傑作，」奈森說。「我把這張命名為『三位火辣的女孩』。」

「真是寓意深遠的名字，」艾弗朗說。「那其他『傑作』呢？」

「我做了投影片。」奈森說。他用滑鼠再點了一下，那張照片在螢幕上溶解開來，然後出現了一張珍娜坐在禮堂中的照片，接下來是艾弗朗在樓梯上絆倒。

「你一定要留著這張照片嗎？」

「我們不該扭曲歷史。我不過是觀察並捕捉這些時刻，以供後代子孫瞻仰。」

「隨便啦。」接下來有更多在朝會上的照片，還有艾弗朗剛看到的那些女孩的照片，然後是奈森的貓。

「等等。」艾弗朗抓起滑鼠讓投影片暫停播放。「那張照片呢？那張你拍到她們……」艾弗朗壓低了聲音。「胸部的照片呢？」

奈森驚訝得下巴差點掉下來。「拍到那種照片，簡直就像是找到聖杯然後還拍了紀念照。」

「你別自己私藏啊。你答應過要給我一份的。」

「如果有的話一定給你啊，兄弟，但我沒有那種照片。現在還沒啦。」

艾弗朗點擊了那一系列的照片，但他清楚記得的幾張照片卻消失了，最明顯的是在艾弗朗許下第一個願望之前，奈森在走廊上拍的那些照片都不見了，那時候艾弗朗正在走廊上和瑪莉及雪萊討論他媽媽的事。

「在那之前，有這些照片我們就該心滿意足了。」奈森點開另一批照片。他換了座位以便阻擋雷諾德女士的視線。突然有張照片閃現在螢幕上。

那不是張全裸的照片，不過相去無幾。一開始艾弗朗的目光全放在穿著白色小可愛的胸部上，溼透的衣服若隱若現，可以看出乳頭的深色部分。接著他看到了她的臉。是珍娜。

「什麼？」他吸了一口氣。「你去哪拍到這些照片的？」

奈森笑了，繼續點其他照片。那張是瑪莉——或是雪萊穿著寶藍色的比基尼，在沙灘上沖浪。這次艾弗朗認出這張照片了。

「那是……你把她的臉接上模特兒的身體？」

「魔術師不會透露真正的祕密。但你沒猜錯，我正在練習Photoshop。」

「這是你目前為止最低級的一次。千萬別讓她們看到。」艾弗朗說。他仔細地盯著下一張照片看，內衣女模的身體上接著珍娜的臉。「不過你真的很有才耶，老兄。」

「你們在做什麼？」珍娜問。她站在電腦主機後面看著他們。艾弗朗看著她，然後把目光移到螢幕上的她。

「沒什麼！」艾弗朗說。

「我們不是在看色情圖片。」奈森說。

罩子放亮點，奈森。「當然不是。」艾弗朗說。

「好吧。」珍娜說。她繼續推著一車的書向前走。奈森把相機拔起來，笨手笨腳地按著。一直到她轉身走進一條走道時，他才把相機打開，鏡頭拉近對準她的背影。

「來不及了。」奈森說。

艾弗朗嘆了一口氣。

「所以你什麼時候要約她出去？」奈森問。

「我為什麼要約她出去？」

「因為你喜歡她。」

如果珍娜對他有好感，艾弗朗就有信心約她出去，但唯一能夠確定的辦法就是問她本人。

「那你為什麼不約雙胞胎出去？看你這星期喜歡哪個就約哪個。」艾弗朗說。

「我先等你和珍娜走得近一點，然後你就可以幫我安排和雪萊見面。或是和瑪莉也一樣。」

「聽起來還真像真愛啊。」艾弗朗說著，一邊玩弄著硬幣。

「嘿，如果我一次追兩個，追到其中一個的機率就會加倍，對吧？」奈森笑了。

「你的數學真的不太好。」

「反正你有一整個暑假的時間來鼓起勇氣和她說話。雖然你很可能覺得自己在整整哈她十年之後才會準備好。」奈森說。

「我沒有在『哈』她。還有和她說話時我也不害怕，只是不太會說話而已。我希望她喜歡我，就只是這樣。」他手中的硬幣溫熱了起來。「媽的，我不是這個意思。」

「不然是什麼意思？」奈森說。他正看著網路上的照片集，搜尋更多性感色情但不至於太過火的模特兒照片。他比其他人更清楚要怎麼突破網路設定來取得他要的照片。

在艾弗朗許願之後，硬幣變得越來越熱，如果硬幣只能給他三個願望的話，這次就用光了。他不知道要怎樣取消願望，也不知道能不能取消。他別無選擇，只好擲了。

他接住硬幣的時候，空氣在他四周激起了漣漪，就像是人行道上的熱浪一樣。他早上吃的大餐在胃裡翻攪著，帶著胃酸的培根味直衝腦門，但他硬是吞了下去。反胃的感覺很快就消失了。硬幣落下時是反面朝上。

奈森戳了戳他的手臂。「你怎麼搞的？你在發什麼呆？」

目前看來還沒什麼不同的地方。螢幕上的照片也還在。「我想，我要回家了。」艾弗朗說。「今天早上太刺激了。」

「好吧，我跟你一起回去。」

「嗯，我不知道這樣好不好。」艾弗朗很少邀請其他人到家裡，包括奈森在內，因為他無法得知媽媽當下的狀況如何。最好還是和平常一樣，和奈森在外面閒晃就好了，他實在沒把握上一個願望是否真的改變了什麼。「那我們去你家好了。」艾弗朗說。

「好啊。我爸剛買了《永恆的毀滅公爵》。如果我比他早全破，他一定會很不爽的。」他笑。「所以我打算整天打電動。」

「你是說《永遠的毀滅公爵》？」

「不是，這是續集。最近才上市。」奈森咬著牙，小聲地透過緊閉的雙脣跟他說話。「她又來了。」他在四年級的時候練過一陣子腹語術，但還是抓不到訣竅。

「什麼？」

奈森的手藏在螢幕後方，偷偷指著櫃檯。「她正盯著你看。」

「雷諾德女士？」艾弗朗問。

「唉唷，那樣多噁心。不是雷諾德，是珍娜．金。」

艾弗朗轉頭，看見櫃檯後不再是那位老圖書館員，而是珍娜。她正看著他，但很快又把視線轉回書上去了。

「別轉過去！她到底有什麼問題？」奈森說。「她不知道你對她沒興趣嗎？」

「她為什麼會有這種印象？」

「因為你暗戀她的好朋友好幾年啦。」

「誰？」

「你這麼問是什麼意思？瑪莉啊。」奈森翻了個白眼。

「瑪莉．莫瑞爾斯？你才是喜歡她的人吧。」艾弗朗說。

「喂，我喜歡的是更棒的另一位。」

艾弗朗留意著珍娜，但她不再抬頭看他。他嘆了一口氣。

「等等。你是認真的嗎？」奈森說。「你什麼時候開始喜歡珍娜．金的？為什麼？你撞到頭了嗎？」

艾弗朗覺得他們之間的對話和前一刻完全不同。硬幣又發揮了作用，讓他的生活改頭換面。但這次沒有讓一切變好。如果珍娜知道艾弗朗喜歡的是瑪莉，那麼情況就變得更複雜。

這次的硬幣有什麼不一樣的地方嗎？這次是反面朝上……他開始回想自己許過的願

望。他相當肯定前兩次拋的時候是正面朝上。艾弗朗把硬幣塞回口袋裡，不知道自己能不能適應目前的狀況。

「我要去和珍娜聊聊。」艾弗朗說。從珍娜盯著他的樣子來看，或許他的願望實現了，只不過有些副作用。如果真是如此，這是知道她對他看法的絕佳時機。

「那我們的計畫怎麼辦？」奈森說。

「我們等等還是可以一起去。」

「我不是說那個。是一起約會的事，小艾！我們不是要跟雙胞胎約會嗎？你和瑪莉，我和雪萊。我們不是青春期開始就在計畫這件事了嗎？」

「但我喜歡珍娜啊。奈森，我喜歡的一直是珍娜。」

「噢，我懂了。你要同時追瑪莉和珍娜，讓她們反目成仇，然後再讓情勢反轉。但這麼做很冒險。如果你辦到了，你就是我心目中的英雄。」奈森聳聳肩。「呃，你一直都是我心目中的英雄，但是你知道，這件事非同小可。你真是男人的榜樣啊，小艾。」

「隨便啦，別太誇張。我去去就回。」

他走向珍娜所在的櫃檯，想要找個聰明的藉口。他走到她面前時，她闔上書，對著他微笑。

「嗨，艾弗朗。」

「嗨，珍娜。嗯，雷諾德女士剛剛不是坐在這裡嗎？」

他承認這不是個好的開場白。珍娜對他眨了眨眼。

「她整天都不在啊。昨晚她在下樓梯的時候扭傷了腳踝。」

「我發誓我剛剛才看到她……」艾弗朗說。他知道在自己不小心許願之前，她就坐在櫃檯前面。

會是這個硬幣讓雷諾德女士受傷，然後他才有機會和珍娜說話嗎？這樣的結果比他應該喜歡瑪莉而非珍娜更糟糕。

「她還好嗎？」他問。

「她明天就會回來了。」珍娜說。她深深地吸了一口氣，她似乎和他一樣緊張。「我可以麻煩你一件事嗎，艾弗朗？」

「當然可以。」

「我今晚辦了一個小型派對。不是很盛大，只是學校裡的一些人聚一聚，慶祝暑假開始之類的。」

艾弗朗點點頭。

「所以，我想知道……你願不願意過來。」她用筆敲著面前的書。

艾弗朗張開了嘴，卻沒有發出任何聲音。

珍娜笑了。「點頭或搖頭就好了。」

「妳是在邀請我參加妳的派對？今天晚上？」

「我知道這有點突然。」她看著他的肩後，他轉過頭去，看到正盯著他倆的奈森。奈森豎起了大拇指。珍娜當然也看見了。艾弗朗告訴自己等等一定要讓死黨死得很難看。

「我一直希望有機會能和你單獨聊聊。」她說。「那只是個小聚會，好嗎？」她帶著不太有把握的神情笑了。

「好。」艾弗朗再次點了點頭。他辦到了。她不希望他帶奈森去。「嗯，幾點鐘？」

「八點。」她遞給他一張淡紫色的便條，上面用閃亮的藍色墨水寫著她家的地址和電話。「那是我的手機號碼。」她說。

在他接過紙條的那一刻，他努力讓自己的手別發抖。「嗯，好的……我會去的，謝啦。」艾弗朗說。「我會好好保存的。」他揮舞著那張便條。

他原本還擔心自己很可能不小心浪費了最後一個願望，但或許硬幣給他的正是他一直想要的。如果今天晚上他和珍娜一切順利，那麼他就不需要再許願了。

第六章

艾弗朗在派對上的表現實在不怎麼樣。珍娜在門口熱烈地歡迎他，但不久之後就被叫去做一些派對主人該做的事。艾弗朗獨自站在飯廳的點心桌前，看著其他人開心交談。

除了奈森以外，他從來沒在學校以外的地方和同學相處。他猜這些人也是在此偶遇，何必費心刻意找話題？他和其他人沒什麼好說的，高中畢業後也不太會遇到他們——如果他能依原訂計畫離開薩默塞的話。

有些人走到食物檯前時，對他投以困惑的眼神，並且閃得遠遠的，不想和他說話。艾弗朗看見麥可·古帕爾在客廳另一頭和珍娜談話。看來他受的傷已經完全好了，艾弗朗在他臉上完全看不到任何瘀痕或裂痕。或許那件事也被他的上個願望消除了，這就說明了為何奈森不記得自己痛揍了麥可一頓。他的美夢——用這件事情來勒索麥可、結束暴政統治——就這樣破滅了。

「我需要說出通關密語嗎？」右邊傳來一個女孩的聲音。

莫瑞爾斯雙胞胎的其中一位就站在他旁邊，一隻手放在餐桌上。

「呃，什麼？」他問。

「我猜你負責掌管食物吧。你來這裡之後，完全沒離開這張桌子。」她看向珍娜，她還在娛樂室附近和麥可深談。「還是你只是在欣賞風景？」

「我只是……就站在這裡。」

「嗯，你還挺擅長站著的。」

「謝了。」

「不，我才要謝謝你。你讓我避免攝取不必要的卡路里。」

艾弗朗拿起一個塑膠杯。「要幫妳倒杯飲料嗎？」

「現在你變成酒保了？我想這算升級了。」

「酒保的小費比較多。」

她看著各種飲料。「可樂就好了，謝啦。」

艾弗朗伸手去拿健怡可樂，她握住他的手，瞬時他愣在那裡。

「我看起來像是需要喝健怡可樂的樣子嗎？」她問。

她穿著一件黃色的緊身背心，展示著她有多不需要低卡飲料。她穿著水藍色及膝的短裙和粉紅色的涼鞋。她的腳上塗著螢光綠的指甲油。

「一點都不像。只是……妳剛剛在說卡路里的事……」

「健怡可樂就好了。」她笑了。他把杯子遞給她，她輕輕地啜著，同時打量著他四周。他轉身卻沒看見任何人。

「怎麼了？」他問。

「我在想你的另一半怎麼沒有來。」

「我的另一半？噢，奈森，嗯，他沒辦法來。」因為他沒受到邀請。艾弗朗對自己甩掉好友還騙他晚上要忙其他事，心裡相當過意不去。不過如果他透露出瑪莉和雪萊也會在場，奈森一定會跟著來。不管怎樣，這次的背叛事件一定會傷害到他的朋友，但事後向朋友求饒，總比損失和珍娜相處的時間好。當然囉，另外一個瞞著奈森的壞處，就是不能請奈森載他去珍娜家。因為她家在小鎮另一頭，坐公車去那裡得花一個多小時，如果要用同樣的方式回家，他就得提早離開派對。

艾弗朗轉頭看著珍娜與麥可的身影消失在廚房裡。他朝那個方向跨了半步。

「真可惜。」她說。他的注意力回到莫瑞爾斯身上，不知道她是雙胞胎中的哪一個。她發現他緊張地研究她的長相。「對了，我是瑪莉，如果你在猜我是誰的話。」

他笑了。「有這麼明顯嗎？」

「我知道你的眼神代表什麼。不是只有你這樣，我們兩個從國中開始的同學都一樣，幾乎沒有人能夠區分我們。只有珍娜分得出來，或許因此她才成為我們最好的朋友。」

「還是因為她是妳們最好的朋友，所以才分得出來？」

「你知道嗎？或許真的如此。」瑪莉笑了。

「那妳的另一半呢？」艾弗朗問。

「雪萊應該在附近某個地方吧。我們又沒有綁在一起，你知道的。」

「是沒有，妳不是暹羅人。」(註5)

瑪莉笑了。「說得好。那是第一個我沒聽過上千次的雙胞胎笑話。」

「那我可以得到什麼？」

她揚起了眉毛。「你想要什麼？」

珍娜悄悄走到了艾弗朗旁邊。她來回看著他與瑪莉。

「你們兩個玩得還開心嗎？」珍娜問，語氣有點尖刻。

麥可在她身後，胸前抱著一大盤餅乾。他把餅乾放在桌上，在轉身回廚房前看了艾弗朗一眼。

「我很開心，」瑪莉說。「但我覺得艾弗朗沒有。至少還沒有。」瑪莉把一片洋芋片丟進嘴裡。

「雪萊正在找妳，瑪莉。」珍娜意有所指地說。

瑪莉笑了。「我最好去看看我親愛的妹妹想要什麼，不是暹羅人還真麻煩。」她舉起自己的塑膠杯對著艾弗朗，像敬酒一樣，然後轉身走開了。

「你真的玩得不開心嗎？」珍娜問。她嘟著嘴，皺起眉頭看著他。

註5　連體雙胞胎的英文是siamese twins，艾弗朗利用Siamese也作暹羅的意思，開了個雙關語玩笑，實指她們並非連體雙胞胎。

「呃，我才剛到。」艾弗朗說。音樂越來越大聲，所以他大聲地說：「妳爸媽在家嗎？」

「你在開玩笑吧？如果我媽在的話，一定會精神崩潰；如果我爸在的話，一定會坐在角落，確定只有經過他允許的男生可以跟我說話。他們這週去紐約找我阿姨了。只要他們還在紐約的法拉盛區、聽不見家裡的聲音，我們就沒事。」

他很驚訝珍娜會在未經爸媽同意的情況下舉行派對，她在學校可是個守規矩的學生。但也因此他能夠到這裡來，進一步認識她，瞭解真正的她。她其實不只是個書呆子。

「嘿，妳想喝點什麼嗎？」他問。

「不用，謝謝。」珍娜清了清喉嚨。「我很高興你能過來。我那時不太確定你會來。」

「我說過我會來。謝謝妳的邀請。」他深深吸了一口氣。「很高興妳開口問我。」

「真的嗎？」

「嗯，是啊。我……以為妳不喜歡我。」艾弗朗說。

「什麼？」珍娜的聲音變尖了。「我以為是你不喜歡我！」

「妳為什麼這樣想？」

「每次我約你出去，你總是有許多藉口。」

如果珍娜真的約過艾弗朗出去，他一定會覺得全身輕飄飄，一口就答應了吧，就像今天晚上一樣。拒絕她簡直是瘋了。

「但是妳今晚一直躲著我。」他直接地說。「我剛來的時候，妳似乎恨不得迅速逃離。」

珍娜看著自己的腳。她塗了深藍色的指甲油。「我很緊張。」

「噢，真的嗎？」

艾弗朗和珍娜凝視彼此一會兒，然後一起笑了。

「你一定覺得我看了很多《三人行》，應該知道不要斷然下結論吧。」珍娜說。

「《三人行》？」

「那是部很老的情境喜劇，我爸很愛看。裡面的人總是誤會對方，會偷聽別人對話然後亂下結論。」她挽起他的手，帶他走到電視機旁的一個櫃子前。裡面擺滿了DVD和錄影帶，許多標籤還是手寫的。「他很迷經典老片。有些還是他從博物館弄來的。」

金先生是城裡巴利多媒體中心的館員。

「真是豐富的收藏啊。」艾弗朗不認得大部分的節目，不過他知道一些曾經重播的節目，他在奈森家的第四臺上看過，像是《脫線家族》和《夢幻島》。

「這些妳都看過嗎？」

「小時候我爸只讓我看這些片子。這些片子就和我一起成長。有時候看電視成了我唯一能和他一起做的事。」

艾弗朗拿起一支標著《達菲鴨》的影片。

「是樂一通（Looney Tunes）系列的片子！」他說。「我以前很喜歡這些卡通。」

「我也是。這些是經典。」

他把片子放回去，摸著架上的其他片子。

「我很高興我們把話說清楚了。」他說。

她點點頭。「喜歡一樣的卡通真好。這比其他事情更重要。」

「我的意思是——」

「研究資料顯示，有百分之三的伴侶之所以離婚，是因為他們想看的東西不一樣。」

「說得對。如果妳喜歡達菲鴨勝過兔八哥，這就是個嚴重的問題了。」

她把一隻手放在嘴邊。「噢，不好了。我真的比較喜歡達菲鴨。我們死定了。」

艾弗朗很高興珍娜拉著他的手走到客廳權充的臨時舞池，雖然他根本不知道怎麼跳舞。他也很高興自己終於能夠親近她，因為很多人擠在客廳中央，他們真的很靠近，近到他們跳舞時艾弗朗竟然聞得到她身上的香皂味，近到他希望她沒發現他前後擺動時腳不知道該往哪擺。

他發現瑪莉和雪萊坐在沙發上看著他們，沙發已經被大家推擠到客廳一角去了。她們穿著同樣款式的上衣，不過兩人上衣和裙子的顏色正好相反。雪萊穿著淺藍色的小可愛和黃裙子，至少讓人比較容易分辨她們兩個。他對著瑪莉笑，不過她卻沒回應。

「嗯，瑪莉還好嗎？」艾弗朗問。

珍娜看了雙胞胎一眼。「我最好過去看看。」

珍娜推擠過跳舞的人群時，瑪莉站了起來，轉身走開。珍娜追著她走到廚房去。

獨自留在舞池裡的艾弗朗則退到一旁，去點心桌上拿些吃的。他倒了一杯飲料，抓了一把走味的爆米花，走到雪萊旁邊坐下。

「妳是雪萊，對吧？」他問。

「你猜對了，我該給你一顆金色星星嗎？」雪萊說。

如果他早想到她們姊妹倆是可以互換身分的，就不會這樣問她了。他不知道要怎麼回答，只好喝了一大口調酒，又很快地發現裡面攙了烈酒。他努力讓自己別嗆咳出聲，只能盯著塑膠杯底，眼眶泛淚。

他對這對雙胞胎所知無幾，只知道兩個人控制了薩默塞高中的媒體，瑪莉明年就會成為學校報紙的共同編輯，雪萊則負責編纂學生年鑑。珍娜在兩邊都花了不少時間，她們三個總是在一起，就像艾弗朗和奈森一樣。說來諷刺，因為艾弗朗自己一個人來參加派對。艾弗朗陷入沉思，想著如果奈森看到自己正跟雪萊說話，不知作何感想。

「她喜歡你。」雪萊說。

艾弗朗吞進一顆冰塊，咳了幾聲，感覺那團涼意滑下喉嚨。

「珍娜？」他問。

「是我姊姊，混蛋。你剛剛不是才在那邊跟她打情罵俏？」

「有嗎？我以為她只是想表現友善。」

瑪莉喜歡他？真的嗎？他突然想到，在許了最後一個願望之後，奈森說過艾弗朗喜歡瑪莉。他想到也可能是指兩個人互有好感？

「我不知道她們兩個怎麼想，不過如果你傷害我姊姊或是珍娜，你會後悔的。」雪萊說。

雪萊皺著眉頭不語。

艾弗朗無力地笑著。「讓我猜猜看，妳認識的某個人會教訓我一頓？」

艾弗朗陷入陰影當中。他一抬頭，看見傑生・費瑞正低頭看著他。傑生擋住了檯燈的光線，就好像一座山擋住了夕陽一樣。傑生是橄欖球校隊——薩默塞獾隊裡的四分衛。

「我們跳支舞吧，小雪。」他朝她伸出了粗壯的手臂。

她先瞪了艾弗朗一眼，才對傑生露出甜美的笑容。「我很樂意。」她從沙發上彈起身，回頭看著艾弗朗說：「你最好警告你的麻吉別再跟蹤我了，他實在讓人覺得毛毛的。」接著她和傑生就離開了，再次留下艾弗朗獨自一人。

除了和珍娜跳舞以外，舞會裡大部分時間他都形單影隻。有奈森在的時候，他從來不用擔心孤單無聊，或是與這個地方格格不入。他實在是低估了奈森的作用，有了這位好友，他在薩默塞高中的日子就不會太難過，他甚至樂在其中。沒向奈森提派對的事實在是大大失策。

艾弗朗抬起頭來，想像著奈森的臉出現在客廳凸窗的樣子。這一定是自己的罪惡感在作祟。

不對，那真的是他。艾弗朗擠過那些正在跳舞的人，走向大窗前方，但他到達窗前時，奈森已經消失了。難道是他的潛意識在跟自己開玩笑？或是那杯高濃度酒精的飲料使然，讓他開始茫了？

這是第二次他在毫無預期的情況下看到奈森。他是跟蹤自己來的嗎？雪萊說過他一直在跟蹤她。但在艾弗朗送母親入院那晚，奈森去醫院做什麼？他為什麼突然出現又什麼都沒提？

現在艾弗朗已經看不太清楚窗外的情形了。窗子就像鏡面一樣，室內的燈光把客廳的一切映在上面。

如果奈森發現了派對，並且決定要來鬧場，艾弗朗最好先去道歉——希望還來得及。他離開室內，看著剛剛看到奈森的那扇窗戶，下方的草有被踩踏過的痕跡。但目前屋外只看到一群女孩，她們躲在樹下，手牽著手、輪流抽一根菸。他沿著房屋繞了一圈。

「艾弗朗！」珍娜從二樓的陽臺大喊。

「珍娜。」他抬起頭來看著她。

「你該不會已經要走了吧？」她問。

艾弗朗看看錶面。已經十點了，搭車回去還要好一段時間。

「我是差不多該回家了。」他說。

「我們還沒跳完舞呢。」珍娜說。她倚在欄杆上俯瞰著他，讓他突然想到一年級時戲劇社演的《羅密歐與茱莉葉》。她演的自然是茱莉葉，他自己則扮演一位士兵，連臺詞都沒有，但這對他來說是件好事，因為在她面前他會忘詞。

「我再打電話給妳？」艾弗朗說。

「我猜只能這樣了。」

她轉身往回走。他凝視著她的雙腿，看著她走進屋內。在關上門前，她害羞地朝他笑著揮手。

艾弗朗走到公車站，發現自己遲了二十分鐘，錯過了末班公車。他不知道該怎麼辦才好。他應該走回珍娜家，拜託別人送他一程嗎？他也可以用公共電話打給媽媽，或是如果他找得到奈森，也可以向他道歉賠不是，再請他送自己回家。

「真衰，不是嗎？」他後方的長椅上傳來了說話聲。

艾弗朗轉頭，看見一位衣衫襤褸的流浪漢坐在那兒。在黑暗中，他看不太清楚那人的輪廓，只見那人有著油膩的棕色頭髮，穿著原本可能是白色的T恤——現在已經變成灰色的了，還布滿汙點。

「末班車走了嗎？」艾弗朗問。

「是啊。今晚運氣不好，對嗎？」

艾弗朗踢了公車站牌的鐵桿一腳，想著自己還有哪些選擇。他口袋裡只有一張二美元的紙鈔，讓他坐公車用。

如果要湊到二點二五美元，就還得有一枚二十五分錢。如果有的話，情形就不同了。

艾弗朗拿出了那個神奇硬幣，想著自己能做什麼。這是個很微小的願望，拿來測試自己還能不能許願也不錯。此外，目前算是緊急狀況，就算沒用他也沒什麼損失。

「我希望我沒錯過最後一班公車。」他用氣聲說，因為他發覺那位流浪漢正盯著他看。他拋起硬幣，但周圍一片黑暗、看不清楚掉到哪去了。在黯淡的路燈下，他只看見一瞬間的反光，接著聽見硬幣落在人行道上的聲音。「媽的。」他說。

他瘋狂地在地上摸索，但硬幣卻不在他預期的位置。就算硬幣只是稍微滾遠一點，在這樣的黑夜裡仍然很難發現。正當艾弗朗準備放棄的時候，在長椅上的流浪漢向前彎身，撿起一個東西——正是那枚硬幣。

艾弗朗瞄了一眼，不知道硬幣是否正在發熱？流浪漢又會怎麼想？「先生，謝謝你。」他走近那個人，聞到他破衣服上的酸臭味，不禁皺起鼻子。

那人瞇起眼睛打量硬幣，骯髒的手指摩娑著表面。「嗯。」他將硬幣拿高，對著燈光端詳、不斷翻轉。他捏著硬幣看了老半天，發現背面的圖案是波多黎各時，又「嗯」了一聲。

艾弗朗伸手去拿。流浪漢把硬幣拿向艾弗朗張開的手心，猶豫著是否要放下。兩人同時緊盯著硬幣。

「拿去吧，小夥子。」那人終於把硬幣放下，按進艾弗朗的掌中。

艾弗朗突然一陣暈眩，胃好像重重落下一般，接著他又恢復正常了。

流浪漢放開艾弗朗的手，一跛一跛地走開。他打了個響嗝，似乎有點暈眩，只見他開始用指關節輕敲自己的腦袋。

艾弗朗迅速後退，以防流浪漢突然嘔吐。他看向手中的硬幣，是反面。

突然，街道上出現的兩道光束照亮了他們。流浪漢挺直腰桿。「看來好像又有公車來了。」他說。

艾弗朗放心地笑了。看來他用硬幣許願的次數並沒有限制。

公車停下來，艾弗朗上了車。他把兩美元鈔票投進票箱，找了個前面的座位坐下。那個流浪漢也走上公車，門咻一下地關上了。

「我沒有錢。」流浪漢說。

公車司機嘆了一口氣。「你不能每次都這樣，老傢伙。公車是門生意，不是慈善事業。」

流浪漢轉向艾弗朗。「我得回家，」他說。「是你把我帶來這裡的。」他的雙眼渙散而失焦。

艾弗朗把硬幣放進口袋。「抱歉，」他說。「我沒有多的零錢。」

「零錢！」流浪漢兀自笑了起來。（註6）

「你認識這個人？」司機問。

「我不知道他在說什麼，」艾弗朗說。「我兩分鐘前才遇到他的。」

註6 原文change一字多義，可作「零錢」或「改變」。

「一個人落到這種地步真是可憐。嗯，隨便啦，」司機說。「我會載你們的，這是我今晚最後一趟車，我才不要把時間花在這種事情上。」

「這是**末班車**？」艾弗朗問。

「是啊。我晚了三十分鐘，先前車門有點問題，但我習慣跑完我的車次。」他把車子打檔上路。

流浪漢走過艾弗朗身邊。「看來最後你還是幸運的。」

艾弗朗盯著他看。他還記得在艾弗朗許願之前的對話。這是怎麼一回事？到目前為止，除了艾弗朗以外，沒有其他人意識到發生了變化。這一次和之前用硬幣許願時到底哪裡不一樣？若不是那個人有什麼特別之處，就是艾弗朗做了某些事。

他聽見流浪漢在公車後方嘔吐的聲音，不久之後嘔吐物的酸臭味朝他襲來。

「太棒了。」司機嘆了一口氣。「這就是做好事的下場。」

公車在漆黑的夜色中行駛時，艾弗朗轉頭盯著窗外空蕩蕩的街道。一路上，他一直緊緊握著口袋中的硬幣。

第七章

艾弗朗從派對回到家中時，媽媽竟然不在家。他原本以為沒遵守門禁會挨一頓罵，結果卻看到媽媽留在冰箱上的紙條，告訴他裡面有剩菜。看來她又回去超市上晚班了。

他每次許願，都會出現願望以外的變化，讓他相當困擾，但至少這次是對他有利的。因為媽媽不在家，就不知道他這麼晚還在外面，暑假的前兩週也不會因此被禁足。有了硬幣，要讓他媽媽變好是輕而易舉的事，甚至還可以許願讓她做真正喜歡的工作，而不是像現在一樣領取微薄薪水。

在派對裡，艾弗朗大半的時間都待在點心吧旁，但其實吃得不多，所以他立刻用微波爐熱了一盤剩下的肉捲和馬鈴薯泥，熱好以後，就端到了房間裡去。他其實不記得媽媽煮過這些東西。開了電腦之後，螢幕上立刻跳出奈森的訊息，但那個訊息音效卻不大對勁，和平常不太一樣。這時候他最不希望的就是電腦的音效卡掛了。

喂。你去哪了？奈森打了這些字。

閃爍的游標好像在質問艾弗朗一樣。所以這表示之前出現在窗口的人就是奈森。

艾弗朗坐在椅子上往後仰到底，把那枚神奇的硬幣從左手丟到右手，再從右手丟到左手。他的內心深處多麼希望硬幣能讓他的生活更輕鬆，用最後一個願望改變一切，如此一來，奈森就不知道派對的事，就像之前改變媽媽的想法一樣。他唯一的辦法就是坦白一切並且道歉。如果隱瞞派對的事，只會讓自己更像個混蛋而已。

仔細想想，艾弗朗大可以許願讓奈森忘了自己騙他，獨自赴約參加派對，不是嗎？奈森可能根本不會發現。這麼做，奈森就不會覺得受傷，艾弗朗也就不用那麼直接的面對這個問題。

艾弗朗將硬幣緊緊擰在手心，接著攤開手心，用力拍桌把硬幣按到桌面上，就在鍵盤旁邊。

艾弗朗打了字：抱歉，我當初應該告訴你派對的事。

奈森總是喜歡看到艾弗朗認錯，但他那種幸災樂禍的回應卻過了很久才出現。

奈森終於打了字：什麼派對？

想必他要艾弗朗好好解釋一番。

珍娜臨時邀我去參加她的派對。我應該跟你說的。

你自己跑去參加派對卻沒找我？去珍娜家？

很抱歉，艾弗朗繼續打，這麼做很自私。只要奈森想知道，他一定會一五一十地說明白。

我以為我們是最好的朋友。

「唉唷。」艾弗朗說。我們當然是。我只是在幸運受邀的時候，不想讓好運溜走。

我很想要問你能不能來……我保證下次一定會問你的。

雪萊也去了嗎？奈森問。

艾弗朗不知道奈森為何對整件事情裝傻；他很快就沒辦法再裝清高。畢竟奈森在跑開之前，明明看見艾弗朗朝窗外盯著他看，所以必定知道自己被看見了。

是啊。她那時候心情也不好。他不想多做解釋。

混蛋！

艾弗朗已經攤牌了——既然他已經承認了，奈森也該坦白才是。他打了：別再裝了。我看到你也去了。

去哪？

去派對啊。我看見你在窗外。

奈森沉默了整整一分鐘。我連你的那個鳥派對都不知道。你真的以為我會惡劣到跟蹤你嗎？你以為我有那麼可悲嗎？算了。我現在明白了。**真是謝謝你啊**。

艾弗朗搖了搖頭。我真的看到你。

那不是我。

奈森除了喜歡證明艾弗朗弄錯以外，他更痛恨自己說謊被抓到。但他為什麼一直假裝不知道呢？為了不要讓情況那麼尷尬嗎？還是艾弗朗當時心虛，以至於他誤以為奈森在窗外？或是那枚硬幣改變了事實，讓當晚發生的事消失了。

還有一個可能，就是他以前想過，但不太願意面對的情形：世界上有兩個奈森。

不管實際情形如何，艾弗朗原本大可不用和奈森說派對的事。現在已經覆水難收了。這次他完蛋了，不知道奈森會不會原諒他。當然，他還是可以選擇用硬幣讓一切消失，彷彿從未發生過一樣。

艾弗朗盯著桌上的硬幣看。或許硬幣能讓這一切恢復正常。

聽著，艾弗朗飛快地打著，以免自己等一下就改變心意了。我要給你看個東西，一個能改變我們生活的東西。他遲疑了一下，不過很快就按下了輸入鍵。

奈森的好奇心最後終於戰勝了怒意。他讓艾弗朗等了一會兒，然後回了：什麼東西？

明天早上來找我吧。十一點在公園的噴泉那邊見。

我會考慮的。奈森登出了，螢幕上的名字也隨之變成灰色。原本離開聊天室的關門提示音，現在聽來更像是一扇鐵門滑閉，就像監獄的牢門一樣。或許是通訊軟體本身更新了音檔吧。

艾弗朗緊張地用神奇的硬幣敲著鍵盤。他希望自己告訴奈森這件事後，不會惹出什麼麻煩才好。

嗯，為了挽回他們的情誼，值得冒個險，不是嗎？他當時自己一個人在派對裡已經夠慘了。以前，他事事都會和奈森分享；有麻吉在身旁，一切總是更開心。他們如果一起參加派對，一定會玩得更開心。

如果這麼做沒用，如果奈森不願意相信他，那麼他還是可以用許願的方式讓問題消失。不管怎麼說，他都沒有損失。艾弗朗拋起硬幣同時笑了。手上握有魔法時，凡事都能辦到。

隔天早上，艾弗朗遲到了。八號公車走的路線和之前完全不同，讓他不得不下車弄清楚新的公車路線和時刻表。後來，他終於弄清楚了，必須轉搭五號公車，以前這條路線根本不會到公園附近。

至少，艾弗朗最後還是在那邊堵到奈森了。噴泉和噴泉廣場就在灰石公園的正中央。那個小小的區塊鋪著鵝卵石，四周圍繞著一圈樹籬。紀念噴泉就立在正中央，公園也從此處往四方展開，但是從來沒有人能告訴他這是為了紀念什麼。

噴泉上則矗立著面向北方的亞特拉斯銅雕，他就是那個把世界扛在肩上的希臘巨人。但他肩上扛的不是地球，而是一個大型的銅製水盆，水自此傾瀉而下，流入更大的花崗岩池中。池底有著許多二十五分硬幣，在清澈的池水與晨光中閃動著微光。

艾弗朗想著自己從小時候到這裡來開始，不知道貢獻了多少硬幣。現在，卻只要一枚硬幣，就能讓他所有的美夢成真。

艾弗朗坐在池子邊緣，一手垂入池中，冷水就潑濺在他的臉上。前一晚遇見的流浪漢從噴泉附近走到他眼前，認真地盯著他看。艾弗朗努力裝作沒看見，專心看著池裡的硬幣，一邊用力在腦中計算硬幣的數量。

「有多的零錢嗎？」那個人說。艾弗朗看了他一眼，但很快就把目光移開。那人的臉上還沾了些許塵土，在這種大熱天裡，竟還戴著毛線帽，覆蓋著他的長髮。他穿著一身沾了土的灰色發熱衣，不過捲起了袖子，右肩的縫線上則有道裂痕。那人實在臭氣沖天，前襟還覆著一層乾涸的嘔吐物。

艾弗朗把他的背包拿到大腿上，緊緊地抓著，包包的底部已經溼了，他感覺到水正滲進褲子裡。

「很抱歉，沒有。」艾弗朗說。他盯著池底成堆的硬幣看。那個人怎麼不自己動手撈呢？

「嘿！離他遠一點！」奈森從噴泉的另一頭走過來，盯著那個流浪漢看。

「我只是想買些吃的。」那個人說。

奈森俯身往池中掬水，朝著流浪漢用力一揮，潑得他一身溼，艾弗朗也連帶遭殃。

「別管食物了。你需要洗澡！」奈森大喊。

艾弗朗以前從未看過奈森這個樣子。他的個性相當溫和害羞，只會在認識的人面前表現自己。這是因為他從小到現在一直遭到霸凌的緣故。艾弗朗心想，會不會是奈森把對自己的怒氣出在那個人身上？

那位流浪漢皺起了眉頭，拖著蹣跚的腳步離開了。

「奈森，真的有必要這樣嗎？」艾弗朗說。「他又沒礙到我們。我本來是打算不理他的。」

奈森的相機發出閃光。「嘿，你尿溼褲子了。」他說。艾弗朗低下頭，發現胯下和大腿內部都溼成一片。

「那只是噴泉的水啦。還不是你潑的。」

「是啊，當然是水。」奈森看著相機螢幕，兀自點點頭，然後在艾弗朗背包旁坐下。

「嘿。」奈森說。

「嘿。」

就這樣，他們終於達成了停戰協議。

「所以，派對這件事……你真的去了珍娜家嗎？」奈森問道，不帶絲毫挖苦的語氣。「狀況如何？」

「還好。」艾弗朗說。

「你有沒有採取行動？」

「什麼意思？」

「對珍娜啊。你有沒有……你知道的。」奈森推了他一下。「你至少親了她吧？」

「我連要跟她說個話都不太容易了。」

「你很孬耶。」

「我沒跟她獨處幾分鐘，瑪莉雪萊就把她拉走了。」

「喔，沒想到是這樣。你知道的，如果我在那裡的話，我就能幫你引開那對雙胞胎了。」奈森說。「這樣做是很犧牲啦，不過我願意替你做任何事。」

艾弗朗嘆了一口氣。「因為你是個好朋友，比我好得多。」

「沒錯。」

「沒想到你能看透這件讓我很慚愧的事。」

「我是跟我媽學的。她是個猶太女人啊，和一群猶太女人相處之下，學會了各種微妙的應付手段。」奈森搖搖頭。「那這樣你跟她之間一點進展都沒有，去那邊還有什麼意義？」

「我沒說我一點進展都沒有。珍娜承認她喜歡我。」艾弗朗說。到現在，只要想起前一晚，都能讓艾弗朗覺得無比開心。

「呃。學校裡的每個人都知道她喜歡你。」

「但是我不知道。以前都看不出來啊。」

「那是你沒注意。你太注意瑪莉了。是什麼事情讓你對她改觀呢？」奈森問。

「這個問題很難解釋。我沒有變，是其他事情變了。但我是唯一記得之前一切的人。」

「你得跟我說清楚。」

現在艾弗朗似乎必須說出那枚神奇硬幣的事了，但他不確定他想這麼做，尤其他們現在和好了。

不過一言既出，駟馬難追。

艾弗朗把手伸進口袋裡，拿出那枚硬幣。他把硬幣裝在夾鍊袋裡，以免握住時不小心許了其他願望。他之前做過實驗，硬幣要直接接觸到皮膚才能許願。

艾弗朗把硬幣倒進掌心。他捏起硬幣，拿給奈森看。

「都是因為這個。」艾弗朗說。

奈森皺了眉頭。「一枚二十五分錢？這什麼鬼，是你這星期提早拿到的零用錢嗎？」

「這不只是枚二十五分錢。這個……嗯……會讓你的願望成真。」艾弗朗說。

奈森看著許願池。「拜託。你還信這一套啊？」

「我是說真的。這和把錢投進許願池不一樣。我許了許多願望。所有的願望都實現了。」或多或少都有啦。

奈森雙手交叉放在胸前。「真的嗎？那你許了什麼願？」

艾弗朗欲言又止。

他不想承認發現這枚硬幣的原因，是因為他媽媽之前做的事。奈森知道她有些問題，但艾弗朗卻隻字未提最糟的狀況。現在她恢復正常了，如果還要說明她之前發生的事，只會讓他更難接受而已。

「就像我說的，我許願希望珍娜喜歡我。」

「艾弗朗，珍娜從以前開始就喜歡你。」

「我要說的就是這件事。在我許願之前，她根本對我沒興趣。你只記得她喜歡我，那是因為願望讓一切成真。」他吞了一口口水。「我也許了其他願望。昨晚我錯過了最後一班公車，我就許了願，然後公車就來了。」

「那只是個巧合，或者是你剛好走運罷了。如果你有神奇的硬幣，為何你不許願讓自己直接回到家裡就好了？」奈森彎腰把手伸進噴泉裡，水的深度直達他短袖襯衫的袖口。他抓起一把硬幣，捧在手中一會兒，然後讓傾瀉而下的噴泉沖回水中。

艾弗朗瞪大雙眼看著奈森。他說得對，他說得相當有道理，只是艾弗朗當時的腦袋其實不是很清醒。

「這件事也是不久前才發生的，好嗎？嘿，我沒在開玩笑。」艾弗朗提高了音量說。他沒想到要說服奈森竟然這麼困難，但當初艾弗朗也是經過一段時間才相信硬幣真的能實現願望。

「那就好像……硬幣讓我的願望實現時，也會改變其他人，所以他們的記憶也會改變。」

奈森抓了抓額頭，陷入沉思當中。

「你是說硬幣會改變世界來達成你的願望？就像懶惰的漫畫家會編一堆沒發生過的背景故事，好讓鋪陳不佳的情節變得合理？」他問。

「嗯……可以這麼說。」

「所以我只好相信你了，因為如果你許願的話，我不會記得這件事。這對你來說也太方便了吧。」奈森彈了一下手指，向艾弗朗伸出手。「讓我瞧瞧。」

艾弗朗心不甘情不願地把硬幣交給他，並且在他翻看硬幣時，緊盯著他的一舉一動。

「嗯，這確實奇怪。」奈森說。他讓艾弗朗看硬幣的背面，有棕櫚樹和青蛙的那面。

「波多黎各不是一個州啊。」

「嗯，我知道。」

「但硬幣也不會因此有魔法啊。」奈森拿起硬幣瞄了一眼。「這是從哪弄來的？」

「醫院的一具屍體上。他們以為那個男孩是我，所以就把他的東西給了我媽。我……留下了這枚硬幣，不過那時候我還不知道它有魔法。」

奈森瞪大了雙眼。

艾弗朗向他說明那個意外，還有他在醫院裡發現以及沒發現的事。他希望自己手邊還有那個皮夾與那支錶，不過這樣還是沒辦法做為有力證據。當晚他拿到的有那枚硬幣、一張複製的借書證，以及一些他寧可忘記的回憶。

「這實在有些可笑。」奈森說。「你知道這些話聽起來怎樣嗎？」

「我曾經以為那是我媽的幻想而已。但是硬幣就在這裡。它有魔法。」

「那要怎麼用？」

「你先許願。」艾弗朗說，「然後把硬幣拋起來。」

「你又怎麼知道要這樣用？」

「有人在我的置物櫃裡放了一張紙條，你還記得嗎？我在朝會之後拿紙條給你看，我還以為是你寫的，因為筆跡很像你的。」

奈森搖了搖頭。「我不記得有這麼一回事。我想你現在手邊也沒那張紙條了。」他露出詭異的笑容。

「是啊，紙條也不見了。」

「就是嘛！」

艾弗朗挪動了一下。水滲進他的褲底了。

「那麼，只有一個方式能夠證明硬幣有魔法了。」奈森站了起來。「讓我來許個願吧。」

「等等！」艾弗朗抓住了奈森的手臂。

奈森皺了眉頭。「別再演了。你我都知道那是騙人的。你編了這麼一堆白爛故事來道歉，還真是鳥呀。」

「不是這樣的。」艾弗朗把手鬆開。「每次我改變一件事時，我身邊的人根本完全沒發現。那萬一你用了硬幣之後，同樣的事發生在我身上怎麼辦？」

奈森聳了聳肩。「那我就知道了。我會告訴你發生了什麼事。」

「那萬一我不相信你怎麼辦？我只是……」艾弗朗不想讓出硬幣的控制權。他怕如果奈森獨自許了個願，他就再也看不到硬幣了。更糟糕的是，他將連這件事都不知道。當下他恨自己怎麼這麼不信任朋友，不過這種恐懼感卻揮之不去。

「你有其他建議嗎？」奈森的聲音冷靜了下來。

「嗯。」看見那個流浪漢讓艾弗朗想起昨晚的事，那個願望似乎同時影響了他們兩個人。是因為艾弗朗碰硬幣的時候，那個人抓住了他的手嗎？如果硬幣在發揮魔力時必須要直接接觸到皮膚……

「牽我的手。」艾弗朗說。

「什麼？」

「我想如果在你許願的時候，我們兩個人有肌膚接觸的話，即使一切人事物都變了，我們也會記得一切。」

「那只是你猜測的吧。」

「我會說那是有效理論。」

奈森嘆了一口氣。他伸出了手。「來吧。」

「我們為什麼要站著？」艾弗朗站了起來，伸手把牛仔褲從皮膚上拉開。他的四角褲後面也溼了。

「我覺得我們就應該站著。這樣比較有戲劇效果。」

艾弗朗抓住奈森的手，注視著他，等他開始動作。

「也不要打什麼歪主意。」奈森閉上雙眼。「我希望雪萊・莫瑞爾斯愛上我。」一陣子之後，他張開雙眼看著硬幣。

「硬幣有變燙嗎？」艾弗朗問。

「沒有。」奈森把硬幣拋向空中，然後一把接住。他張開拳頭，看了硬幣一眼。「是反面。」

什麼事都沒發生。他再試了一次給艾弗朗看，這次是正面。

「很有趣，艾弗朗。」奈森說，作勢要把硬幣丟進噴泉裡。

「不要！」艾弗朗轉身，想看看硬幣落在哪裡。他不能失去硬幣啊——

「別緊張。」硬幣在奈森的另一手。「真正的魔術只不過是手法高明而已。現在你看到硬幣了。現在你看不到。」

奈森把那個硬幣丟向艾弗朗，他則合起手掌去接。

「我只是跟你鬧著玩的。」奈森說。「就像你跟我鬧著玩一樣。你差點讓我信了。」

艾弗朗緊咬著牙關。「我真的沒說謊。那是魔法，真正的魔法，不是變變把戲而已。」想到魔法可能已經用完了，他可一點也不開心，居然就在這個緊要關頭。會不會是因為把魔法告訴別人就破功了呢？

他們互看了一會兒，沒有人願意讓步。

「或許因為是我找到的，只有我能用。」艾弗朗說。「這是唯一的解釋。」

奈森翻了個白眼。「不是唯一的解釋。」

「聽著，讓我們再試一次。這次換我來許願。如果沒用的話，我就承認我錯了。我會把硬幣丟到許願池裡，你要怎麼捉弄我都隨便你。」

奈森笑了。「你知道不管怎樣我都會這麼做的。」不過他還是抓住了艾弗朗的手，不必要地用力抓緊。

「我希望……」艾弗朗說。「你真的希望這樣嗎？這樣好像不太對。」

「拜託。」奈森說。「就和你當初希望珍娜喜歡你一樣就對了。」

艾弗朗嘆了一口氣。「我希望雪萊·莫瑞爾斯喜歡奈森。」

「愛！我是說愛！」奈森大吼。艾弗朗拋了硬幣，並且在半空中接住。空氣開始閃爍。抓住奈森的手突然空了。

艾弗朗小心翼翼地環顧四周，發現他的朋友離他好幾呎遠，正坐在噴水池上。奈森驚訝地看著他，接著他就低頭朝著噴泉吐了起來。艾弗朗把頭別過去。如果他看著奈森，自己或許也會跟著吐。不過現在他不會再覺得反胃，他已經適應魔法造成的特殊副作用了。

他攤開手掌，看了硬幣一眼。反面。如果他的推測無誤，許願的副作用就是會有不好的事發生。

奈森擦了擦嘴，往水中看去。「這真是噁心。」他拿起了相機，用顫抖的手拍了張照片。

「你好髒啊。」艾弗朗說。

「嘿，那些硬幣到哪兒去了？」奈森說。

「什麼？」

「噴水池是空的。」

艾弗朗側身看了水裡一眼，水色比之前深上許多，底部和側邊都有著綠色與咖啡色的帶狀物，但奈森說得對，所有的硬幣都不見了。裡面原本有好幾百個硬幣，現在卻連一分錢都不剩。

「現在你看到硬幣了，現在你看不到。」艾弗朗低聲說。

奈森癱坐在公園的長椅上，把長髮從額頭上撥開。

「所以……」奈森說。

艾弗朗笑了。「魔法是真的。」

「你怎麼知道？那是因為我吐了，還是因為硬幣真的不見了？」

「嗯，真的有事情發生了。你沒感覺到嗎？不然其他的變化你要怎麼解釋？」

奈森抓了抓下巴，盯著噴水池看。「你的……嗯……背包是什麼顏色？」

「紅的。」艾弗朗說。

「我也以為是，但現在是綠的了。」奈森說。

艾弗朗轉過頭來。他原本放在池緣的背包還在，但奈森說得對——變成綠色的了。

「媽的。我討厭綠色。」

「或許這都是我們自己想像的。」奈森說。「這就像集體幻想的作用一樣。兩個人算是一個團體嗎？」

「這是使用硬幣的副作用，我之前就遇過了。除了重要的改變外，有些微小的事物也會跟著改變。」

「天啊，這把戲真不得了，改變了你背包的顏色，把錢從噴水池裡偷走！還真特別。噢對了，還有額外獎勵呢——讓人感到天旋地轉。」

「不是只有這樣而已。」艾弗朗說。他發現自己的聲音裡透著牢騷，覺得有點窘。「當時我們手牽著手，但許完願之後你就離我好幾呎遠了。」

「媽的，那還算有點用處。最好別讓硬幣落入壞人手裡。」奈森閉上雙眼一陣子，然後把手放在胃上，打了一個響嗝。

艾弗朗把硬幣塞回口袋裡。「你剛剛見證了魔法。那雖然不是什麼大事，不過還是發生了——」

「我還不太確定顏色是不是真的變了。或許原本就是綠的。」

艾弗朗實在不敢相信奈森的態度。竟然把這樣的……奇蹟當作是雜耍的伎倆。他不知道要怎麼說服奈森自己沒說謊。然後他突然想到辦法了。

「你的相機！」艾弗朗說。

「相機怎麼了？」奈森皺著眉頭，舉起一隻手，相機就掛在腰間的繩子上。

「你不到五分鐘前不是照了一張我的照片嗎？看一下。如果我的包包顏色不一樣，那麼就能夠證明這個硬幣有魔法。」

奈森好像在表演一樣，慢慢地撥動他的相機，並且看著之前拍過的照片。他遲疑了一會兒，然後抬頭看著艾弗朗。他再次看著相機背面的螢幕。

「嗯。」奈森把相機遞給他。在螢幕上的照片裡，艾弗朗坐在水池邊，流瀉而下的水在他後方凝止不動，當然，他胯下的褲子是溼的，看起來好像尿溼的一樣。但艾弗朗關心的是背包。背包就在他後面，有點失焦，但顯然是紅的。

「哈！」艾弗朗說。照片裡也有其他不大對勁的地方。在背景中，噴泉後方似乎有人蹲伏在樹後。他想自己看見的應該是一張臉，以及一撮金髮，跟奈森的輪廓很像。他把照片放大，但是解析度不好，影像糊成了一片。

艾弗朗向那棵樹看過去，沒看到人。他沒和奈森說這件事，不希望節外生枝。

奈森皺起眉頭。「這是個唬人的把戲，對吧？不過我不知道你怎麼辦到的。」

「這是魔法。」艾弗朗踢了腳邊的石頭。

奈森煩躁地擺弄他的相機，他突然覺得焦慮的心情壓過了興奮，艾弗朗要他沒有任何好處啊。

「你知道嗎？算了。」艾弗朗笑了。「昨天晚上騙了你，我真的很抱歉，所以想要補償你一下。我知道你喜歡高明的玩笑。」

奈森舉手投降。「嘿，沒關係，兄弟。別擔心。我知道你只是開玩笑而已。」

他們靜靜地坐了一會兒，直到奈森突然跳起來。「來吧，我們就在圖書館附近。我有些新照片要給你看。或許雪萊就在圖書館裡，或許她會想和我在書堆裡親熱，這都要謝謝你的『願望』。」

艾弗朗笑了，假裝接受這個玩笑。這件事或許該到此為止了——他們不再冷戰，仍然是最好的朋友，硬幣也還是他一個人的。此外，他也不介意整個下午都待在圖書館裡。那又是個見到珍娜的機會啊！

第八章

「你在搞什麼鬼？」艾弗朗說。

「別緊張，」奈森低聲說。「你可不希望她跛著腳走過來的時候，看到你胯下溼一片的照片吧？」雷諾德女士痛恨這些孩子用電腦做研究以外的事，但她也認為這是必要之惡，這樣那些孩子才有可能走進圖書館，說不定還會借本書。艾弗朗看到她的跛腳，想起他也算是有責任，有點過意不去。

艾弗朗的注意力又回到螢幕上。他記得這張照片：在重量訓練室中的麥可・古帕爾，挺舉兩百磅的槓鈴後正在休息。他緊閉雙眼，日光燈照在他淌汗的前額上，雙臂垂放在重訓長椅的兩側，雙手掠過地板。拍了這張相片後不久，麥可就把溼毛巾丟在奈森臉上，罵他變態。

奈森修過了照片：現在麥可的額頭上多出一個黑洞。臉上則多出幾道紅色痕跡，順流而下在地板聚成一灘血紅。他墊在頭下的毛巾被暗紅血漬浸溼。畫面非常逼真，讓艾弗朗不寒而慄。

「我的天啊，奈森。」

「看起來很棒吧？我用 Photoshop 做的。」

「呃，你為什麼要這麼做？」

「因為很爽啊。我只是在洩憤，算是一種小小報仇吧，又沒傷害到誰。」奈森臉上的表情讓艾弗朗明白，就算真的傷害了誰，奈森也無所謂。

奈森用幻燈片模式展示一系列恐怖照片，主角是他們的老師與同學，一張比一張更逼真、更令人毛骨悚然。其中一張是莫喬瑟老師肚子開了一個大洞，好像被大砲轟出來的一樣，艾弗朗甚至可以透過血肉模糊的洞，看見後方黑板上寫著他們的回家作業。另外還有一張橄欖球隊的合照，每個隊員的眼睛都被挖了出來，啦啦隊長還被奈森剝了皮，彩球上濺滿血跡。

奈森的確有兩把刷子，只不過不知道這種能力可以用在哪裡。

「如果被別人發現的話，你可能會惹上大麻煩。」艾弗朗說。最近校方人員對任何顯示學生有暴力傾向的事物，反應相當激烈。

「我又沒公開這些照片。你的評語就只有這樣嗎？」奈森臉上的興奮之情瞬間褪去，取而代之的是怒意。艾弗朗不知道奈森是否也修了他的照片，只是藏起來沒給他看。

「這些……令人印象深刻。」艾弗朗說。同時，他也覺得有點反胃，不過這次和神祕硬幣無關。「你一定花了不少時間吧。」

「這超好玩的。下次你來我家的時候，我可以教你。」奈森說。

「呃，好。」

奈森朝艾弗朗身後瞥了一眼，很快地關上視窗。艾弗朗轉過頭，珍娜正站在那裡。

「嗨，艾弗朗。」珍娜說。她看起來心煩意亂。她看到螢幕上的照片了嗎？「嘿，奈森。」奈森對她點了點頭。

「很抱歉打擾你們。艾弗朗，我可以和你說句話嗎？」她問。

「當然可以。」艾弗朗站起來。「我剛好要走了。我們待會見囉。」他對奈森說。

奈森的手揮了幾下，馬上轉回電腦螢幕前。

艾弗朗跟著珍娜走，看來她要帶他去書架區。他想起奈森提過在書架間親熱的事，讓他不自覺地臉紅。

接著她轉身走進一間私人辦公室，似乎是館方修復圖書的地方。那裡有個工作檯，上面擺放著修補用的膠帶、一些線、幾瓶膠水。各種破損程度不一的書堆疊在那裡，四處散落著布面的書皮。

「妳一直躲在這裡嗎？」他問。他們稍早抵達圖書館時找過她，還以為她今天沒上班。

「我只是想要趕上進度。」她似乎有點緊張，或是心不在焉。「我想再次表達謝意……你知道的。」

「是啊。」這回答還真誠懇，他想。

她看起來好像還有其他話要說，但她沒再開口。她打開一個抽屜，拿出用學校報紙包覆的長方形包裹，拿給艾弗朗。

「這個送你。」

「禮物？要給我的？」又寬又平的那面摸起來硬硬的，細窄的側面則有些內凹。是一本書。

「沒什麼啦。」她看起來有點尷尬。「也不是新書，只是我猜你應該會喜歡。」

「謝啦。」他不知道該說什麼或怎麼辦。「如果妳願意的話，我們應該再約個時間。我是說，出去走走，就我們兩個。」

「我很樂意。」但她突然臉色一沉。「不過，我想現在不是時候，尤其發生了那麼多事。我再跟你約好了。」

「當然。」到底發生了什麼事？她的心情突然一百八十度大轉變，是因為他說了或做了什麼嗎？

是那枚硬幣。一定是。上個願望改變了和珍娜有關的事。

「嗯……我得回去工作了。」珍娜說。

「好，呃，真的很謝謝妳送我這個。」

他們尷尬地對視。艾弗朗遲疑了一會兒，然後伸開雙臂向前靠過去。一開始珍娜嚇了一跳，但很快也向前靠去。她把頭倚在他的肩膀上，身體也靠向他。

艾弗朗慶幸自己手上還拿著書，不然他很可能在她的上衣背面留下帶有汗漬的手印。雖然面對珍娜他總是很緊張，但這次他突然覺得放鬆不少。她的身體溫暖而柔軟，如果再這樣抱下去，她一定會發現他開始情不自禁。

他試著抽身後退，她卻突然用力抱緊他，然後才退後。他們以一臂之遙抱著彼此，互相凝視。他鼓起最後一丁點勇氣，親了她臉頰一下。她微笑著，完全沒有閃躲，但他覺得那笑容裡卻帶著幾分哀傷。

回到家中，他發現媽媽穿著一件時髦的紅洋裝，綁著高馬尾，臉上也化了妝。顯然她不再上晚班了。那枚硬幣似乎在和他開玩笑。奈森的願望怎麼會影響到他媽媽的工作？

廚房桌上有盒披薩，盒子上寫著「彼特披薩」，那是間他從來沒聽過的店。他們家向來都訂「山姆披薩」的。他把手放在盒子上，發現盒子還是熱的。

「妳去哪裡了？」他坐下打開蓋子時問。他拿起一塊披薩，把垂下來的起士絲送到嘴中，發現味道和他們平常吃的一樣。

「你還是要在這件事上和我鬧彆扭嗎？」

「什麼意思？」

「吉姆要帶我去吃晚餐。你能接受嗎？」

艾弗朗愣住了，披薩還拿在嘴巴上方。熱騰騰的番茄醬和油滴上他的嘴唇，他把那片披薩丟回盒子。

「妳有約會的對象了？」他問。

「我不需要你的批准。」她說。

「妳有約會的對象了？」

「你是秀逗了嗎，艾弗朗？」她輕拍他的後腦勺一下。「清醒一點了嗎？」

「妳有——」他笑了。「吉姆是誰？」

「是我公司的會計師。」公司？哪間公司？「其實你見過他。你生日那天，我們去墨西哥餐廳吃飯時，遇到的就是他。」

「妳喜歡他嗎？」

她笑了。「是他喜歡我。我還沒辦法下定決心。」她撥了撥頭髮。「沒什麼好大驚小怪的，只不過是個約會。」

艾弗朗坐回位子，狠狠地咬一大口披薩。她靜靜看著他。

「披薩很好吃。」最後他開口。

「謝啦。電話很難打，不過我還是打進去了。」

他吞下那口披薩，再灌下一大口可樂。「祝你們玩得愉快。」

「我們來交換條件。你別對我約會的對象有意見，我也不會干涉你。嗯，我盡量啦。」

艾弗朗臉紅了。「媽。」這讓他想到一件事。他在牛仔褲上抹了抹手，然後拿出珍娜給他的禮物。糟了，他突然意識到自己不該這麼做。

「哦，那是什麼？」媽媽問。

「不干妳的事。」

他把書放在盤子旁邊，好像那是個危險包裹，隨時都會爆炸一樣。在他回家的路上，他一直忍著沒拆開。

「你不拆開嗎？」她問。

嗯，有何不可？他拿起書，瞪視媽媽的同時撕開了報紙薄薄的一角。

他媽媽翻了個白眼。「你看，這就是為什麼我不再包裝你的聖誕禮物和生日禮物。」她說。「生命苦短啊，親愛的。」

他沒理她，希望能夠盡量拖延拆禮物的一刻。他撕開最後一條膠帶的時候，報紙包裝終於完全打開了。是一本書，和他猜的一樣。

「《綠野仙蹤》，」她說。「真是有意思的禮物。」

「是珍娜送我的。」艾弗朗說。他迅速翻了一下書頁。

「小時候你爸爸讀過這本書給你聽。」他媽媽已經很多年沒提過他爸了。

「我不記得了。內容跟電影一樣嗎？」

「有點不太一樣。」她說。

他放下了書。

「你不喜歡啊？」她問。

「還不錯啦，」他說。「珍娜讀了很多奇幻小說。像是妖精啊、托爾金的作品那些。」

「但你比較喜歡科幻小說。你們根本來自不同的世界，顯然最後不會在一起。」她笑了，拿起那本書。「艾弗朗，和別人分享最喜歡的書是件相當私密的事。至少我是這麼想。」

「什麼意思？」

「我和你爸爸第二次約會的時候，他送了我一本書，那是他送我的第一個禮物。」她把書翻到最前面，仔細端詳著。「當你送一本書給某個人，就好像在說：『我把自己很重視的東西託付給你了。』不管你喜不喜歡都無所謂，如果你喜歡的話當然比較好啦。重要的是，要瞭解她為什麼喜歡這本書，為什麼送你這本書。」她闔上書，把書還給他。「你該看看這本書的，尤其是書名頁。」她站起來、拿起皮包。

艾弗朗把書打開，並且迅速翻到書名頁。上面用閃亮的粉紅色墨水寫著：「給艾弗朗。這本書讓我大開眼界，希望對你也一樣。愛你的珍娜。」她還在名字旁邊畫了一個小小的愛心。

他闔上書。

「你在傻笑。」媽媽說。

「媽！妳不是趕著去約會嗎？」

「他會在樓下等我。」

「妳不帶他給我看一下嗎？或許應該給我鑑定一下，看他對妳夠不夠好。」

「我不想把他嚇跑。很抱歉，但如果我們結婚的話，就會把你送去寄宿學校。」

大門的對講機響了。

「一定是他來了。」她按下通話鈕，然後大喊：「我下去了。」她走回桌子前。「親愛的，我要出門囉。」

他親了她的臉頰，她則扮了個鬼臉。她拿起一張餐巾紙，動作誇張地擦拭臉上的油漬。「不用等我回家。」她說。

「哎唷，媽！」

她對他露出了淘氣的笑容。艾弗朗好久沒看她這麼開心過了。雖然他不知道這個吉姆是誰，不過顯然她很喜歡他。每次想到珍娜的時候，自己也會露出那副蠢樣子嗎？

「你在笑什麼？」他媽媽問。他甩甩頭。

他跟著她走到門邊。

「那他送妳什麼書？」艾弗朗問。「我是說爸爸。」

「馬奎茲寫的《百年孤寂》。在他送我回家之後，我就從頭到尾仔細地把書讀了一遍。那是讓我願意和他約會第三次的唯一理由，那次他又送了我另一本書。從那時候開始，我就相當瞭解他了。」她露出笑容，摸摸艾弗朗的頭。

艾弗朗在她走後鎖了門，接著坐回廚房飯桌上，再拿起一片披薩來吃。他小心翼翼地用大拇指翻書，以免不小心把油或醬汁滴在書上。他開始讀了起來。

後來電話響起時，他心不在焉地接起。

「嘿，小艾。」那是女生的聲音，但卻不是珍娜。

「請問是哪位？」他說。

「是瑪莉雪萊。」兩個聲音異口同聲地說。

「噢，嗨。有什麼事嗎？」

「只是要確認明晚的計畫沒變。」這次只有一個聲音，但他不知道說話的是哪一個。

「明天？」

「我們明天在路易餐廳訂了四個人的位子，就是中央大道上的那間義大利餐廳。」

四位？「好，當然沒問題。」他說。他不知道她到底在說什麼。會是今天下午他和珍娜聊過之後，珍娜刻意安排的嗎？他比較希望第一次約會能夠單獨出去，但或許她和朋友一起會比較自在。此外，會拒絕和三位美女一同出遊的人，想必是瘋了。這時他想起奈森和他們一起許的願望。這真是個絕佳的好機會。

「那麼，我朋友奈森也可以一起去嗎？他真的很喜歡雪……呃，魚。鱈魚。」艾弗朗擠出了個鬼臉。

兩位女孩笑了。「嗯，當然可以啦，」其中一位說。「那就是四人約會的目的啊。雪萊盼了一整個禮拜了呢。」

「瑪莉！」雪萊尖叫。艾弗朗迅速把話筒從耳邊移開。

「我當然也很期待。艾弗朗？」瑪莉說。

艾弗朗覺得自己彷彿被卡車擦撞到一樣。這到底是怎麼一回事？「好的，我們明天見，」他說。「我等不及了。」

「別忘了要給我們的禮物唷！」兩個人在掛斷前同時說。

這一定是硬幣的傑作。奈森的願望成真了。艾弗朗立刻撥電話給他。

「這週五晚上我們和瑪莉雪萊有四人約會。」艾弗朗說。

奈森沉默不語。

「說話啊。」艾弗朗說。

「我不知道該說什麼好。」

「你該說：『很抱歉，艾弗朗。有關魔法硬幣的事，你說得對。』」

「你還在鬧我。」

「我沒有。」

「這件事你最好別騙我。如果你騙我的話，我們就一刀兩斷。我是說真的。」奈森說。

「你要出去。和雪萊一起。明天晚上。我才剛和她們講完電話。」瑪莉將之稱為四人約會。如果奈森和雪萊一對，這就表示……

「屁啦，小艾。這也太驚人了吧。這會是我這輩子最棒的一晚。」

艾弗朗看著珍娜送他的書。雖然他們還沒正式開始約會，但他覺得這樣好像腳踏兩條船一樣。他不想放棄目前與珍娜的發展，就算為了幫助奈森也不行。不過他的確欠朋友一個人情。他應該直接打電話給珍娜，說明這不算真正的約會。珍娜應該能夠諒解。

如果她已經知道這件事就糟了。瑪莉是她最好的朋友，她應該早就告訴珍娜雙人約會這件大事了。上次他看到珍娜時，珍娜流露出哀傷的神情。艾弗朗閉上雙眼。他真的搞砸了。

「喂？艾弗朗？」奈森說。艾弗朗完全聽不見奈森興奮的胡言亂語。

「什麼？」

「我剛在問你我們要送她們什麼？鮮花？糖果？」

「她們要我們送她們禮物。第一次約會應該這樣嗎？」艾弗朗問。

「噢，當然囉！星期六是她們的生日。」

「你怎麼知道？」

「不要小看了網路搜尋的厲害。」

「我覺得那比較像跟蹤狂的行徑。」

「這是件大事啊，這不只是一頓晚餐——是她們的生日大餐。她們一定非常喜歡我們。」

所以現在艾弗朗得買禮物送給瑪莉雪萊，但其實他已經身無分文了。他很想要許願讓自己有錢，但又不知道硬幣會造成什麼副作用。

「你還沒做好心理準備嗎？」

「準備好了，」艾弗朗說。「明晚一定很特別。」

第九章

路易餐廳是間兩星級的餐廳，野心卻是四星級的程度。每桌都覆著白色的麻布桌巾，以及一個小燭臺，艾弗朗知道這餐肯定會讓他破產。還好現在他媽媽屬於白領階級，這表示她會給他零用錢，也讓他預支了幾週的金額，以應付今晚的需求。

「幸好我有特別打扮。」奈森說。奈森穿著西裝，還打了條紅藍相間的條紋領帶，穿著灰色外套和成套的褲子，看起來就像他爸爸。艾弗朗則穿得輕鬆多了，他穿著咖啡色的運動外套，裡面是褪了色的藍色運動衫，燈芯絨褲，和黑色的帆布鞋。雖然奈森對於自己的模樣相當自在，但艾弗朗仍然覺得他穿得太過正式。艾弗朗花了許多時間考慮要穿什麼，實在久到不行，因為他不想讓瑪莉對他有好印象。

「所以你想要雙胞胎的哪一位？」奈森說。「我想我們在坐下來之前要先商量好。」

「兩個都不想。我喜歡的是珍娜，記得嗎？還有，我以為你喜歡雪萊。」

「我要那個瘦的。」

艾弗朗瞪大雙眼。「沒有哪個比較瘦。我是說，她們都很瘦。她們都一樣……寬。」

「那我想我們可以拋硬幣決定。」奈森對他眨眨眼。「嘿，對了，那個硬幣在哪裡？

你都隨身帶著嗎？」

艾弗朗把手伸進口袋摸索，硬幣還好好地收在塑膠袋裡。

「你和雪萊，我和瑪莉。」艾弗朗說。

「我就知道你喜歡她。」

「僅此一次。今晚是特別幫你的。」

一位女服務生帶他們到餐廳後方就座。瑪莉和雪萊坐在桌子後方，啜飲著裝在高腳杯中的汽水。

「生日快樂。」艾弗朗說。他拿出了一個盒子，用海綿寶寶的包裝紙裝著。「很抱歉，他們只有這種包裝紙。」

「太棒了！我們喜歡海綿寶寶。」雪萊說。

艾弗朗皺起眉頭。

「我也是，」奈森說。「順帶一提，這是我們合送的。」艾弗朗緊咬牙關。他不斷提醒自己，這麼做是在幫朋友的忙。雖然奈森沒出半毛錢，艾弗朗還是願意讓他一起沾光，只要能讓雪萊喜歡上奈森，奈森別再來煩他就好。

艾弗朗坐在瑪莉對面，奈森則擠進他旁邊的位子。

「我們應該現在拆禮物嗎？」瑪莉問道，一邊拍著放在她和雪萊間的禮物。

「如果妳想的話。」艾弗朗回應。

兩位女孩一人拉著包裝紙的一角，把紙撕開，她們的粉紅亮光指甲油在小水晶吊燈的照射下反射著光芒。拆開包裝紙後，露出了灰色的素面紙盒。她們打開紙盒，看到盒內的禮物時，一起皺起了眉頭。

「你們送給我們雕像……」雪萊說。

「還是對裸男？」瑪莉說。

奈森嗆住了，把麵包屑噴到桌巾上。「什麼？」他問。

「他們是卡斯托耳和波魯克斯，」艾弗朗解釋。「就是雙子座的雙胞胎。因為妳們是雙子座也是……呃，雙胞胎。」

「其實我們是巨蟹座。」雪萊說。

「噢。」艾弗朗說。

「不過我們是巨蟹頭，很接近雙子座。」她補充。

「人家都說巨蟹座（Cancers）跟癌症（cancers）一樣。」奈森說。

「怎樣？」雪萊問。

「愛上就賴著不走了。」

雪萊吃吃地笑，但瑪莉卻翻了個白眼。艾弗朗和她心照不宣地互看一眼。

瑪莉和雪萊各自拿出一尊雕像，這兩尊其實是石膏像，外面再噴上漆，因此看起來很像花崗岩。兩名羅馬男子頭戴著花冠，並且配著腰帶，手裡握著火把：左邊的那尊用左手向下拿著火把，右邊的那尊將火把高舉在右肩上方。

「他們是書擋。」艾弗朗說。

「謝謝，艾弗朗。」瑪莉說。

「是奈森幫我選這個禮物的，」艾弗朗說。「其實這是他的主意。」奈森向他射來熱辣的一眼，艾弗朗回以嘻嘻一笑。奈森的腮幫子鼓鼓的，因為他還沒把麵包吞下去，看起來活像一隻金黃色的倉鼠。

她們把書擋裝回去，然後把盒子和撕開的包裝紙移到旁邊的椅子上。

「我們很喜歡，」雪萊說。「你們想得真是周到。」她坐得更挺了，胸部就直接靠在桌上。奈森突然嗆到，急忙伸手去拿水杯。

「對了，妳們穿得真好看。」艾弗朗說。她們都穿著淺藍色的洋裝，最上方的兩顆扣子沒扣上。即使她們想扣應該也扣不上吧，他想。

「我們每次生日都會穿新衣服。」瑪莉說。

「所以，這就是妳們的『生日裝』，出生那天穿的服裝？」奈森用刺耳的聲音說著。艾弗朗瞪了他一眼。

「那妳們為什麼選擇穿一樣的衣服？」艾弗朗說。「妳們喜歡讓別人分不出來嗎？」

「有些人就分得出來，」雪萊說。「我們的爸媽可以，珍娜也可以。」她聳了聳肩。

「和我們夠熟的話，這不成問題。」瑪莉說。

「而且把別人搞得頭昏腦脹也很有趣。」雪萊說。

「妳們真的什麼都一樣嗎？」奈森說。

瑪莉皺起了鼻子。「噢，說得好像我們沒聽人家這麼說一樣。」

雪萊眨了眨眼。「或許待會兒你可以和艾弗朗交換一下筆記，對照一下。」她說。

瑪莉推她一把。「別慫恿他。」她說。

看起來雪萊喜歡的似乎是奈森。如果這不是魔法，艾弗朗還真的不知道這算什麼。

奈森往前靠了過去。「我一直在想——」

「閉嘴。」艾弗朗小聲說。

「但是——」奈森說。

「相信我。」艾弗朗說。

瑪莉和艾弗朗再度交換了一次心照不宣的眼神。

「你真沒幽默感。」奈森和雪萊異口同聲地說。他們驚訝地互看一眼，然後咯咯地笑起來。

接著瑪莉向艾弗朗拋了個媚眼，他嚇了一跳。「我們並非完全相同，」她輕聲說。看見他驚訝的眼神，她動了動十隻指頭。「指紋不一樣啊。」

艾弗朗笑了。

服務生打斷他們。「準備好點餐了嗎？」他說，手拿著筆懸在小平板上。

艾弗朗明明知道瑪莉和雪萊是不同的兩個人，但她們點了不一樣的東西時，他還是有些驚訝。瑪莉點了奶油義大利寬板麵，雪萊則點了帕瑪森起士雞肉。

「如果你還分不出來，」瑪莉意有所指地看著奈森說，「我們的口味其實差很多。」

艾弗朗點了白醬培根義大利麵，奈森也點了帕瑪森起士雞肉，艾弗朗知道他其實很討厭起士。

奈森挑起眉毛看著雪萊。「我想我們是食物雙胞胎吧。」

瑪莉大聲地嘆了一口氣。

「所以你要接手珍娜在圖書館的工作嗎，艾弗朗？」雪萊說。瑪莉則用手肘從側面頂了她妹妹一下。

「噢，很抱歉，我忘了——」瑪莉又頂了她一下，示意她安靜。

奈森笑了。「嘿，既然妳們是雙胞胎，對方痛時妳們也感受得到嗎？」

「閉嘴，奈森！」他轉向雪萊。「什麼？我要接什麼？珍娜要離開？」

霎時一片靜默，只有服務生送餐來的聲音。艾弗朗用叉子翻動盤子上的義大利麵。

「珍娜要去哪？」他又問了一次。

瑪莉低頭看著盤子。「我們還以為你知情，她說你已經同意接手她的工作。我們只是不想在晚餐時提這件事，因為這頓飯應該是開開心心的。」她怒瞪雪萊一眼。

「她為什麼要離開？」奈森問。

「金先生在加州找到了新工作。」

「加州？」彷彿有一條長長的義大利麵梗在艾弗朗的喉嚨裡。他呼吸不到空氣。

「去洛杉磯。他升上大位了。他們下星期就會搬過去。」

「太慘了，」奈森說。「妳們要失去最好的朋友了。」

瑪莉瞪著他，眼中的熊熊怒火彷彿可以燃燒。

「幾千哩的距離並不會改變我們的友情。」雪萊說。

「嗯，妳們有需要的話，隨時都可以找我。」奈森說。「我是說我們。」艾弗朗垂下頭。

「你還好吧？」瑪莉伸手想握他的手。

他把手縮回。「我沒事。」他把手放在自己的大腿上，指頭緊按著褲袋裡的硬幣。

雪萊很快就轉換了話題，把注意力放在奈森身上。整個晚上，艾弗朗都默默地難過，聽著奈森說些自以為幽默的蠢笑話，以及雪萊咯咯笑個不停。他許了那個願望，代價就是必須放棄珍娜……這樣值得嗎？

瑪莉似乎也不怎麼開心，不時翻攪著食物，偶爾偷瞄艾弗朗幾眼。他似乎毀了她的生日，心裡有些過意不去，但他真的無話可說。他不想勉強自己加入話題，他心裡只想著兩件事。

珍娜要離開了。

他不能讓她走。

第十章

艾弗朗在沙發上醒來。他的頭卡在坐墊和椅背之間。他搓了搓臉，發現兩頰印著坐墊的紋路。

「早安。」門口傳來溫柔的男性聲音。

艾弗朗跳了起來，僵硬的脖子傳來一陣刺痛。

門旁站著一位男士，他正將右腳伸進黑色的牛津鞋中。他彎下腰來繫鞋帶時，禿頂的部分反射出一些微光。

那位男士在把另一隻腳塞進鞋子時，抬頭看了他一下。「我是吉姆。你一定就是艾弗朗了。」吉姆的牛角框眼鏡滑落至鼻頭，他把眼鏡推了回去，整個人看起來就像禿頭瘦弱版的超人克拉克·肯特。「這樣見面有點尷尬，對吧？」

「嗨。」艾弗朗說。吉姆看起來不像他媽媽會喜歡的型，至少不是他認為她會喜歡的那種人。他以為吉姆會更像他爸爸一點，不過既然她和爸爸處不來，她當然會選擇和完全不同類型的人約會，也沒什麼好怪她的。

吉姆站起身，把領帶拉平。「如果你願意的話，我們可以談談這件事。」

艾弗朗搖頭。「不用，真的。這不關我的事。」他實在不知道怎麼應對才好，他不願意去想媽媽帶男人回家的事。

「我猜你沒有說實話。」

「我真的寧願不知道，謝謝你。」

電視上的卡通砲火聲引起了艾弗朗的注意。兔八哥在螢幕上跑來跑去，身後的子彈不斷追著牠發射。

「希望你別介意，我轉過臺了。」吉姆說。

昨天艾弗朗晚餐之後回到家，就坐在電視機前發呆，思緒在腦中攪成一團。艾弗朗這次許願之後，家裡就出現了第四臺，或許那是他媽媽換新工作帶來的好處之一，反正他就一直轉臺，看到睡著為止。

「你還在看卡通啊？」艾弗朗打了個哈欠。

「很常看。你不看嗎？對了，咖啡壺裡有煮好的咖啡。你看起來需要喝一點。」吉姆把筆電包甩到肩上，手臂上掛著西裝外套。「媽媽允許你喝咖啡嗎？」

「允許？是命令吧。謝啦。我想我會常看到你？」

吉姆笑了。「那要看你媽囉。」

「我會替你說好話的，雖然不一定有用。」艾弗朗說。這次約會顯然讓他媽媽很高興，而且也進行得相當順利——艾弗朗不願再往下思考細節。到目前為止，吉姆看起來是個好人。

「你的看法對小瑪來說很重要，」吉姆說。「她經常提到你。呃，我現在得趕快去上班了。」

「但你們不是同事嗎？你為什麼不——噢，我懂了。」

吉姆點點頭。「我還得解釋為什麼連續兩天穿一樣的西裝，我想我會在路上買條便宜的新領帶。我已經很久沒這樣做了，真的，我沒這種習慣。」

「再見，吉姆。」艾弗朗笑了。

吉姆走出公寓，友善的揮了揮手。

艾弗朗愉快地去沖澡，迅速換上一身還算乾淨的衣服。在他去倒咖啡時，他媽媽走進廚房，身上套著寬鬆的緞面睡袍，裡面是件粉紅色的貼身蕾絲睡衣，幾乎要滑掉了。

「媽！」艾弗朗別過頭。

「噢，艾弗朗。」她把袍子拉上，衝到咖啡壺那邊去。

「那個，我見過妳的……朋友了。」艾弗朗說。

她眨眨眼。「親愛的，我很抱歉。我想要好好介紹你們認識的。」她斜倚在吧檯上。

「才不是呢，媽。妳一點也不糟。」他看過她更糟的樣子。

「現在我真的覺得很丟臉，我真是全世界最糟糕的媽媽。」

「這正是我想教導你的事——」

「別擔心，我不會把男人帶回家。」

「我懷疑你和奈森有一腿已經一陣子了。」她笑了。

「媽。」艾弗朗嘆了一口氣。「我喜歡的是女生，不過目前我不會帶任何人回來過夜。」尤其珍娜要搬到很遠的地方去了。

「很好，因為如果發生這種事，你會被禁足一輩子。」

「這樣聽起來比較像個好媽媽。謝啦。」

「吉姆離開啦？我根本連他起床了都沒發現。」她看著冰箱上的時鐘大喊：「噢，糟了，我上班要遲到了。」

「妳喜歡他吧？」艾弗朗試著用輕鬆的語調對她說。

她拿走他手中的杯子，小口啜著咖啡。「到目前為止是的。」她放下杯子，若有所思地看著他。「你昨晚幾點回家的？也許你接下來還是會被禁足喔。」

「我得出門了。」艾弗朗說。

「噢？」她再次看向時鐘。「對耶，你今天開始要在圖書館工作了，你替朋友接下工作真貼心。再聊下去我們都要遲到了，之後再慢慢拷問彼此的感情生活吧。」她把剩下的咖啡都倒進馬克杯裡，拿著杯子離開廚房，睡袍的腰帶還拖在身後。

艾弗朗才剛出現，珍娜就說：「你遲到了。」

「抱歉。」艾弗朗雙手交叉靠在櫃檯上，看著櫃檯後的珍娜。看到他出現，她應該要覺得高興才是，畢竟他完全不記得答應過要接手她的工作。

她透過眼鏡看著他。她今天戴的是黑色的祕書鏡框，如果她沒這麼生氣的話，他應該會覺得她很性感。

「喂，你是真的想做這份工作嗎？」她問。「我大可以請別人接我的工作，但你自願接手。雷諾德女士相信我推薦的人選，因此我不希望——」

「我不會再遲到了。」今早的她還真緊繃。不過如果艾弗朗得在這麼短的時間內突然改變自己的生活，他也會覺得很有壓力。

她的臉色慢慢緩和下來。

「好吧。」她說。

「所以我要從哪開始？」

「有一大堆書要上架。通常我們都在晚上閉館前做這件事，但我把這些書留下來，這樣就能教你怎麼做。」

艾弗朗把背包從肩膀甩下。「聽起來很有趣。」

珍娜笑了。「你之前一定沒做過這件事。你和杜威做過嗎？」（註7）

「這個問題也太私密了吧。」艾弗朗抗議。

「我是說，你知道杜威十進分類法嗎？應該不知道。沒關係，你會弄懂的。大部分的書該放在哪都很一目了然。」

她帶他去看裝書的推車，並且教他如何分辨書上的標籤。她幫他一起把一些書歸

註7　英文dewey大寫為姓氏「杜威」，小寫則為有魅力的猛男之意。

架，接著她就回到櫃檯去了。他花了超過三個小時才把所有的書歸架完畢，那時艾弗朗已經筋疲力盡了。不斷地推車、伸手把書放到高的書架上、彎腰把書放到低的書架上，害他全身都痠痛起來。但每當他回望珍娜時，她似乎總是監看著他的進度，因此他不敢露出疲憊的樣子。

他最後一本上架的書是路易斯·卡羅寫的《愛麗絲鏡中奇遇記》。這本似乎正是他七年級時借的那本。他迅速地翻了書，想起爸爸念書給他聽時那種令人放心的聲音。

艾弗朗回到借書櫃檯時，珍娜指著一張空椅子示意他坐下。他攤坐在椅子上，伸展雙臂。

「好快啊，」珍娜說。「我通常要花更久的時間才能把書放完，」她拍拍面前攤開的書。「這工作很容易分心吧？」

「不會呀，簡單得很。上架方式就是依照作者名字的字母順序，對吧？」

「哈——你真幽默。」

「難道不是嗎！」艾弗朗說，做出嚇一跳的樣子。

「你是認真的嗎？」

「當然不是啦。」艾弗朗搓了搓手，接著往腿上的牛仔褲擦了幾下。「呃，我的手感覺很噁心。」

珍娜打開桌側的抽屜，拉出一包溼紙巾，把紙巾遞給他。

「灰塵在所難免，」她說。「拜託，別跟我說有關圖書館員的低級笑話。」

現在他和她靠得更近，發現她雙眼充滿了血絲。她哭過了嗎？

「那個，嗯，謝謝妳送的書。」他說。「我一直想看《綠野仙蹤》。」

「噢，是啊。我得把一些東西送走，這樣才不用搬那麼多東西。」珍娜把頭別過去，開始把一些書堆到推車上。

「噢。」艾弗朗摳著一本書書背上捲起的編號貼紙，看著上面的號碼，避免與她四目交接。702.11 B。「對，你爸要換工作。」

珍娜用力把一本書放到推車上，靠艾弗朗那一側的書就像骨牌一樣倒下。「你昨天晚上的約會如何？」

「約會？」他的聲音太尖了，他清了清喉嚨。「那不是約會啊。」艾弗朗把推車上的書扶正，往珍娜那一側推去，然後放了一個金屬書擋把書固定。「那是慶祝的聚會。慶生會。朋友之間的那種。」

「雪萊認為是約會，」珍娜說。「瑪莉也認為是約會。」她用力一拉，推車從他面前滑出去，輪子發出尖銳的聲音，往他左邊滑了好幾英尺。珍娜把更多書疊在推車的最上層。

他站起來握住推車把手。

「我會答應，是因為奈森希望能夠和雪萊出去。」艾弗朗說。

「她們喜歡你送的禮物。」

「其實是她們指定我——我們——送禮。」

「那樣也沒什麼不對啊。我只是不知道你喜歡看《蓓蒂杜克秀》。」她說。

「噢。」他回應，但他不懂她在說什麼。「不是，我沒看過什麼秀啊。妳在說什麼？」

「一對書擋，異如日月。」她唱了起來。「這是那部影集的主題曲。影集的內容講的是長得一模一樣的表姊妹。」

「長得一模一樣的表姊妹？聽起來不太可能發生。」

「嗯，她們的爸爸是同卵雙胞胎……我想那也不太可能，不過如果撇開邏輯不談，其實還滿有趣的。」

「我想起來了，妳爸喜歡那些老片子。」

「其實這部真的很好看，我可以挑一些片段給你看。」她的手突然從推車上放下，就像提線木偶的繩子突然被切斷一樣。「應該說，如果我沒要搬家的話，我會找給你看。天啊，這真是不公平。我們本來可以……」

「這讓妳不開心，對嗎？」艾弗朗問。

「這對我爸來說是個好機會，」珍娜回答。「也對我們家有好處。」

「當然囉。」艾弗朗握緊推車把手。「但多替妳自己著想也沒錯啊。妳知道嗎？這不僅是妳爸爸的事，妳的整個生活圈都在這裡。妳上學怎麼辦？妳的社團怎麼辦？」

「洛杉磯也有學校可念，艾弗朗。現在時機正好，真的。我一年後就上大學了，如果我遲早要離開，全家人為我留下來實在沒什麼道理。況且多出來的錢還能繳學費。」她聳了聳肩。「若說不喜歡搬到洛杉磯這樣刺激的城市，才真的是瘋了。薩默塞就是一個沉悶的小鎮。我的意思是說，這裡總是……灰濛濛的。在紐約不會有這樣的霧霾，只要我假裝跟他們是同類，在那邊可以過得很好的。」

「妳可以把頭髮染成金色，」艾弗朗說。「去刺個有品味的圖案，穿個耳洞或鼻環。沒錯，我能想像妳未來的模樣。」

珍娜透過眼鏡斜眼瞪他。「還真謝了，你這番話真是幫了大忙。」

「聽著，妳還是可以回來東部的大學，不是嗎？」艾弗朗說。「妳有在考慮長春藤聯盟的大學，對吧？有哥倫比亞、耶魯、普林斯頓。當妳回來的時候，原本的朋友都還在呀。」

「這很難說吧。」

「拜託，妳只離開一年耶。瑪莉和雪萊已經跟妳當了一輩子的好朋友了。」

「我想，沒有我她們也能過得很好，」她說。「說不定不用等到我離開。」

艾弗朗皺起眉頭。「妳在氣我昨晚跟她們出去嗎？」

「你很可愛，但也很遲鈍，艾弗朗。」她轉頭推著車子離開。艾弗朗抓住推車，把車子拉回來，她不得不停下腳步。

「唉唷。」她說。她轉過身，揉揉手腕。「我有工作得做。**我們**有工作要做。」

「我很可愛？」艾弗朗說。

「就像我說的：反應遲鈍。」她嘆了一口氣，雙臂靠在推車上，俯身看著他。「不過那不重要，因為我要離開了，我那些『朋友』或許會比較好過。」

「我對瑪莉沒興趣，」他說。「我跟妳說過了，我是為了幫奈森才去四人約會的。」

「你看，那是個約會！」

「珍娜——」

「你不用找藉口。我知道我這樣很傻。或許是我反應過度了。我本來以為離開之後，我們會想辦法保持聯絡，但實際上不會有人想念我，就好像我沒存在過一樣。生活還是會繼續，我的朋友會交新朋友，我也會交新朋友。那將是截然不同的生活。」她的聲音顫抖著。「但我不想要新的生活。我想要原本的生活。我想跟從小到大的朋友一起畢業。」

「如果妳有機會心想事成，妳也什麼都不想改變嗎？」艾弗朗問。

她掃視著他的臉。「這是什麼意思？」

「在我的人生當中，許多事與我的期望不同。例如我爸離開了，我媽……嗯，有些狀況。曾經啦。」

大家總是說人應該要知足，但艾弗朗遇到的問題實在很多。雖然他不是唯一在單親家庭中長大的小孩，但他周圍的朋友似乎都擁有快樂穩定的家庭。在他認識的人當中，沒有人的媽媽是個酒鬼又在超市打工的。

他的成績不錯，但他並不喜歡上學。現在珍娜又要離開，生命中唯一光明的部分也即將消失，他會很難熬過高三。

「艾弗朗？怎麼了？」

艾弗朗握起拳頭，緊捏著塑膠袋中的硬幣。「別擔心，一切都會沒事的。」

「我知道。」珍娜說。她挺直身子，深深吸了一口氣。「反正我也不能改變什麼，一直煩惱也沒有用。」她再次拉緊推車，這次艾弗朗放開手把讓她離開。她拉著車子倒退走，臉上掛著燦爛的笑容，眼中閃爍光芒。「如果你有機會到洛杉磯，別忘了來找我，好嗎？」

「妳什麼時候要出發？」

「一星期後。」

艾弗朗點點頭。

*如果一切順利，妳不會的。*他心想。

第十一章

艾弗朗到家的時候，奈森正躺在他床邊的地板上，翻著一疊舊的《花花公子》雜誌，那是他在老爸離開後從垃圾堆中搶救回來的寶貝。

「你怎麼進來的？」艾弗朗說。

「瑪德蓮讓我進來的。」奈森說。「這些實在太讚了。」他正在看一篇文章，標題是〈三十二種讓女人上鉤的方式〉。當然啦，當中並不包括利用魔法硬幣。

艾弗朗把包包丟在地上，看到桌上有盤燕麥餅乾，以及一個裝過牛奶的空杯。「我媽讓你吃這些？」她以前從來不讓艾弗朗在晚餐前吃零食，更不會讓他在房間裡吃東西。他把一整塊餅乾丟進嘴裡。

「她用這些東西引誘我進房間的，」奈森說。「我無法抗拒。」

「別用那種噁心的聲音說話。她是我媽耶。」艾弗朗癱坐在他書桌前的椅子上，把休眠中的電腦叫醒。「那她人呢？」

奈森闔上雜誌，推到一旁。「她出門了。說真的，她看起來很辣。」

她一定又去約會了。

「你沒照相吧？」

「你以為我是那種人嗎？」奈森說。

「把你的相機拿過來。」

「沒那種照片！」

「奈森。」艾弗朗說。

「你的工作怎麼樣？和珍娜玩得愉快嗎？」奈森問。他的語氣充滿暗示。現在的他比平常更變態。

「如果你知道我不在家，為什麼要特地過來？」艾弗朗問。

奈森的雙眼正盯著一個淡金色頭髮的女郎看，她的雙手環抱著胸部。

「我想當面謝謝前一晚的事。」奈森挑了一下眉。

「嗯，別再提這件事了。」

奈森把雜誌丟在地上，接著再拿起另一本。「瑪莉真的很喜歡你，」他說。「你為什麼要對她視而不見？」

「珍娜要走了，我沒心情想其他事。」艾弗朗說。

「你為什麼突然喜歡她勝過瑪莉？」

「我就是喜歡她。那你為什麼喜歡雪萊？」

奈森笑了。

「嗯，除了她傲人的身材以外。」

「因為一個人很有魅力而愛上她有什麼不對？」奈森拿了一本攤開的雜誌放在臉上。

「那你為什麼比較喜歡雪萊而不是她姊姊？她們看起來根本一模一樣。」

「因為她喜歡我。」奈森舉起雜誌，看著艾弗朗。「謝謝你。要不是有你的硬幣幫忙，她不會那麼喜歡我。」

艾弗朗扮了個鬼臉。「所以現在你信了吧。」

「我還需要更多證據。我們接下來要用硬幣變什麼把戲？」

「什麼？」

「嗯，這只是開始，我們可以擁有想要的一切。」奈森說。

「對雪萊做這種事，我已經夠愧疚了。」

「我們哪有對她怎麼樣？」奈森突然坐了起來，雜誌落到他腿上。

「嘿，小心一點。」艾弗朗走過去開始把那些雜誌疊好。

「你認為沒有硬幣幫忙，她就不可能喜歡我？」奈森說。

「我沒這樣說。但我們讓她愛上了你，所以我們根本不知道真相，對吧？」

怒意襲上奈森的臉。「你也對珍娜做過一樣的事啊。」

「那不一樣。」

「當然一樣。」奈森從床上跳起來，用力坐進書桌前的椅子。艾弗朗讓雜誌留在地板上，坐在床邊看著他。「那件事是個意外。」

「但當你知道發生了什麼之後，你並沒有覺得愧疚，不是嗎？」

艾弗朗深深的吸了一口氣。「沒有。」

「你看吧。」

「我覺得我們不應該用硬幣來操控別人，這樣做不對。」

奈森大笑，笑聲尖銳得出乎艾弗朗的意料。

「你笑什麼？」艾弗朗問。

「是因為現在只有我得到好處，對嗎？」

「不是，才不是——」

「我還以為我們會共享硬幣呢。」

「我從來沒有說——」

「如果是我先發現的，我會願意和你分享。」奈森雙手交抱在胸前。

「我有**和你**分享啊。」艾弗朗說。

「聽著，你認為這個硬幣是用來做什麼的？你以為我們會許什麼願？世界和平嗎？」

「之類的啊。」艾弗朗皺起眉頭。他一直在說服自己要用硬幣做些有意義的大事。或許奈森說得對，他不該獨占這枚硬幣。「但我們還不清楚硬幣的運作方式。我想我們要慢慢來，看看硬幣有什麼限制。硬幣造成的結果，和我許的願總是不盡相同。如果我許的願望是世界和平，也有可能讓大家都死掉，這樣就不會發生戰爭。這個硬幣好像在達成願望的同時，也會自動改變其他的事。」就像奈森的願望讓珍娜不久後就得搬離薩默塞一樣。

奈森點點頭。「好吧。這陣子我們就先慢慢來吧。許些小願望就好了。」

「別用硬幣改變別人的感受，或是強迫他們做他們不喜歡的事。」艾弗朗說。

奈森哼了一聲。「隨你說啦。許多人沒有神奇硬幣，還不是每天都在玩弄他人。但為了保險起見……」

艾弗朗拿出硬幣。「還有，在我們許願的時候，你一定要觸碰我。」

「現在是誰比較變態？」奈森問。「所以這次要許什麼願，老大？」

「我要許願，希望珍娜不要離開。」

奈森假裝咳嗽地小聲說：「偽君子。」

「這樣並沒有操控她的情感。現在一切才剛要步上正軌，我真的不想失去她，她也不想離開啊。」

奈森打了個哈欠。「好吧，那就來吧。」

艾弗朗抓住奈森的左手，開始許願。

「我希望珍娜不用搬家。」他說。

艾弗朗告訴自己他這麼做是為了珍娜，不只是為了他而已。他用右手拋了硬幣，然後接住。

「反面。」他說。

艾弗朗發現自己向左晃了一下，好像坐在火車上突然遇到緊急煞車那樣。四周的空氣波動了起來。突然之間，他不在自己的房間裡了，而是坐在餐廳的位子上吃晚餐。坐在他對面、握著他的手的不是奈森，而是瑪莉。

「呃。」艾弗朗說。

第十二章

瑪莉驚訝地跳起身，不斷眨著眼。艾弗朗迅速蓋住他手中的硬幣。

「哇啊！」她說。

「我怎麼會——」艾弗朗閉上雙眼，再次睜開時他還是在餐廳裡。他往四周看了看，但視線所及之處，完全沒有奈森的影子。「我剛……我剛剛在說什麼？」艾弗朗邊說，邊假裝若無其事地把硬幣塞回口袋裡。每次他以為自己弄懂了硬幣的運作方式時，硬幣就把他拋進另一個迴圈裡。這次為什麼把他送到這場晚餐約會裡？奈森又跑到哪裡去了？

「呃，你幾秒鐘之前不是還穿著藍色的運動衫嗎？」瑪莉問。艾弗朗低頭看了自己的衣服，是黑色的，他記得今天早上拿的就是這件。「我想不是。」

「我還以為……」瑪莉眉心緊皺。

艾弗朗不知道她看見了什麼，但他知道這一定是硬幣幹的好事。他彈了一下手指。

「我昨天穿那件，」他說。「跟這件很像，不過妳知道那件是……藍色的。深藍色，很接近黑色。」

「嗯，我想應該是這樣。」她把一根薯條丟進嘴裡，若有所思地嚼了起來，緊盯著他的運動衫看……

「嘿，妳有在附近看到奈森嗎？」艾弗朗問。

「奈森？雪萊跟他一起出去了啊。」瑪莉不悅地說。「我們不需要什麼事都綁在一起吧，不管奈森說了多少次都一樣。」

艾弗朗抓著桌子的邊緣。「她和奈森出去？是現在嗎？」

「怎麼了嗎？」

艾弗朗看著他們的盤子，發現瑪莉已經吃完了她的漢堡。他的盤子裡還有半個，不過他一點也不餓。

「我不太舒服。」他說。

「不會吧！是食物的關係嗎？」

他擠出痛苦的表情。「我想是吧。我們今天晚上先到此為止好嗎？」

「噢，好吧。」她看起來很失望。

「真的很抱歉。我想，在這種狀況下我也沒辦法好好陪妳。」他現在必須立刻找到奈森。

他簽了帳單。瑪莉拿起盤裡的薯條，壓根沒抬頭看他。

「我很……高興我們一起吃晚餐。」他說。

瑪莉聽了心花怒放。他們看來是真的在約會，但奇怪的是，原本似乎一切順利，是他搞砸了。顯然硬幣讓他陷入尷尬的局面，竟然能把他從房間直接移動到晚餐約會中，他沒想到硬幣還有這種能力！

他還是有一些重要的事沒搞懂。擲硬幣會得到隨機的結果，可能是正面也可能是反面。剛剛他許願時，丟硬幣的結果是反面。造成雷諾德女士腳部扭傷，好讓他有機會和珍娜說話的那次也是反面。

他擲到正面的時候又如何？他回想起最早許的幾個願望。他希望媽媽出院，以及希望她能成為更好的媽媽時都是正面，也都是好的結果。

他希望雪萊喜歡奈森時是反面嗎？他認為應該是。結果他發現珍娜要搬家了，那是最糟糕的結果。

「珍娜什麼時候要搬家？」他突然這麼問。

瑪莉皺起了眉頭說：「這個週末。」

所以根本沒改變。他許的願是珍娜不要搬家，硬幣卻沒改變這個事實──只讓他與瑪莉的關係更進一步。他實在無法把這些事兜在一起。

「艾弗朗，你怎麼了？」瑪莉問。

「我也想知道怎麼了。」他答。

「什麼？」

「很抱歉。我需要去透透氣。我陪妳走回家如何？」艾弗朗問。

他把自己僅剩的錢放在桌上當小費，還撐著大門讓瑪莉先走出去。他們並肩走著的時候，他突然靈光一現。硬幣沒有讓他的願望成真，至少目前為止還沒有。珍娜還是會搬家，但有些事情顯然改變了。如果發生了壞事，那麼他認為擲到反面會發生壞事的假設就能夠獲得證實。

他們路過的一些商店和他記憶中的樣子有些出入，但是本來鎮上的店家總是來來去去。他知道自己這麼敏感也許有些反應過度，但他覺得再度使用硬幣之前，最好還是先弄懂魔法的作用。

「我可以問妳一個比較私密的問題嗎？」他說。

她從側面看了他一眼。「當然可以。」

「這件事情困擾我很久了。為什麼妳們一個叫瑪莉，一個叫雪萊？妳們的爸媽怎麼會幫妳們取這種名字？」

瑪莉笑了。「其實也沒那麼糟啦。大部分的人原本都不會有特別的聯想，只有老師在課堂上說明的時候，大家才會想到。其實這都要怪我老爸，他是熱愛工作的英語系教授。要不是我媽念大一、在文學課和他初次邂逅時，他正在教雪萊夫婦的作品，她也不會讓他幫我們取這種名字。」

「好浪漫啊。」艾弗朗說。

「很詭異的，其實。」瑪莉回答。

艾弗朗用喉嚨發出怪聲。

「如果你喜歡，想像一下自己終其一生得一次又一次地聽到這個名字。這件事造成

的心理創傷，比奇怪的名字本身還嚴重。儘管如此，你還是可以試著說服我們的弟弟道林。」（註8）

瑪莉停下腳步。「我們到啦。」她說。他們已經走到她家了。

「妳覺得雪萊和奈森回來了嗎？」他問。

「我們房間的窗戶還是暗的，所以我想她應該還沒回家。」

「說的也是，他們在暗暗的房間裡還能幹麼呢？」他故作無辜地說。

她輕輕打了他肩膀一下。「嘿，那可是我妹妹。」她的手停留在他的手臂上。他突然明白，她希望他能吻她。

「那個，我再打電話給妳。」他往後退一步。

「如果你好一點了，可以進來坐一下。我爸媽不在家。今晚是他們打橋牌的時候。」

「不用了。我最好不要太勉強，我該回去休息了。」

突然間她靠向前吻他。她的嘴唇是冰冷的，接著他感覺到她的舌頭伸了進來。現在他真的頭暈了。

她輕輕地退開，雙手放在他的胸膛上。「我知道你很害羞，這樣很好，可是——從我們第一次約會開始，我就真的非常想要這麼做。並不是說慢慢來不好，」瑪莉說。「我知

註8「道林」原文為Dorian。典故出自十九世紀文學大師奧斯卡・王爾德的知名作品《道林・格雷的畫像（The Picture of Dorian Gray）》。

道雪萊和奈森的進展有多快，我在想要是我的話……」

「嗯，典型的奈森。」

「我妹也一樣，她很容易深陷其中。」

瑪莉走向通往家門的步道，旋即迅速轉過身來面向他。「我們應該換個方式，如果是你約我出去，而不是我約你的話，這樣一定很棒。」接著她轉身走向門邊，卻又再次停下腳步，突然回頭望著他。「這樣會不會太主動？」

「對男生來說，絕對沒有這回事。」艾弗朗說。他的頭暈暈的，腦中漲滿了震驚與愉悅。接著罪惡感悄悄溜進他心中。

「雪萊也是這麼說。回家小心，小艾。」

「晚安。」

他還感覺得到她的雙脣。他從未像那樣吻過任何人。

不知道親吻珍娜會是什麼滋味？

艾弗朗一踏進公寓，媽媽就從沙發上跳起來。「終於回來了！你去哪裡了啊？」她說。

「怎麼了？誰死了嗎？」

「別開那種玩笑。」

不會吧。

「我有事要跟你說。」她說。

艾弗朗跟著媽媽進了廚房。她把水壺裝滿了水，準備放到爐子上燒開，不過她忘了開火。她靠著櫃子，臉色凝重地看著他。

艾弗朗在餐桌前坐下。「怎麼了，媽？」他害怕了起來。

「琳達打電話來。」她說。

「琳達？」

「琳達．金，珍娜的媽媽。」

「噢。」艾弗朗抓著膝蓋，指甲深深掐進牛仔褲。「珍娜……一切都還好吧？」

「她爸爸住院了。他心臟病發。」

艾弗朗恢復呼吸。「很嚴重嗎？」

「當然很嚴重，是心臟病啊。他現在在加護病房裡，醫生說他的機會是一半一半。」

「噢，天啊。」艾弗朗說。

「珍娜當然很難過。她還在醫院裡，以免……」看見他臉上的表情，他媽媽一手放在他的手臂上。

「我們應該去嗎？」他說。

「我想我們去了也幫不上什麼忙，只會礙事而已。」

艾弗朗把手放進口袋裡。

一半一半的機會。和擲硬幣一樣。

他的手顫了一下。是他的錯，如果他沒許這個願，就不會發生這種事。

「他們知道是什麼原因嗎？」他說。

「很難說。他最近壓力很大。新工作，又要搬家。」

「我想……他們這樣就不會離開這裡了吧。」他低頭盯著桌子看。

「最近應該不會，我想是吧。如果要搬的話，也要等他好起來。你還好嗎，小艾？」

他站起來。「我要回房間去。」

他媽媽點點頭，然後她想起水壺來。「噢，你不喝茶嗎？」她轉身到爐子前，發現自己忘記開火。「再一下子就好了。」

「不用了，沒關係。我需要自己靜一靜。」他走到房門邊，突然想到一件事又轉過身。「妳怎麼認識珍娜媽媽的？」他問。

他媽媽看著他，一手還放在茶壺的把手上。「我們在家長教師聯誼會認識的。」

「從什麼時候開始？」他媽媽以前對學校的事完全沒興趣。學校只不過是他每天要去的地方，就像她每天要去工作一樣。只要他不惹麻煩，成績不要太差，她根本不想管學校的事。但這個人是全新的媽媽，是他之前許願得到的。

這是他第一次開始懷念起原本的媽媽，那個把他養大的媽媽。他深愛著她，愛她的缺點以及她的一切。這個女人有許多他不瞭解的地方。他們到目前為止的生活又是如何？

「三年多了啊，我們邀請他們全家過來吃飯不少次了。親愛的，我知道你一定很難受，在你爸爸出事之後──」

艾弗朗後退了一步。「什麼？」他問。

「艾弗朗？」

「爸爸怎麼了？」

他媽媽的眼中盈滿了淚水。「我知道你在想什麼，但金先生現在的狀況比你爸爸死掉時好很多。至少金先生不喝酒。」她搖搖頭。

艾弗朗的爸爸**死了**？雖然他爸媽離婚了，他還是希望知道他爸爸的狀況，希望有一天他能夠再成為他們生活的一部分。他不該死掉啊。

「你的臉色好蒼白。很抱歉，我不該提起那件事的。」她說。

「我只是很擔心珍娜而已。」

他媽媽點點頭。「他會撐過去的，」她說。「我知道他會的。」

艾弗朗把自己關在房間裡，坐在床上。他翻了硬幣好幾次。正面。反面。正面。反面。

繼續使用硬幣實在太危險了。

每次許願，都會帶來意料之外的改變，帶來他不知道該如何處理的事，就像瑪莉喜歡他，但是他爸爸卻……

這件事到底有什麼好煩的？他爸爸之前就很少出現在他的生活中。他爸的死活又對自己有什麼影響呢？他不是個好人──或許這正是他傷害媽媽的報應，因為他會打她。

艾弗朗犯了大錯。他必須再次許願來修正錯誤，接著他就不再許願了。

他還記得自己也許下了承諾，要讓奈森和他共享這枚硬幣。都已經走到這一步了，他必須讓奈森繼續參與。艾弗朗在指尖滾動著硬幣。沒時間了。如果他等太久，金先生很可能會死掉。此外，如果他現在許願，奈森也不會知道。

艾弗朗嘆了一口氣。他放下了硬幣。他會跟奈森提硬幣的事，就是為了在背叛奈森後和他重修舊好。他不能再背叛奈森。艾弗朗必須找到他，和他一起許下這個最後的願望。只要向他說明自己的領悟，他相信奈森一定能瞭解為什麼他們不能再許願。

「我不明白。你為什麼不想再用硬幣了？」奈森把薯條戳進一坨番茄醬裡。

「太危險了，結果沒辦法預期。」

「什麼事沒辦法預期？你許下願望，丟擲硬幣，願望就實現了。我有說錯什麼嗎？」

艾弗朗想用吸管攪動他的巧克力香草奶昔，實在是太濃了，攪不動。

「一直有不好的事情發生，都不是我們想要的。只要硬幣是反面時就會這樣。」

「昨晚沒有任何問題啊。」奈森說。許願之後奈森的狀況和艾弗朗的體驗差不多：他突然出現在一間電影院裡，正和雪萊一起看電影。這劇變對他來說簡直棒透了。「如果瑪莉也像雪萊那樣有魅力，你就會發現硬幣是天下最棒的事了。」

「很好。我不想再聽到任何相關的事，也不想再看你們的照片了。」艾弗朗緊張地攤開餐巾紙。「聽好，我們不知道硬幣的把戲是怎麼變的，」艾弗朗說。「我只是正好看到說明，在沒仔細思考的狀況下就照做了。」雖然這個藉口只適用於他第一次許願的時候。

「我還是不覺得用硬幣有什麼不好。」

「我害珍娜的爸爸心臟病發。」或許他應該換個方式說。「改變的也許不是事物，而是我們本身。你不覺得可怕嗎？」

「你說得對，小艾。你以前不會這麼自私。」

「自私？我想幫助珍娜的爸爸。你才是那個被改變的人。你以前脾氣沒這麼差，而且比較關心其他人。」

「我還是關心啊。你真正想說的是，你希望我們不要再用硬幣了，只有在你真的很想用的時候才用。如果你根本不想和我分享，你當初就不該跟我說。」

「下個願望就是我們的最後一個願望，我要讓一切回到正軌。」

「我不要，」奈森說。「我喜歡現在這樣，不要奪走我的一切。」

「我只是希望珍娜的爸爸沒事。我想硬幣沒辦法搞砸這件事的。」他希望自己對這點能夠更有信心。如果硬幣是正面的話，他們就安全過關；但如果不是的話，事情可能會更糟。

「你花了半個小時的時間想說服我，要我相信使用硬幣不安全。如果你說得對，那麼再許一個願望，我就可能失去雪萊，而你卻無法保證這種事不會發生。」

艾弗朗捏緊硬幣。他不敢相信奈森竟然認為自己的戀愛比別人的性命重要。

「如果真的不幸發生了，我們再想辦法讓她回到你身邊，好嗎？但保險起見，到時候最好先弄清楚硬幣的運作機制。」艾弗朗說。

奈森瞪大雙眼，接著垂下肩膀。「好吧，艾弗朗。我相信你。」他們一起把盤子推到旁邊，艾弗朗凝視著硬幣，把注意力都放在那上頭。

「我希望珍娜的爸爸能夠康復。」艾弗朗說。正面啊，拜託，一定要是正面。他拋起硬幣，然後接住。

正面！

艾弗朗笑了。

但糟了，艾弗朗發現自己在丟硬幣之前，忘了抓住奈森的手。

第十三章

艾弗朗眨了眨眼，轉眼間就獨自到了房間裡。他開始習慣硬幣造成的突然改變。晚餐不見了，但是他吃的薯條還紮實地留在胃裡。他想知道這次奈森去了哪裡，他又處在什麼狀況中。

他打去奈森家碰碰運氣，在奈森接起電話時，他鬆了一口氣。

「奈森！你還好嗎？」艾弗朗說。

「幹麼？誰啊？」奈森的聲音聽起來不太清醒，好像才剛被吵醒一樣。這點證實了艾弗朗擔心的事：他許願的時候忘了握住奈森的手。也許奈森還記得一點點，至少記得艾弗朗上次許願前的事情。

「是我。艾弗朗。」

「艾弗朗……艾弗朗．史考特？你要幹麼？」

「別鬧了。聽我說，我犯了一個錯，拜託你記得硬幣的事。」艾弗朗緊握著話筒。

「什麼硬幣？你在說什麼？」

我搞砸了。艾弗朗心想。

「拜託你一定要想起來啊。」你一定要記得我啊。「硬幣。拜託你想一下。幾分鐘之前，我們才一起吃晚餐——」

奈森不耐煩地說：「我幾分鐘之前才睡著，我夢到的也不是你。不管你想到什麼，饒了我吧，老兄。之後再說吧。」電話「啪」的一聲斷線了。

奈森忘了神奇硬幣的事，拜硬幣之賜，他甚至連艾弗朗都不太記得了。換個角度，艾弗朗意外地排除奈森或許是件好事，這樣奈森就不會再逼他使用硬幣。

但從另一方面來看，艾弗朗必須擔心更嚴重的問題——他很可能會失去最好的朋友。

艾弗朗踏進圖書館時，珍娜刻意看著手機的時間。

「又遲到，連續兩天了。」她說。

「抱歉。早上有點事。」他說。

所以他還在這裡工作。他原本以為這件事會改變，當初接下這份工作是因為珍娜要離開。但那並不表示他的願望沒實現。硬幣落下時是人頭朝上，所以她爸爸應該沒事了。這點最重要。今天珍娜在這邊工作或許是個好兆頭。

她也沒什麼變。她看起來有點累，但她爸爸住院了，這點不難想像。

「你為什麼這樣盯著我？」珍娜問。

「沒有啊。」

「好吧。」她拍了拍桌子旁的推車。「這一車的書要上架。如果你準備好了就去吧。」

「好。」他說。珍娜的外表沒變，但是個性卻與之前截然不同。她似乎比之前冷漠許多。或許她還在擔心爸爸的事吧。

「嘿，妳爸爸還好嗎？」他問。

珍娜的表情柔和了起來。「他沒事了。只是虛驚一場而已。你怎麼知道他住院的事？」

「我媽說的。虛驚一場？這樣你們就可以放心了，那樣很嚇人啊。」

珍娜點點頭。

「我想你們還是要搬家吧？在他康復之後？」艾弗朗說。

珍娜原本在掃描桌上一疊書的條碼，她立刻停下動作。「我根本沒有要搬家。你為什麼會以為我要搬？」

「呃，那為什麼我會在這裡工作？」

「什麼？是瑪莉說你想要有個打工經驗，明年才方便申請大學。如果你有疑慮的話……」

「沒事，我想在這裡工作，我真的想。抱歉，我昨晚睡眠不足，講話顛三倒四的。」

她瞇起了眼睛。

「我會把書都上架的。」他說。

她勉強露出微笑。「去吧。」她拿起掃描器轉回桌面。「有問題的話再跟我說。」

「好。」他滿腦子都是問題。

一整個早上，珍娜幾乎沒跟他說什麼話，只有不時叫他做事，糾正他的錯誤，或是故意挖苦他。不知道是要羞辱他還是只是要表現幽默，他看不出來。她不再是他以前迷戀的那個珍娜了。他擔心，自己和她做不成朋友，甚至不知道之前是否和她當過朋友。

但至少金先生不會死掉，這件事讓他發現硬幣的運作方式和他想的不同。也就是說，艾弗朗對硬幣的瞭解相當有限。

接近中午時，他開始思考要怎樣邀珍娜一起吃午餐，但十二點一到，大玻璃門向兩側滑開，瑪莉和雪萊走了進來。想必珍娜已經有午餐計畫了。

「嗨，兩位。」瑪莉和雪萊異口同聲地說。

「嗨。」珍娜說。她一整天以來第一次露出笑容。

瑪莉側身走向艾弗朗。「嗨，親愛的。」她說。她一手搭在他肩膀上，靠過去討親親。艾弗朗瞬時愣住不敢動。

「嗨，瑪莉。」他勉強擠出聲音說。

他轉身離開，抓住另一輛半滿的推車。「我等等再回來。得先把事情做完。」

他假裝沒看見瑪莉臉上受傷的神情，以及珍娜不悅的眼神。他把車推得飛快，躲到一個書架後面，有些書因此被撞落到地板上。從書本間的縫隙，他能夠看見櫃檯的情形，他靠在車上，心臟怦怦直跳。

「妳們準備好要去吃午餐了嗎？」珍娜問雙胞胎。

「那還用說。」雪萊說。

「如果我……」瑪莉朝著艾弗朗消失的地方看了一眼。

「姊姊想跟艾弗朗一起吃午餐。」雪萊說。「原本她還想幫他**做午餐**，我勸她打消這個念頭。我說，現在是二十一世紀了，對吧？妳真的想要維持那種老掉牙的傳統嗎？」說到傳統，這是艾弗朗聽雪萊說過最長的句子了。大家都因為上一個願望改變了嗎？

珍娜轉頭瞄了一眼，壓低了聲音。這時艾弗朗正把頭埋在書架裡，努力想聽她們說什麼。

「……真是讓我毛骨悚然。」珍娜低聲說。

珍娜並沒有像艾弗朗預想的那樣吃瑪莉的醋，聽起來比較像是討厭他。

艾弗朗拿出了硬幣。「都是你闖的禍。」他對著硬幣說。

「你在跟誰說話啊？」瑪莉問。她剛走到附近。

「我只是在……工作。」他迅速握起拳頭，把硬幣藏起來。

他看向裝書的推車。「我在歸架的時候，喜歡念出書的標題。」

「《都是你闖的禍》？」瑪莉說。

「那是本自我成長的書。」艾弗朗把硬幣塞進了口袋裡，然後走到推車旁。

他們走近圖書館大門時，艾弗朗看到奈森站在那裡，他完全不敢相信自己的眼睛。奈森真的變了，連外觀都變了。他以前是一頭散亂的短髮，髮尖朝向四面八方。他也不像以前那麼瘦，肩膀變得很寬，身上穿著薩默塞橄欖球隊的隊服，隱約透出肌肉的形狀。奈森以前很討厭橄欖球。

「你見過艾弗朗了吧，奈特？」雪萊說。

奈特？

「艾弗朗？嘿，你今天一大早找我做什麼？」奈森的聲音聽起來比平常低沉。

「沒事，我打錯了。」艾弗朗說。「很抱歉。」

「我想，我就不吃午餐了，」珍娜說。「我沒想到是這麼大的一群人。」

瑪莉把艾弗朗拉出去，和大夥兒一起走。他在樓梯上把手縮回來。「我也不去了。」艾弗朗說。

「為什麼？」瑪莉問。一綹捲捲的棕髮貼在她汗水浸溼的額頭上。

「我們今天很忙。」艾弗朗說。他回頭看了圖書館一眼。他看見珍娜在借還書櫃檯前，低頭看著電腦螢幕。

「你寧可跟那個書呆子出去？」奈森笑了。

艾弗朗驚訝地盯著奈森看。他感覺到瑪莉的目光正注視著他，內心打了一個冷顫。

「那是我的工作。」艾弗朗說。

「那我們晚點再碰面？」瑪莉說。

「不行耶，我晚上……有其他安排。」

「我們沒有他照樣很開心。」奈森說。他抓住瑪莉的手臂，但瑪莉卻用力把手抽回來。

「我想，我就回家好了，」她說。「這裡人很多了。」

「隨便妳。」奈森說。

雪萊嘟起嘴。「待會兒見囉，姊姊。」

瑪莉獨自走上街頭。

「屁股真翹。」奈森說。他對艾弗朗眨了眨眼。「這是和雪萊約會最棒的一點。我稱讚她姊的外表時，她都不會生氣。」

「你和珍娜怎麼了嗎？」雪萊小聲地問艾弗朗。

「沒事。」反正他們不再有什麼牽連了。

她看起來好像還想說些什麼，但奈森拉了她手臂一把。

「唉唷。」她說。

「來吧，寶貝，」奈森說。「我好餓，我們去找些東西吃吧。」

艾弗朗跟在瑪莉後面，想著自己該說些什麼，以彌補他剛剛說的話，但還是想不出來。

他在郵局前追上了她。「瑪莉！」她終於慢了下來，停在一個郵筒前面。他把手放在她肩膀上，她卻刻意閃開，她也不願意轉身，於是他只好跑到她面前。

她怒氣沖沖地瞪著他。「你只是跟我玩玩嗎？」她說。

「瑪莉，我很抱歉。我只是有點心不在焉——」

「我知道。」現在她咬牙切齒地對他說出每個字。「你對我最好的朋友有興趣。你為什麼不趁我妹妹對你有興趣的時候追她？」

「奈森會殺了我。」這種開玩笑的說法效果不如預期，沒讓她放下心防。

「所以你並不想跟我約會，是這樣嗎？」

「不是這個意思，」他說。「妳很棒。我喜歡妳。」

「但是？」她站得更直。

「妳真的很迷人……」艾弗朗說。

「就承認你比較想跟珍娜在一起吧。」瑪莉癟著嘴，一手放在郵筒的一側。她緊緊抓著，彷彿環抱著郵筒，或是要把郵筒連根拔起，好拿來砸他。一位老人帶著一疊信走過來，看了他們一眼，決定走到郵局裡面。

艾弗朗把手伸進口袋裡。他的手指緊緊地捏著硬幣。他想，他不需要傷害她。她不該承受這一切。我希望——

他把手縮了回去。「妳不是真的喜歡我，」他說。「我很難解釋，但妳的感覺……不是真的。」

「我應該很清楚我喜歡誰，不喜歡誰。」她後退了一步。「我想你才是那個搞混的人。你變了，艾弗朗。」

「我？我變得不一樣了？」那你們全部的人呢？他笑了。

「你看，我認識的艾弗朗不會開這種玩笑。你應該要誠實一點。這樣對我不公平，對珍娜也是。」

「這比妳想像中更複雜——」

「確實如此。但這並不代表跟我說這些屁話，讓你自己覺得比較好過，就是一件對的事。」她深深吸了一口氣。「我以為你是個好人，但你只是另一種混蛋而已，假裝自己不是的那一種。」

艾弗朗把到嘴邊的話吞了回去。「這樣說對我也不公平，我只是不想傷害妳而已。我現在很誠實。」

「謝了，做得還真好。」瑪莉放開了郵筒。

她從他面前走過。艾弗朗想過要阻止她，但不管他說什麼，都會讓情況變得更糟。

嗯，你處理得很好，他對自己說。他大可以做點什麼，但用了硬幣之後，狀況說不定會更糟。

此外，和瑪莉分手之後，至少和珍娜相處起來不會那麼尷尬。當然啦，如果她和閨密站在同一陣線，就不是這麼一回事了。或許從現在開始，事情會變得更混亂。

不管怎麼說，艾弗朗在繼續使用硬幣之前，必須先弄清楚它的運作機制，然後再想辦法讓一切恢復原狀。

第十四章

艾弗朗回到了圖書館，坐在電腦主機前面。他輸入一些關鍵字搜索圖書目錄：「神奇硬幣」、「願望」、「擲硬幣」、「波多黎各」。

沒有任何符合的項目。

嗯，他想也知道沒這麼容易。他再試了一次，把「波多黎各」刪掉，螢幕上就出現了幾筆資料。他把結果列印出來，準備按圖索驥。

艾弗朗相當失望，發現大部分都是童書、童話故事選集，或是關於童話故事的學術論文。他還是拿了所有的書，坐下來看了起來。

從他找書開始，珍娜就在自己的座位上注意著他的一舉一動。他不時抬起頭，發現她都盯著他看。

他把書疊起來，這時才想到不能把書放在桌上讓別人歸位，現在這是他的工作了。這些書沒一本派得上用場。他翻看著參考書目，看看有沒有許願的注意事項，結果發現了幾個不同版本的《猴掌》、《浮士德》、精靈與神燈的故事、有關沙精靈的好笑童話。這些故事的結果，都告訴大家許願之後不可能讓願望完全成真。在一個個的故事中，這些許願的人想盡辦法要得到他們想要的東西，結果最後都失敗了。這真是令人高興不起來。

珍娜出現在他身邊。「做得怎樣了？」

「很抱歉，我知道我的休息時間結束了。我正要把書放回去。」

「你的休息時間一個小時之前就結束了。但是看到你很專心的樣子，我就沒打斷你。沒關係，今天下午事情不多，我還忙得過來。」她指著桌上的書。「這些書看起來似乎很重要。」

艾弗朗猶豫了一下。「很可能是。」

她拿起了那疊書。「繼續做你在做的事吧。如果事情變多了，我會叫你。你看完了嗎？」

他點點頭。

「我來歸位。」

「謝啦。」他說。

「不客氣。」她拿著他剛看完的書離開。這時他才意會過來，或許她只是想知道他在研究什麼。至少她願意開口跟他說話了。他寧可讓她的好奇心超越她的憎恨之心。

一整個下午，他都在電腦輸入不同的關鍵字，但還是搜不到新東西。兩人有一次正好四目交接，珍娜露出了鼓勵的微笑。她到底是怎麼一回事？他應該沒有不小心又許了個願吧？這整個下午，她冷若冰霜的表情已經融化了大半。

她再次溜到他背後，但禮貌性地與他的肩膀維持一段距離。「需要我幫忙嗎？」她說。「你看起來好像遇到困難了。」

「這是……很私密的問題。」他說。

「我懂。但我看到了你在看的書。我讀過很多童話故事，所以我算得上是魔法與童話的專家……你是要寫報告嗎？我不知道你修了暑期課程。」

「我沒暑修，」他說。「這並不是作業。我只是好奇而已。」

「只是好奇？」她把一隻手放在他肩膀上。「你在找什麼？我想我可以讓你快點找到東西。」她挺直了身子。「畢竟我是圖書館員，雖然還在受訓中。」

或許硬幣能幫上忙，而且是用許願以外的方式。這是艾弗朗自己採取行動的好機會，也許這次不需要魔法就能讓好事發生。

他深深地吸了一口氣。「好啊。」他說。他轉頭看著珍娜，距離近到可以親吻她。「我可以跟妳說——那一起吃晚餐好嗎？」

她後退了一步。

「這提議有那麼可怕嗎？」艾弗朗問。

「我不能去。」她說。她的拇指按著牛仔褲的皮帶環。

「我沒和瑪莉在一起了，如果……這是妳擔心的事情的話。」他說。

「她跟我說了。這就是問題。我們這麼快出去實在不太好。」

「我坦白跟妳說，我對瑪莉沒興趣。不管她怎麼想、我和她之間發生過什麼事，我從來都沒喜歡過她。我向妳保證，今晚我可以解釋一切。不要把晚餐當作約會，妳只是在幫我做研究而已。」

她側著頭沉思了一會兒，接著她笑了。

「就這麼辦吧。」她說。

第十五章

「我約妳吃晚餐的時候，想像的不是這樣。」艾弗朗說。

他們坐在珍娜家的客廳裡。上一次他來這裡的時候，是參加派對的時候，雖然那只是不到一星期之前的事，卻覺得好像已經是很久以前的事了。這次只有他們兩個人，正是他夢寐以求的情況。當然他知道他們並不是真的獨處，珍娜的媽媽正在廚房忙進忙出，而她爸爸正在樓上休息。

「因為我們要做研究，在這邊見面方便得多，」珍娜說。她拍了拍身旁沙發上的MacBook。「這裡有電腦和網路，我房間裡還有很多書。」

艾弗朗很想知道她的房間是什麼樣子，但是金太太正緊盯他們的一舉一動，顯然不太可能去那裡。此外珍娜看起來也不像會主動邀他去的樣子。

「這樣的話，妳也可以實話實說，說我們沒有一起出去。」艾弗朗說。

「沒錯。」她說。

她表現得很正常，甚至比之前更友善，但他不太確定她是否還把他當作可能的男友人選，或者這麼做純粹是出自好奇。再次到她家裡，讓艾弗朗想到她曾經愛過自己，他也希望她會再次這麼做。

「那麼，跟我說說你在找什麼吧。」珍娜邊吃著墨西哥雞肉捲餅邊說。她往後靠，把雙腳擱上茶几，緊鄰著外帶餐盒。

重要時刻到了，他卻突然害怕起來，很怕和珍娜提起硬幣的事。她又會有什麼反應？話說回來，她那麼喜歡看奇幻類的書，不知道她會不會相信真有魔法存在？

「拜託，艾弗朗，」她小聲地說。「就讓我幫你的忙吧。」

他放下了自己的墨西哥捲餅，把手抹在牛仔短褲上擦乾淨。他從口袋中拿出那枚硬幣，放在玻璃桌上。

珍娜把頭湊近硬幣，仔細地端詳。「一枚二十五分錢。你想知道這是不是罕見硬幣嗎？」

「不是，我很確定這個相當罕見。這是……」他深深地吸了一口氣。「魔法硬幣。」

「魔法？」他點了點頭。

「有魔法的……二十五分錢？」她說。

「我不太確定這是不是真的二十五分錢，不過看起來很像。」

珍娜瞪大雙眼看著他。「你在開玩笑吧？」

「我沒有。」

珍娜拿起了那枚硬幣，用纖細的手指仔細地翻看。她先看硬幣的背面，用拇指指甲刮了幾下，接著拿到面前，先瞇起一隻眼睛檢視，接著再用另一隻眼睛看。她笑了，艾弗朗擔心她以為自己在開玩笑。

「『魔法之島』，嗯？」她又看了硬幣一眼，才用手蓋住。「剛好是唯一能找到魔法硬幣的地方呢。這枚硬幣可以做什麼？」

「這正是我想弄清楚的事。」艾弗朗說。他跟她解釋自己如何發現這枚硬幣，以及何時第一次使用這枚。他提到那個大家誤以為是他的無名屍、置物櫃中教他如何許願的紙條，以及他媽媽有什麼改變。珍娜靜靜地聽他解釋，不時動動腳趾。他看不出她的表情代表什麼，但他知道聽到這樣的事會有什麼感受。

珍娜看著他的雙眼。「你知道這種事真的很難令人相信。」她說。

「是啊。」

「但我總是設法接受各種可能性。」

「妳相信我說的？」艾弗朗說。

「我沒那麼說。我想，你要不是對我說了實話，就是說了你認為是實話的內容。」她再次仔細檢視硬幣。

「所以，要不是硬幣有魔法，就是我瘋了?謝謝妳給我信心。」

她似乎沒聽見他說的話。

「你沒有親眼看到醫院裡的那具屍體？」她問。

「沒有，但是我媽見過。在我許第一個願之前，莫瑞爾斯女士也證實了屍體的存在。在那之後，除了我以外沒有人記得這回事。」

「你也沒把紙條留下來。也就是說沒有任何物證與人證能夠證明你的故事。」

他搖搖頭。他當初跟奈森講硬幣的事時，也一樣沒有任何證據。這時他突然想起一件事。

「等等，我有這個。」他掏出皮夾，拿出兩張同樣的借書證給她看。她仔細地查看著借書證的正反面。

「這確實不是用貼紙貼上去的。不過你可以趁工作的時候再做一張卡片。」她說。她把那兩張卡片還給他。「很抱歉。」

「然後條碼也一樣？」他問。「系統不會允許的。」

「你說得對，但那兩張卡的條碼不一樣。」

他再檢查了一次。她說對了。他從來沒有比較過這兩張卡片，只注意到兩張卡片都寫著他的名字。

「沒關係。每次我許願的時候，硬幣就會讓一切事物改變。」他的指尖按著卡緣，塑膠的邊緣陷進他手裡。「硬幣會改變事物……也會改變人。我知道我沒辦法證明這些——」

「先別急著替自己辯護。我正在想辦法理出頭緒。如果你許了願讓媽媽出院，為什麼你的屍體會消失？」

「珍娜，我沒死。那不是我的屍體。」

珍娜皺了皺眉頭。「顯然你還沒死，但他死了。我是說另一個艾弗朗。」

「另一個……？妳在說什麼？只有一個我！而且妳為什麼說『還沒死』？」

珍娜「啪」一聲把硬幣放在玻璃桌面上。「你冷靜一點，艾弗朗。身為一個想說服我有魔法硬幣存在的人，你卻堅信自己知道哪些事可能發生而哪些事不可能？」

艾弗朗嘆了一口氣。「妳說得有道理。」

「我只是想找出當中的邏輯，好嗎？這不正是為什麼你要找我幫忙？」珍娜說。「如果你要我相信你，你也必須敞開心胸。如果我們在討論魔法，或是這個硬幣的古怪能力，我們就要相信任何事都有可能發生。」

「我只是不明白怎麼可能會有兩個我。」艾弗朗說。

「最簡單的答案往往就是真相。看起來你好像有個雙胞胎兄弟，也許是你真的有個雙胞胎兄弟。」

「那就是**最簡單**的解決方式？萬一他只是個看起來很像我的可憐小孩呢？」

「在把其他所有線索都納入考慮之後，包括錢包、借書證、手錶等，我覺得有兩個以上的可能。或許他來自未來。」她輕敲硬幣的背面。「也許未來波多黎各是美國的一州。」

「如果醫院和我媽都分不出我們的差別，那麼他的年紀就不可能比我大。此外，硬幣上的日期寫著波多黎各在一九九八年成為美國的一州，但事實上卻不然。這是個千真萬確的事實。十年後依然不會改變。」

珍娜嘟起嘴。「這樣並不會否決我的理論。這表示你在許願回到過去、好讓自己得到硬幣後不久就死了。這正是**你**擁有硬幣的理由，也造成了這些暫時混亂的情形。好吧，我們先把這件事擱在一旁。實在太混亂了。」

「沒問題，我不想去擔心自己就快死了。在還沒考慮時空穿越之前，光是要相信有魔法存在，就已經夠辛苦了。」艾弗朗說。

「不過，這枚硬幣還是來自別的地方，一個魔法能夠生效的地方，如果真的有魔法的話。」她坐得更挺，把腳壓在光裸的大腿下方，讓沉思中的艾弗朗突然分心了。

「嗯，」珍娜說。「如果不是未來，那麼會不會是平行宇宙？一個魔法能夠運作，而且美國有五十一州的地方。」她把硬幣翻過來。「這個華盛頓的頭也面向不同的方向。如果這個硬幣來自平行宇宙，或許另一個艾弗朗也是來自那裡。」她想到這一點時，說話的速度也變快了些。

「平行宇宙？那是漫畫或電影裡才會出現的東西。」他看過平行宇宙的故事：那裡的英雄都是惡棍，或者英雄永遠沒有超能力，或是歷史發展不同的地方。

珍娜拿出手機，照下硬幣的正反面。

「妳在做什麼？」艾弗朗說。

「看看是否有人也有同樣的硬幣。」她說。她點擊螢幕好幾下，然後搖搖頭。「如果有的話，他們也不會把照片上傳到網路上。到目前為止，我想應該是沒有其他一樣的硬幣。」

「是啊。如果網路上沒有，就代表沒有。」

「等等，」她說。「掃描的影像有幾個相符的連結。」她捲動著螢幕查看上面的文字。「你硬幣上的喬治・華盛頓肖像，和一位羅拉・加丁・富萊瑟女士的設計相同。她得了獎，因此從一九三二年開始，二十五分錢就用這個肖像，直到今日我們使用的設計取而代之為止。不管怎麼說，美國貨幣中唯一使用這個版本的，只有一九九九年發行的半鷹紀念幣。」

她把手機轉向艾弗朗，讓他看看那個金色的華盛頓硬幣。華盛頓面對的方向跟他手中的硬幣一模一樣。

「所以妳認為一則維基百科的條目，就能夠證明這枚硬幣來自一個平行宇宙，在那裡……怎樣？他們在一九三二年時改用了另一款的設計？」他把手機推回去還給她。

「多重世界並非只存在科幻小說中而已，那是已獲得證實的理論。讓我拿出物理課本。」

「我不記得在課堂上讀過那樣的東西。」艾弗朗說。

「說得好像你上課很認真一樣。我在課堂上無聊的時候，就會先預習接下來的內容。這常發生。在課本後面有個簡短的主題索引，我根據這些在圖書館裡找到了一些很棒的書。你知道，不是只有在教室才能學習。」

他往前靠。「跟我說重點吧。」

她把長髮撥到背後，雙手環抱著膝蓋。「這很難解釋，但我會盡力。嗯，就是說很多物理學家都相信他們所謂的『量子力學的多重世界說』。關於平行宇宙有許多不同的理論，但最多人接受的一種認為，我們所做的每一個決定，以及觀察到的每個事件，都有許多不同的結果，每一種結果都發生在一個不同的世界，像我們一樣的世界，而這些世界則存在於多重宇宙當中，而非單一宇宙。」

「我……完全聽不懂。」

「我自己也是勉勉強強。」她環顧了四周尋找靈感。「這樣吧。」

她打開電腦，在谷歌的搜尋引擎中打了一些字。她看著螢幕時，他則大口吃著冷掉的墨西哥捲。

「我們來試試這個，」她說。「你聽過薛丁格的貓吧？大家都聽過薛丁格的貓。」

「是的！」艾弗朗終於聽到熟悉的東西。「這個實驗就是他們把貓放進一個盒子裡，旁邊有毒氣瓶，貓不是被殺死，就是沒死。」

「基本上是這樣沒錯。這並不是真正的實驗，只是說明理論的一種虛擬方式。根據量子物理學的理論，在有人打開盒子之前，貓同時是活的，也是死的。」

「這聽起來根本不可能。」

「就像魔法硬幣不可能存在一樣？」珍娜環抱著雙臂。「別忘了，我跟你說過，要敞開你的心胸。在量子物理學當中，這不是有可能，而是非常可能。現在這樣聽起來越來越奇怪了。許多個宇宙的理論，也就是多重宇宙理論，暗示了即使在你打開盒子之後，貓同時是死的也是活的，但卻是在不同的平行宇宙裡共存。在一個世界當中，貓是死的。在另一個同樣的世界裡，貓是活的。兩者的差異，取決於觀察者的視角。」

珍娜拿起了桌面上的硬幣。

「我們可以用另一種方式來看這個硬幣。」她突然拋起了硬幣，讓他措手不及。雖然她沒有許願，而且艾弗朗從之前奈森失敗的經驗，得知她無法使用硬幣，但他還是嚇了一跳。「你擲硬幣的時候，落下時若不是正面朝上，就是反面朝上。」珍娜攤開手掌，是正面。「在你所知道的這個世界當中，硬幣的正面朝上，這也是唯一的結果。但在另一個平行宇宙裡，另一個你很可能親眼見到反面朝上。但你們兩個人都是對的。」

艾弗朗緩緩地點點頭。「我想我開始懂了。」他說。

「但還有一件弔詭的事，就是有關第二個宇宙，也就是硬幣反面朝上的宇宙，是在你擲硬幣之後才出現的。在你看到結果的同時，另外一個量子世界就與現在的這個分開了。」她把頭歪向一邊。「或是正好相反。我們並不知道自己是在原本的世界，或是另一個世界當中。」她放下了硬幣。

「但哪一個才是真正的宇宙？」艾弗朗問。

「兩個都是。」她說。

艾弗朗雙手抱頭。「我越來越頭大了。」

「那接下來我就不講弦理論了。」珍娜笑了。

「所以妳認為這枚硬幣可能來自其他平行世界？」艾弗朗問。

「在無數個世界當中，可能很多都和我們的世界很像，但物理性質卻不同。或許在其中一個世界當中，真的有魔法存在。」她往後靠在沙發上笑了，像隻心滿意足的貓。

「但那只是理論而已。要證明多重宇宙的存在，就像要證明魔法的存在一樣困難。」她用腳把硬幣沿著玻璃桌面推到他面前。「或許更困難。但如果你信誓旦旦地說硬幣真的有魔法，就證明給我看吧。」

上次證明給奈森看時，結果非常糟糕，所以他並不急著要證明給珍娜看，至少不是在他只大略知道硬幣可能來自何處的時候。

「你要我使用硬幣？現在嗎？」

「許個願吧。」她說。

艾弗朗咂了咂嘴。「就像我說的，我不知道硬幣的運作方式，真的。在弄清楚之前，我不想貿然使用，以免造成更多傷害。現在，妳已經跟我說了另外的宇宙和其他事，聽起來比我想像中更危險。」

「等等。**更多**傷害？之前造成了什麼樣的傷害？」珍娜問。

「硬幣會讓我的願望成真，但有時候……有時候也會有不好的事情發生。那些不是我希望發生的事。那些無法預期的事。」

「這也就是為什麼你要看那些童話故事了。像什麼樣的壞事？」

像是妳爸爸心臟病發作。

艾弗朗把這句話吞了下去，噤不作聲。他還沒做好準備，沒辦法跟她說這些事。

「或許我們就說到這裡吧。」他說。似乎一切突然變得不怎麼重要。珍娜正在和他說話。她的爸爸也沒事。他沒使用硬幣就讓一切回到正軌上。

唯一的問題是奈森。他和自己印象中的奈森差很多，也不知道他和新的奈森的關係如何。這個奈森和以往的奈森迥異，成了大受歡迎的橄欖球員，而且正和雪萊・莫瑞爾斯約會。他的新生活，已經沒有艾弗朗可以參與的空間。他不像之前一樣時時需要艾弗朗。

「不行，」珍娜說。「如果你不試，我會認為硬幣的事是你在說謊。」

「我不會對妳說謊。」艾弗朗拿起硬幣。「好吧。但是我在許願的時候妳必須抓住我的手臂。」

珍娜對他眨了眨眼。「這是你想更進一步的手段嗎？」

「我們必須要有身體接觸，否則妳不會記得許願之前發生的事。之前我和奈森這麼做過。」

「奈特・麥肯錫？」

他點點頭。

「雪萊的男友和這有什麼關係？」她問。

「在這一切發生之前……我們是最好的朋友。現在的他不一樣了。我跟他說了硬幣的事，我們也一起許了幾個願。但目前為止，只有我能使用這個硬幣，最後一次許願的時候，我忘了抓住他的手，所以他不記得這件事，也不記得我們之間的友誼。」艾弗朗說。

「你還跟誰說過硬幣的事？」珍娜問。

「沒有，」他說。「奈森是唯一的一個。我發誓。」

「連瑪莉也沒說過？」

「我為什麼要跟她說？」艾弗朗說。

珍娜笑了。「算了。」

珍娜伸出她的手，艾弗朗則輕輕地抓住，擔心她會發現自己已經滿手手汗了。她的肌膚十分冰冷。她看著兩人握著的手一會兒，然後直視他的雙眼。

「你和我最好的朋友在約會。」她說。

「那是……我替奈森許願時的副作用。」他把剩下的話吞了回去。「我一直只喜歡妳，珍娜。」就這樣，他把心裡的話說了出來。

她噘起嘴，但抓緊了他的手。

「那我們要許什麼願？」她問。

「一個小願望。一個無傷大雅又很明顯的願望。這樣就可以降低出錯的機率，或是改變太多的問題。希望如此。」艾弗朗看見桌上外帶食物的盒子。「我想到了。」他說。

他把硬幣平放在拇指上，準備要拋硬幣。「我希望我們點的是中國菜，而不是墨西哥菜。」他挑起眉毛看著她，珍娜點了點頭。他拋起了硬幣之後再接住。

人頭朝上。

他覺得自己的胃在翻攪，好像快被翻出來一樣，屋內閃爍著微光。然後他發現自己和珍娜現在坐在沙發的兩端，不再牽著手了。珍娜經歷一陣天旋地轉之後，摀住了嘴往廚房衝。

幾分鐘之後，珍娜回來了，正拿著溼紙巾擦嘴。她的臉色十分蒼白。

「呃，我剛剛應該先提醒妳的。」艾弗朗說。

「你知道會發生這種事？」

「只有第一次會。怎麼了嗎？」他發現她沒反應，只顧著看茶几。

這時艾弗朗注意到了桌上的白色紙盒。珍娜把頭髮撥到身後。「是中國菜。」她說。

那個裝墨西哥食物的鋁製容器不見了，只有鋁箔盒裝的芙蓉蛋、紙盒裝的白飯、幾盤醬燒雞肉。珍娜的盤子空了，但是艾弗朗盤子上的卻還沒動過，醬汁都凝結在雞肉上。

「你絕不可能在我去廚房的時候把這些都換過來，對吧？」

「除非有魔法。」他笑了。

「好，等等。你過來的時候，我問過你要吃墨西哥菜還是中國菜，你說墨西哥菜。我記得是這樣。」她緊皺著眉頭，就像她在考試中認真思考難題時一樣。

「所以是我用許願的方式改變了這件事。」艾弗朗說。

「看起來就像我們一開始點的就是中國菜。但我剛剛去廚房裡吐的卻都是墨西哥菜。」她把手放在胃上，艾弗朗表情扭曲。「所以為什麼這個願望沒順便改變我胃裡的食物？」

「因為妳包含在我的願望當中。」看來珍娜似乎開始相信了。

「因為我是個旁觀者……」珍娜小聲地說。她癱倒在沙發上，用腳趾頭把那盤中國菜推開，臉上還露出痛苦的表情。

「那只是中國菜。」他說。他端起了自己的盤子，用一支筷子戳著表面厚厚的油凍。「並不會有輻射反應或其他的問題。」

「你怎麼知道？你有蓋格計數器嗎？」她搖了搖頭。「我現在一點食欲都沒有。」

珍娜拿起了她的筆電，開始打字。接著她尖叫起來，蓋上筆電。

「艾弗朗，你搞什麼鬼？」她說。

「啊？」

她把筆電拿給他看，差點哭了出來。「我的麥金塔筆電。我漂亮的麥金塔筆電。你做了什麼好事？」

那臺膝上型電腦和原先一樣是銀色的，但顯然不是MacBook。

「糟了。」艾弗朗說。

「如果是你在開玩笑，這一點也不好笑，艾弗朗。把麥金塔還給我，不然我會殺了你。」

他把到嘴邊的話吞了下去。「我沒做什麼，是硬幣幹的好事。」他聳了聳肩。「每次許願的時候，就會發生一些隨機的改變。」

「那你許個願把它變回來。」

「沒那麼容易，下個願望很可能讓事情變得更糟。」

「我不知道有什麼能比這個更糟糕。」她喃喃嘀咕。她深深吸了一口氣，再次打開了筆電的上蓋板，悶悶不樂地戳著觸控板。「至少我所有的檔案都還在。或許還有一些可怕的病毒。」她瞪著他。「好吧，我們之後再來解決這個問題。」

她開始打字，打得比之前慢，不時還咒罵幾句。「我們應該用科學的方法重新檢視這件事。如果我們有些儀器，或是能用學校的實驗室更好。」

「妳真的想用蓋格計數器來測量硬幣啊？」他希望那枚硬幣不要有放射反應，因為他可是天天都放在口袋裡。

「嗯，我們至少可以測量它的重量，和正常的硬幣比較一下。但我們先從已知的細節開始吧。」她說。

「首先：硬幣可能來自其他的世界，因為波多黎各那件事，還有華盛頓的半身像也不同。」

「更別說有魔法那件事了。」珍娜酸酸地說。

「是的。第二點：在許願時必須拋硬幣。」艾弗朗說。

「等等，暫停一下。這點相當有趣。為什麼要擲硬幣？是魔法的儀式嗎？」

珍娜拿起一瓶百事可樂，小口地喝了起來。這原本是可口可樂嗎？她皺起了眉頭，然後滿臉狐疑地檢查罐子。

「在我許願的時候，硬幣就會發燙，然後擲了之後就會冷卻下來。」艾弗朗說。

「這就好像你許願會讓硬幣開始產生作用，或是幫硬幣充電。接著要擲硬幣才能完成這個程序。」珍娜說。

「這聽起來好像是某種機械裝置。」

她聳了聳肩。「我只是想推理出當中的邏輯而已。正面和反面有差嗎？」她問。

「我也一直在想這個問題。之前許的願，如果是正面的話，多少都能得到我想要的。反面的話，願望還是會成真，但是同時也會發生不好的事。」

「就好像《猴掌》一樣。」珍娜說。

「對。我也認為是這樣。」他在圖書館裡找書時，也讀過這個故事。在這個故事當中，那個神奇的猴掌總是會改變擁有者許下的願望，讓擁有者陷入後悔之中。「但我覺得每次許願之後，不管哪一面朝上，都好像是大洗牌一樣。我沒辦法指出所有的變化，只能指出我注意到的部分。」

「剛剛許的願是反面嗎？」她問。

「正面，」他說。「我比較喜歡普通個人電腦。」

她露出了苦笑。「沒有人是完美的。所以願望的結果基本上都是隨機的，這真詭異。」

「這就是我所擔心的事。」

「在故事當中，神奇的東西通常都不是好東西。在大家開始濫用這種東西，或是能夠巧妙操作這種東西時，就會惹上麻煩。當然啦，今天以前，我根本認為魔法不存在。」

「妳讀了那麼多奇幻故事，卻不相信真的有魔法存在？」艾弗朗問。

「我讀這些書，是為了要逃離現實的世界。我從來不相信魔法是真的，儘管我在日常生活當中一直很想擁有魔法。」

她又打了一些字；艾弗朗很喜歡看著她。像這樣和她在一起，真是令人舒心。這是他夢寐以求的事，從一開始就很想這樣。或許硬幣還是讓他之前許的願成真了。

珍娜從螢幕上方看了他一眼。「如果你在許上一個願望時，我沒握住你的手的話，我會記得我們之前吃的是墨西哥菜嗎，還是我會以為原本訂的就是中國菜？」

「你不會發現之前和現在有什麼不同。」他說。

好一陣子，珍娜的指甲不斷敲打著鍵盤。

「艾弗朗。」珍娜嚴肅地看著他。

「怎麼了？」

「你說和瑪莉約會只是奈特願望的『副作用』。那是什麼意思？他許了什麼願？」

「奈森要我幫他許願，讓他和雪萊交往，但那卻讓瑪莉喜歡上我。我根本不希望有這種事發生，但還是發生了。」

「你是什麼時候許那個願的？」

艾弗朗想了一下。「四天前。」

「但是你們兩個從上個月就開始約會了啊。你們已經一起出去三次了。」

「除了和她、雪萊、奈森一起慶生以外，我根本不記得和她出去過。」

珍娜敲著她筆電的蓋子。「你自己說的，因為許了願，所以過去發生了變化。」

「但為什麼許願會改變那麼久以前的事？」他問。

珍娜搖了搖頭。「四天之前……那是你親了瑪莉的那天，對嗎？」

艾弗朗的掌心開始冒汗。他知道女孩子喜歡一起聊這種事，但是珍娜知道這件事時，他還是相當驚訝。「我那時候搞不清楚狀況。前一分鐘我還是自己一個人，下一分鐘就變成在和她約會。而且技術上來說，是她親了我。」

「但你親了回去。」

「沒有，我——」

「艾弗朗，你有用硬幣許過有關我的願望嗎？」

「什麼？」

「你許過會直接影響我的願望嗎？」珍娜問。

他嘆了一口氣。

「看來好像是有。」她說。

「我本來要跟妳坦白的。」

她閉上了雙眼。「你說吧。」

「那是個意外。我那時候還不太知道要怎麼使用硬幣，也覺得願望不可能會成真，所以第一次就隨便許了願……希望妳會喜歡我。」

「我不記得自己以前不喜歡你。」她張開眼。「真該死。」

她把筆電推回沙發上，盤腿坐了起來。「還有其他的嗎？你說那是『第一次』。」

該來的還是逃不掉，他得對她全盤托出了。「我只是想幫忙，」艾弗朗說。「但是硬幣令人無法捉摸，這就是為什麼我不再用它許願了，我想先瞭解怎麼樣才能掌控它。」

「你許了什麼願？」她的聲音不帶一點感情。

「妳已經不記得了，但妳和家人打算要搬去洛杉磯。」

「那就是為什麼你以為我要搬家了。之前我爸爸以為會升官，結果最後沒有。」她眯起了眼睛。「那也是你幹的好事嗎？」

「之前他確實升了官。我不希望妳離開，因為那時候我們終於比較熟了。」他停頓了一會兒，但他並沒有說那是前一個願望造成的問題。「所以我就許願希望妳不用離開。硬幣落下時是反面。結果……妳爸爸就心臟病發了。」

珍娜不發一語。

「後來我知道發生什麼事之後，我立刻許願讓他康復，」艾弗朗說。「說真的，我試過了，但是每次我許願時，都不知道還會改變什麼事。問題變得越來越棘手。那原本是我打算許的最後一個願。」

她並沒有注視著他的雙眼。「我想你是個好人。我喜歡你，艾弗朗。」

「在許了上一個願之後，我怕妳會恨我。」

「我好嫉妒，艾弗朗。我一直很喜歡你，但是瑪莉卻先得到了你。所以我決定退出，」她嘆了一口氣。「我知道這麼做很蠢。看見你們兩個人在一起時，我心裡真的很難受，我應該真心祝福我的朋友的。」

「那妳表現出來的樣子為什麼好像妳很恨我一樣？」

「我很氣自己沒早點對你說出我的感受。但我是故意把氣出在你身上，因為我不想同時也失去最好的朋友。」她嘆了一口氣。「如果我假裝自己不喜歡你，我會好過些。但現在，我不知道自己是不是還在假裝。」她小聲地說。

「珍娜，現在沒事了。妳爸爸沒事。我們也沒事。不是嗎？」

「不管你是不是想幫我，請不要再許任何和我有關的願望了。我是說真的。我知道我沒辦法強迫你，甚至我也不知道是不是你許了願，我才愛上你，我們才會約會，或是等等之類的。但如果你有一點良心，你就不會做這種事。」

「我不會那麼做的！當然不。」

她把筆電用力闔上，然後用手指滑過筆電上黑色的Tandy商標，那正是之前蘋果商標所在的位置。

「其實，你不該再許任何願望了。就這樣。顯然你不知道自己在做什麼。你沒辦法控制硬幣做出什麼改變。」她低下頭，瀏海垂到眼前。「我想你該回去了。我們到此為止。」她說。

他站起來，等了一會兒，希望她還能說些什麼，希望她能邀他留下來。

「謝謝妳的幫忙。」他說。

「你明天應該請假，艾弗朗。」珍娜拱起了腿，把腿環抱在胸前，注視著茶几。

「是啊。」

他走向前門時，她卻叫住他。艾弗朗回到客廳，希望她能改變心意。

「你忘了帶走硬幣。」珍娜說。

他從茶几上拿起了硬幣，然後離開。

夜幕低垂，他和珍娜之間不僅有所進展，他想自己也更清楚硬幣的來歷。他知道他們兩個人如果一起研究，一定能解決這個問題的。是上一個願望把事情打亂了嗎？沒有，他不怪這枚硬幣。那都是他的錯。是他自己，獨自許下這些願望的，做了所有的選擇。在他跟珍娜說了神奇硬幣的事後，她理出頭緒是遲早的事。

珍娜是該恨他。想到世界上有個平行宇宙，在那個宇宙裡的他沒把事情搞砸，或做了不一樣的選擇，珍娜也還是他的朋友、甚至情人，他就覺得寬慰許多。

艾弗朗還有一個補救的方式，就是證明自己能夠為之前的行為負責。只要再許一個願就行了。

第十六章

既然珍娜在的時候，不歡迎艾弗朗去圖書館，而且他也沒辦法和奈森出去，他只好整天都待在灰石公園裡看書。他也希望在那裡巧遇珍娜。他知道她每天走路去上班，最短的路徑非得穿過公園、路過紀念噴泉不可。

最後，那些溜滑板的人和推著嬰兒車的媽媽都離開了公園，只剩下艾弗朗一個人。在傍晚公園關閉之前不久，珍娜匆匆地走進了廣場。她看見艾弗朗時，立刻轉身朝噴泉走去，想離他遠一點。艾弗朗站了起來，伸出雙手、攤開掌心。

「我可以跟妳說一下話嗎？」艾弗朗說。

「我現在不想跟你說話。真不敢相信你居然跟蹤我。」

「我沒有。我只是在等妳。」

「說得好聽。」

「我有話得跟妳說。這並不是藉口，或是要解釋什麼。」

「我不想聽。我需要一些時間沉澱一切。」她說。

「這件事沒辦法等。我得在我改變心意之前做這件事。」

艾弗朗在她面前亮出了硬幣，夾在食指與拇指之間，好像魔術師從某個人的耳朵裡掏出硬幣一樣。

珍娜似乎嚇到了。「你在做什麼？」她問。

「我想要彌補一切。」他說。

「不要，艾弗朗。」她咬著下唇，朝他走去，雙眼注視著硬幣。她離他很近，看得很清楚，知道這是同一枚硬幣。「你說硬幣造成的結果無法預測。用硬幣太危險了。」

「確實如此，」他說。「我一直在傷害別人，是該停止了。」

「給我吧，艾弗朗。我會把硬幣埋在某個地方。或者我們可以把它鎔了……」

「這可不是『至尊魔戒』，」他說。「此外，我們在薩默塞，是要去哪找火山？」

「什麼？」她問。

「妳知道的，就像《魔戒》一樣。」

她沒有聽過那套書或電影，也不想和他瞎攪和。於是他把話吞了下去。

「呃，算了，」他說。「珍娜，我很抱歉，真的很抱歉。我知道妳可能不想聽，也可能不相信我。我會使用硬幣，是因為我……我想認識妳。我想除非用這種方式，不然我沒有機會認識妳。妳不記得了，但妳以前不是像現在一樣喜歡我。我是說，曾經喜歡我。」

他搖了搖頭。

「用硬幣讓妳對我有興趣，是我的不對，」他繼續說。「我很可能會毀了我們的友誼，但我需要妳來做這件事。」他緊握著手。「我要許最後一個願。」

珍娜又向他靠近了一步。

「別擔心，」他說。「相信我。」

「我沒辦法。」

珍娜抓向他握著硬幣的手，他閃開，趁她還抓著他的手臂時，他很快地說：「我希望硬幣來自哪裡，就回到那個地方去！」

珍娜驚訝地看著他。他拳頭中的硬幣變得異常燙手。

「我必須擲了。」他說。

珍娜點點頭。

「不要放開我的手。」他補充。

在他拋硬幣的時候，她抓住他另一隻手臂。他把硬幣拋進噴水池裡，像打水漂一樣。最後，硬幣跳到了希臘神像亞特拉斯的左腳旁邊，沉了下去。不管是正面或反面，都已經不重要了。

艾弗朗和珍娜看著噴泉池中的水。他看不出來那枚硬幣最後落到了哪裡。現在，它成為眾多硬幣中的一枚，或者，它真的消失了。希望如此。

珍娜在廣場的卵石坐下。

「哇，」她說。「你擺脫硬幣了。」

艾弗朗內心覺得解脫了，卻也有幾分失落。「妳以為我還會許什麼願？」他靠在噴泉的邊緣。「我說到做到。很抱歉，我想讓妳知道，我不會再擾亂別人的生活了。至少，不會再用魔法這麼做了。」

「這真的讓我刮目相看。」珍娜說。

「妳可以原諒我嗎？」艾弗朗問。

「我不知道。這是個好的開始。」她說。

「正是我希望的。」

「我很高興你為我做了這些，但這樣還不足以讓我的心情變好。」

「那……要怎樣妳的心情才會好？」他問。

她站起來走向他，眼睛半瞇地向他靠近。艾弗朗大感驚訝，但他還是閉上眼、向前湊去。珍娜的手搭上他的肩膀。

她突然用力推了艾弗朗一下，他瞬時往後倒進噴泉裡。

他在淺水裡掙扎了一陣子，然後坐起來狂咳。冰冷的水從希臘神像肩上的盆中直接澆在他臉上，他喘著氣站了起來。溼透的牛仔褲沉重萬分，球鞋也發出了吱吱的聲音，嘴裡的水滿是噁心的金屬味。

珍娜雙手交叉在胸前。「明天上工時見，艾弗朗。不要再遲到了。」

第十七章

隔天早上，艾弗朗大著膽子走進圖書館。珍娜壓根沒提在噴泉發生的事。要不是他心知肚明，一定會以為她忘了所有的事。不過，她讓他回去工作，總比躲著他好。

沒有了硬幣，艾弗朗不得不接受現況，也就是他創造出來的現況。在接下來的幾天裡，他覺得寬心許多，至少他不用再擔心硬幣會讓他生活的某個小地方突然改變。他正努力適應著被那些願望改變之後的生活。

其實一切沒他想像中的糟。他媽媽在城裡的公司上班，繼續和吉姆約會。奈森和雪萊·莫瑞爾斯難捨難分，正是奈森夢寐以求的生活。艾弗朗拋棄硬幣是正確的決定，之前他許的願都是自私的願望。他還是希望能慢慢修補和奈森之間的情誼。

至於珍娜，她一直對他很友善，但是兩人的互動卻有些疏遠，這讓艾弗朗很失望，但他卻沒有因此覺得氣餒。在她邀請他一起去看美國國慶日當天上演的《女巫前傳》音樂劇時，他十分驚訝。

珍娜一開始就把話說得清清楚楚：「這不是約會。我只是臨時找不到人跟我一起去看而已。」她會多一張票，是因為瑪莉決定不去了。在艾弗朗跟瑪莉分手並對珍娜表示興趣之後，她們兩個人的交情也就有了裂痕。這種情形讓艾弗朗覺得相當內疚，他知道這是他的錯，所以他就湊足了錢買下那張票，其實他根本不喜歡音樂劇。不過這是和珍娜共度下午時光的好機會。他希望隨著時間過去，再加上一些好運，有朝一日珍娜會重新愛上他。這次他不會再投機地仰賴魔法。

艾弗朗騎著腳踏車到薩默塞火車站，這時的他又懷念起奈森和他的老爺車。他甚至希望在拋棄硬幣之前，能許最後一個願望讓自己有輛車。他在火車即將開動前好不容易抵達火車站，衝到月臺上與珍娜碰面。

艾弗朗拉了拉領帶，想要藉此搔搔脖子上的癢處，也就是汗水從上了漿的領口滴下來的地方。

「你的高帽子和手杖呢？」珍娜笑了。她穿著鵝黃色的無袖低胸洋裝，讓她的好身材展露無遺，不過她一直下意識地把衣襟拉高，並且抓著裙緣。

「我打扮得太超過了嗎？」艾弗朗問。他以前從來沒去看過百老匯的秀，但他想自己應該要盛裝打扮一下。此外，他也想讓珍娜留下好印象。或許讓她笑也不錯。

「你很帥。」珍娜說。她闔上了有點破爛的紙本《女巫前傳》，那是她在等他時看的書。

「謝啦。妳也很美。」他說。

他們一起走進了擁擠的大都會北方鐵路列車，準備前往紐約。車上沒有空位，所以他們站在車廂裡。珍娜靠在車門上，在火車疾速奔馳時，望著窗外的哈德遜河。

「瑪莉沒辦法來真是可惜。」艾弗朗說。但他一說出口，就發現自己哪壺不開提哪壺。

「你不來也可以。」

「我不是這個意思。我的意思是……我想她還在生氣。生我們的氣。」

珍娜緊咬著下脣，盯著她的書看。她打開了封底，看著最後一頁。

「沒有『我們』這回事，艾弗朗。我們只是朋友。」

「對。或許我該找她聊聊？」

「有時候你不該把所有責任都攬在身上，並非一切都是你的錯。」她用手指夾住了一頁，不斷來回翻動，讓頁角都捲了起來。

「不是我的錯嗎？」艾弗朗問。

「不是。當然有很多是你造成的，你搞砸了很多重要的事。」她回答。

「嗯，這樣讓我好受很多。」他說。

「但是，最後你做了正確的事，你也為自己做的事感到後悔。所以不要再自責了。如果你沒辦法原諒自己，你怎麼能夠要我原諒你呢？」

艾弗朗把手伸進褲袋裡，低頭盯著自己的鞋子看。他在出門之前把鞋子擦得閃閃發亮，但現在不只有刮痕，上面也有許多灰塵。他撥弄著口袋裡的幾個零錢，仍然懷念著手中握有硬幣的舒適感。

「請不要再把我當作一碰就碎的玻璃娃娃，我比你想像的堅強。」

他抬起了頭。「好的。」

「我還在生你的氣，不過我現在慢慢比較不氣了。不然我們就不會聊這件事了。」

「我只是覺得我該做點什麼。現在我沒有硬幣了，覺得有點……無能為力。」

「硬幣沒辦法解決問題。」珍娜壓低了聲音說。這時一位矮矮壯壯的列車長向他們走來。「你很清楚的，那只會讓事情變得更糟。」她說。

「麻煩出示車票。」列車長說。他的聲音聽起來好像威斯特徹斯特郡園遊會中的叫賣者一樣。

珍娜把書塞在腋下，翻找著錢包。

「糟了，」艾弗朗說。「我剛剛在車站的時候沒時間買票。」

列車長翻著一疊黃色的票。「在火車上買票要多收五元。」

「**五元**？」艾弗朗說。

「是多收五元。總共是十二美元。」

珍娜拿出了一小張紙車票。「我們兩個可以共用這張票。」她說。

「謝啦。」艾弗朗說。

「真是大方。你真是好運。」列車長說。他在票上打了兩個洞，然後把畫有標示的長條紙卡給他們。「國慶日快樂。」他說，接著便往前走。

火車緩緩駛入大理石丘站。有兩個位子空了出來，艾弗朗和珍娜迅速坐下去。在火車離站時，珍娜轉頭看著窗外。

「讓我來買回程的車票吧。」艾弗朗說。

她點點頭，不過有點心不在焉。他們就這樣靜靜地坐著，直到珍娜轉過頭來。

「艾弗朗，你沒辦法修補一切。你必須接受一件事，就是你除了自己的決定以外，不可能幫別人做的決定負責。」她若有所思地往前靠。他抬起頭看著她的臉，和她萊姆綠的貓眼型眼鏡。「但如果你真的想幫忙的話，或許有件事是你可以做的。」她說。

「什麼事？」

她在大腿上扭著手指。「那個，」她說。「我想……我想奈特可能傷了雪萊。我看見她手臂上有瘀痕。她化了妝想蓋掉。」

「她打網球，對吧？」奈森曾經拉著艾弗朗和那對雙胞胎去看了好幾場雙打比賽。他甚至在國中的時候，還說服過艾弗朗和他一起加入網球社，結果最後雙雙被趕了出來。艾弗朗知道大力擊出的網球力道有多大。

「那她為什麼想要掩飾傷痕？」

「為了面子？我不知道。我只是不想在沒證據的狀況之下，就認定那是她男友做的。」

「妳看過她在他身邊的樣子。她仔細聽著他說的每一句話，對他言聽計從。有時候我真的覺得好像她會怕他。」

「那有可能只是她真的很喜歡他而已。」

「如果你以為一個人喜歡另一個人的時候就要這樣，那麼你就沒救了。」珍娜說。

她再次面向窗戶。「我瞭解她，一定有什麼問題。我不相信他。我知道他曾經是你的朋友，但是……」

「那個奈森不是我的朋友，」艾弗朗說。「如果他傷害了雪萊……我們是不是應該直接問她？」

「她說沒有。」

「那瑪莉怎麼說？」他問。

「她討厭奈特。不過她也沒看見他傷害雪萊。」

「妳覺得我能怎麼做？」

「男孩子們會在一起討論女孩，不是嗎？」珍娜說。

「我想會在一起討論男孩的女孩也一樣多，」艾弗朗答。「但現在奈森很少跟我說話。當然也不會跟我談雪萊的事。或許妳應該請他的橄欖球隊友幫忙。」一想到奈森和麥可・古帕爾可能一起出去，就讓他打了個寒顫。這件事讓艾弗朗深刻地體會自己把一切變得多混亂。

「你比其他人更瞭解他。你們認識多久了？」

「十年了。但那很可能是另一個人。」

「還是有幫助。如果你花些時間和他相處，你就能夠提起她的事。畢竟你之前和她姊姊交往過。你們可以比較她們的特點，或是說些同樣噁心的事。你和他熟到能看出他什麼時候說謊嗎？」

艾弗朗點點頭。「我想可以。」他說。

事實上，他一直害怕要再次與奈森建立友誼。親眼看到奈森變了這麼多，艾弗朗覺得失去最好朋友的事變得更令人痛心，也加深了他的罪惡感。他一點也不急著恢復跟奈森的關係。

「萬一我們發現他真的會打她，那我們該怎麼辦？」艾弗朗問。

珍娜皺起了眉頭。「那我就會想辦法拆散他們兩個。」她說。

「那如果沒有的話呢？」

「你還不懂嗎？如果他們分手了，瑪莉就能夠讓妹妹重新回到身邊，你也有機會重新擁有一個朋友。」她皺起了鼻子。「我最好的兩個朋友就會回來了。而且如果你肯幫忙，瑪莉也許會相信你不是那麼混蛋。大家都能有好結果。」

「似乎妳是因為其他理由才討厭他們在一起。即使我們能夠拆散他們，我也不知道是不是真的應該這麼做。如果雪萊跟他在一起很開心的話更是如此。」如果奈森沒變，能和雪萊在一起他必定很快樂，艾弗朗不想讓他失去這一切。他希望奈森是無辜的。

「所以你不肯幫忙囉？」她問。

艾弗朗把領帶弄鬆。「我只是想要小心一點，就這樣而已。我不想強迫別人改變，妳知道那樣只會造成麻煩。但我會盡力而為。我會去找奈森聊聊，看看能不能幫得上忙。如果有機會的話。」

珍娜再次轉頭面對著他。「謝啦，艾弗朗。真的很謝謝你。」

她的表情突然明亮起來。「音樂劇結束後，你應該來我家一起看《陰陽魔界》的馬拉松連播。這個系列每年都會在 Syfy 頻道播出。」

「妳不是早就看完了嗎？」他問。他注意過她家客廳的架子上放了成排的舊ＤＶＤ。

「我看過了，但那不重要。我還沒和你一起看過。」她說。

珍娜沒再提到艾弗朗答應的事，他認為這表示她至少相信他會去處理這件事。他不是忘了，只是想緩緩。很快就過了一星期，他還是沒想出和奈森討論這個問題的辦法。接著奈森讓一切變得很簡單——他直接來找艾弗朗。

那天早上，艾弗朗在灰石公園門口的公車站下了車，就發現奈森坐在候車亭裡。奈森有車，所以他不會搭公車，而且他也沒有要上公車的樣子。他就坐在那裡，兩腿向外張，雙手交抱在胸前。顯然他在等艾弗朗。

和上次艾弗朗看到奈森時相比，此刻的奈森比較沒有那麼嚇人的氣勢，比較不像橄欖球員，而比較像他的朋友。硬幣的效果可能會隨著時間消失嗎？這個念頭讓艾弗朗充滿了希望。奈森的金色長髮相當柔順，汗水濡溼的綹綹髮絲貼在他的前額和脖子上。他平常戴的金屬框眼鏡就架在鼻梁上。唯一的差別是留了兩天的鬍碴，讓他看起來比十六歲還老些。

「嗨，奈森——奈特。你還好吧？」艾弗朗問。

奈森的雙眼像要看穿他一樣。「艾弗朗，能夠再看到你真好。」

「我一直希望能跟你再敘敘舊。」

「好啊。我就在這裡。」

「那個……嗯……你跟雪萊還不錯吧？」艾弗朗說。奈森眨了眨眼。「瑪莉雪萊……很好。」他有點猶豫地說。

「我知道你想過兩個都要，但我說的是你女朋友。」奈森今天的心情一定不怎麼樣。通常一講起雪萊的事，他就講個不停。

奈森笑了。「噢，是啊。當然很好。你知道那是怎麼一回事。有時候，我會把她們當作一個人。但是雪萊，是的，她很棒。」

艾弗朗吞了一口口水。「我要說的是，珍娜說她看到雪萊手臂上有個可怕的瘀痕。你知道那是怎麼一回事嗎？」

奈森把頭往後仰，看了艾弗朗一眼。他笑了。「你以為我打她啊。」奈森說。

「你有嗎？」艾弗朗問。

「我為什麼要打她？我愛她。」

「我也不知道。」

奈森睜大雙眼。「萬一是我傷了她又怎樣？你會做什麼嗎？處罰我？用你的神奇硬幣？」

「不要急著辯——」艾弗朗瞪著奈森。「我以為你不記得硬幣的事了。」

奈森又笑了，但聲音聽起來很陰沉、很狡猾。「你最近都沒用硬幣了。」

他怎麼會知道這件事？「我們不需要硬幣。」艾弗朗說。「你已經擁有你想要的東西了，我也是。」或至少有機會得到自己想要的，只要不搞砸的話就行。

「但是我想要更多。」奈森說。

奈森站起來走向艾弗朗。艾弗朗向後踉蹌地退了一步。

「好東西要和好朋友分享，」奈森來回踱步。「朋友要互相幫助。難道你不是我的朋友嗎，小艾？」

奈森的眼神看來有些瘋狂。「因為你現在和珍娜在一起，所以沒時間陪我了。」

「我以前是。現在不太確定，」他說。「自從許了上一個願望之後就沒辦法確定了。」

「我沒跟她『在一起』。她只是勉強能夠忍受我而已。你才沒空，因為你整天都跟雪萊在一起。」

奈森之前忘了和艾弗朗的交情，但現在他卻想起來了。除非他因為某些理由假裝不記得……

奈森走進候車亭的三面牆中，好像困在籠子裡的動物一樣，不斷地走來走去。如果他的目的是要嚇艾弗朗，那麼這樣做確實達到了目的。

「是你先拋棄我的。你在跟珍娜說了硬幣的事情之後，就刻意把我排除在外。」奈森說。

在艾弗朗拋下他之後，他又怎麼知道之後發生的事？他應該不會發現這一切的改變才是。艾弗朗盯著他看。一定有什麼不對勁的地方。

「那又怎樣？我是跟她說了硬幣的事，」艾弗朗說。「我打算對她說實話，我早該從一開始就對她坦白。我們許的願望……影響的不只有我們兩個。我們不該許這些願的。」

「你背叛了我，艾弗朗。拋棄了我。」奈森逼近他。他的額頭淌出豆大的汗滴。一滴汗水在額頭上停留了一會兒，然後從滿是鬍碴的臉頰上滑落。

「你到底怎麼了，奈森？我想要我原本的朋友啊。」艾弗朗說。

「你才不想。我知道你是可憐我，認為你比我好。我只是你的跟班而已。」奈森答。

「那你要我說什麼？」艾弗朗問。

「不是我要你說什麼。是我要你做什麼。」奈森看了看四周。「我現在很無聊。我要你再幫我許一個願。」

艾弗朗雙手握起拳頭。「我沒辦法。」

「別和我來這套，艾弗朗。」

「不是我不願意幫你。是我真的沒辦法。硬幣不見了。」艾弗朗說。

奈森的臉憤怒得扭曲起來。「到哪去了？」

「我丟了。」

「你不可能把能替你做事的東西扔了，那是能讓她喜歡你的東西。」他猛然轉頭看著圖書館。艾弗朗透過玻璃門看見珍娜，她正在借還書櫃檯看書。

「我許願讓它消失的。」艾弗朗站了起來，想要推開奈森，但奈森猝不及防地用強壯的手一把抓住他的肩膀。

「不可能。別對我說謊。別對**我**這麼做。別再這樣。硬幣哪裡去了？」

「回到硬幣來的地方去了。」艾弗朗小聲地說。奈森盯著他看，他的臉近到只離艾弗朗一吋，最後他鬆開了手。

奈森踹了候車亭的側牆，然後再次繞著候車亭走來走去。「我不相信你。」他說。他摸著後方的褲袋，拿出了折起來的白紙。他把紙丟在艾弗朗腳邊。艾弗朗撿了起來，把紙打開。

那是一張照片。上面有個放在推車上的屍體，掀起的白布露出了臉，臉上面目全非還淌著血，但卻那麼熟悉，非常熟悉。那具屍體正是艾弗朗自己。

「這是什麼？」艾弗朗問。那張紙在他顫抖的手中沙沙作響。

「那不是我最好的作品。我沒空拍更有藝術價值的照片，那時候太趕了。醫院停屍間的燈光實在太暗了。」

「這就是他們找到的屍體？就是那具他們以為是我的屍體？」

在艾弗朗沒說之前，奈森根本不知道屍體的事。他怎麼有辦法在屍體消失之後拍到那張照片？

不過，艾弗朗曾經認為當晚奈森其實在場，就在停屍間的門邊。他為什麼會去那裡？他為什麼一直假裝自己不知道這件事？

「這是你合成的。」艾弗朗故作鎮定地說。

「那是你，艾弗朗。如果我得不到想要的，就會再做一次，」奈森說。「但其實不用走到那種地步。我希望我們能夠再當朋友。我們是很好的夥伴。」

「威脅不像朋友會做的事。」

奈森笑了。「小艾，你知道我不會——不願意——傷害你。」他把手插進了口袋，開始走向公園。「至於你的朋友……」

「你在暗示什麼？」

「如果你把硬幣的事全都告訴了珍娜，我想她一定知道你把硬幣藏在哪裡。我不能接受她說不知道。你再想想吧。」奈森走進了小徑，消失在艾弗朗的視線當中。

艾弗朗必須去警告珍娜。他衝進了圖書館。

以前他一直認為自己如果真的和奈森打起來，一定能夠打贏他，但在硬幣改變他的生活之後，已經沒有什麼是他有把握的事了。奈森曾經打敗過麥可·古帕爾，所以要打敗自己更是輕而易舉。

奈森說得也對，艾弗朗瞧不起他。要不是兩個人之間的友情讓他有些難為情，他大可以在一開始就帶奈森去參加珍娜的派對。

最糟的是，拋棄硬幣這件事讓他後悔了起來。這是他唯一能夠操控的東西，更重要的是，這是唯一能讓奈森回歸正常的東西。當然，前提是他的朋友沒有從此消失。

他衝進圖書館時，珍娜抬頭看著他。

「你真早。」她說。

他喘了一會兒，扶著櫃檯穩住腳步。他的雙手在發抖。

「艾弗朗，有什麼不對勁？」珍娜問。

「一切都不對勁，」他說。

第十八章

珍娜讓艾弗朗坐在櫃檯後面冷靜一下。他等待她幫人完成借書手續，但他漸漸不耐煩而且不安。他一直注視著入口的玻璃自動門。雖然他想奈森不太可能在大白天到圖書館的櫃檯來找碴，但每次有人進來時他還是嚇一跳。

珍娜幫一位老婦人用電腦查完東西之後，終於到艾弗朗身旁坐下。

「發生了什麼事？」她說。「你好像很慌亂。」

「我剛跟奈森說過話。」他說。

「然後呢？」

「他說他沒打雪萊。他很愛她。」

珍娜皺起了眉頭。「你相信他嗎？」

「不相信。但我想現在我們眼前有更大的問題。珍娜，他向我要那個硬幣。」

「真是奇怪，」珍娜說。「我以為那次你許願時沒碰到他，所以他就忘了一切。」

「他確實忘了。他不可能全是裝出來的。所以到底是什麼事讓他想起了一切？」

「不管什麼原因，那樣不好嗎？這表示他又成為了你的好友，對吧？」

「他或許還記得我們的交情，但他顯然很不正常。不是以前的他。我從沒看過他那個樣子。」艾弗朗說。

他以前從沒害怕過自己的朋友。看到他變了這麼多……那麼憤怒，讓他內心相當激動。奈森那種魯莽的行為和肢體語言，顯示他無法控制使用暴力的衝動，讓艾弗朗相當擔心。奈森到底發生了什麼事？艾弗朗其實沒那麼擔心遭到奈森傷害，而是擔心他如果得不到想要的東西，可能會做出對珍娜不利的事。

「他給了我這個。」艾弗朗說。他把停屍間裡擺著他屍體的照片拿給她看。她拿著照片瞪大了雙眼，端詳許久。接著她把照片正面朝下，放在櫃檯上然後推離。

「所以，照片裡發生的事就像你說的一樣，」她說。「我是說，我之前相信你說的話，但現在我們知道有另一個你的存在。」

他點點頭。

「這張照片是用來威脅你的嗎？」她問。

「還能用來幹麼？我也不是很擔心這件事。他同時也威脅妳。很抱歉把妳也拖下水，珍娜。我不會讓他傷害妳的。」

她深深地吸了一口氣。「謝謝你願意保護我，但你不用擔心我。他只是針對你，因為他知道你會英雄救美。他到底要什麼？」

「硬幣。」艾弗朗說。

「你沒跟他說你許願讓硬幣消失了嗎？」

「他以為我在說謊。他說我不可能把硬幣丟了，因為……」他抬起頭看著她。「因為那是我唯一能讓妳喜歡我的方式。」

「你看，他根本不知道自己在說什麼，」她說。「把硬幣扔了才是唯一讓我喜歡上你的方式。」珍娜笑了。這麼一句話，就讓艾弗朗覺得心情平復許多。

「但即使如此，我們現在還是小心一點的好。我們不知道他會做出什麼事。」

「他是個懦夫，艾弗朗。他知道拿出那張照片，是他唯一能對你做的事了。那就是為什麼他試著恐嚇你。」

「試著？他是真的讓我害怕了。」艾弗朗說。

「我會時時注意安全，如果這樣能讓你放心一點。」

「今天讓我在借還書櫃檯工作吧……我可以學習一下。」在開放空間裡，他會覺得比較自在，因為這樣他就能看到奈森，奈森也能看到他，總比在後面一邊歸架一邊擔心珍娜的安危好。

她掃視他的臉。「我想你只是在逃避，不想去辨別那些期刊吧。」她站了起來，看著入口。「謝謝你保護我。」

他微笑。

「往好處想，現在我有充分的理由要雪萊離他遠一點了，」珍娜說。「如果奈特開始會威脅別人，他絕對不會是個好男友。」

漫長的一天即將結束，珍娜和艾弗朗整天都工作滿檔。整個下午她都沒空關心瑪莉或雪萊的狀況。

在閉館時，他們鎖上大門，艾弗朗負責讓所有的電腦關機，珍娜則逐一檢查各個房間並把燈關上。這時有人用力地敲著玻璃門，讓他嚇得跳了起來。他瞥了門口一眼，希望那不要是奈森才好。這時他看見瑪莉和雪萊站在門外。

他快步跑了過去，看見瑪莉環抱著雪萊，應該說是把她抱了起來。雪萊的雙眼又紅又腫，臉上的妝糊成一片，還有幾條深色的抹痕。他手忙腳亂地解了鎖，在自動門滑開時，他後退一步。

「妳還好嗎？」艾弗朗問。他注意到她的上臂有幾片青黃色的瘀痕。看起來並不像是網球打到的。

瑪莉看著他。「奈特，」她說。「他……」

「這是他做的好事嗎，雪萊？」艾弗朗說。

她閉上雙眼。「奈特死了。」

突然有陣涼意襲上艾弗朗的胃。「不會吧，我今天早上才和他說過話。」

「我也是。」她哽咽地啜泣著。艾弗朗無助地向前走了一步，不知該怎麼做才好。他示意她們進來，帶她們走到一張大桌子前，讓瑪莉把雪萊扶到椅子上。

艾弗朗呆若木雞地坐在她們對面。

奈森死了。這不太可能。艾弗朗心中浮現他們最後的對話。他當時不知道那是自己最後一次見到奈森了。「發生了什麼事？」他壓抑著內心的激動情緒。

「他被槍殺了。」雪萊說。

「槍殺？像謀殺那樣嗎？」

她點點頭。

艾弗朗深深地吸了一口氣。從奈森最近反常的行為看來，他還以為是自殺呢。然而，這個理由卻讓他比較容易接受。

「有人從他背後開槍……」她說的話很難聽懂，其實她是在嗚咽間擠出那些字的。「射……他的……頭。」

艾弗朗站了起來，在桌子四周走動，因為他根本無法靜靜坐著。「會是誰對奈森開槍？為什麼要這麼做？他沒傷害過任何人啊。」他瞥向她手臂上的瘀傷。他必須提醒自己，這不是跟他一起長大的奈森。誰知道這個奈森的心裡在想什麼，或是他能做出什麼事？

珍娜從借還書櫃檯後的樓梯走過來。「瑪莉？雪萊？我之前試著要打電話給妳們。我的天啊，發生了什麼事？」

「我們整天都在警察局裡。」瑪莉說。她站了起來，把珍娜推開。她們兩人在桌子旁講悄悄話，用擔心的眼神看著雪萊。只剩下艾弗朗和雪萊在那裡。他坐了回去，就坐在雪萊旁邊。

她低著頭，雙手用力按著裙緣。「他今天早上才打過電話給我，」她說。「他要我在午餐之後，在學校後面的看臺跟他見面。」

「看臺？為什麼？」今天那裡沒有比賽啊。

雪萊抹去了臉上的淚水，不願意正視他。「那是唯一我們能夠獨處的地方……」

噢。她的意思是說看臺下面。

「所以妳就去找他了？」

她發抖。「好恐怖。」

艾弗朗這時突然明白她是第一個發現的人。從他最近的親身體驗，他知道摯愛的人瀕死是怎麼一回事。

「我很遺憾。」他說。

雪莉把裙角撫平，接著又繼續捏起裙角。

「有其他人在附近嗎？」艾弗朗問。有時候學校操場會有一些去慢跑的人，許多不同的校隊也會在那裡進行暑訓。

「我沒看到其他人。」她說。

「所以問題是，他只是運氣不好，還是有人在那邊等著他？是搶劫嗎？」

像薩默塞這樣一個小城，當然有相當的犯罪率，但這聽起來不像隨機的暴力事件，想想奈森講話時那種激動的樣子就知道了。但如果是蓄意謀殺，凶手又如何知道去哪裡找他？除非他就是一路跟蹤奈森。

「警方認為這不是搶案。他們在他的口袋裡發現了皮夾，裡面的現金和信用卡都還在。他的手機也沒丟。」

「他是不是涉入了什麼案件？」艾弗朗問。「毒品那類的？」

「當然沒有！」

瑪莉和珍娜嚇了一跳，轉頭過來看著他們。他舉起一隻手示意，告訴她們這邊沒事。

「我實在很難過，雪萊。我不是故意要懷疑他。我和妳一樣，只是想知道是誰幹的。」

她吸了鼻涕，點點頭。

不過，奈森必定擔心著什麼。甚至他可能知道有誰想找他麻煩。這也就是為什麼那天早上他會跑來找艾弗朗要硬幣。不論當時有沒有硬幣，要是艾弗朗能幫得上忙就好了。

「我真的不敢相信他就這樣死了。」艾弗朗說。

「我希望他能活過來。」

「我也是。」

雪萊靠了過去，但她臉上的表情異常嚴肅。「那就請你幫幫忙吧。」

艾弗朗注視著她。「怎麼幫？」

「他說如果他發生了什麼事，我應該去找你。你會知道該怎麼辦。他叫我拿這個給你看。」她把手伸進包包裡，然後拿出了一個東西放在桌上。那是枚二十五分的硬幣。

他拿起硬幣仔細端詳，這時他的心跳飆得飛快。那只是枚普通的二十五分錢，甚至連州紀念幣都不是。

「這對你來說有什麼特殊的意義嗎？」她說。

「這只是一枚二十五分錢啊。妳不覺得他對你說這件事很奇怪嗎？」艾弗朗問。

「奈特是個奇怪的人。」她欲言又止。「曾經是。不過我很喜歡他。」

「他什麼時候跟妳說這件事的？」他問。

「真的很詭異。那是另一件怪事。」雪萊拿出了一張揉皺的紙巾擤鼻涕。「警察說奈特是今天早上死亡的。在九點到十一點之間。」

艾弗朗點點頭。「然後呢？」

「但他今天下午打了電話給我。他就是在那個時候跟我講二十五分錢的事。我手機裡還留著通話紀錄。」她打開手機螢幕給他看。當然，那是一通奈森從家裡打給她的電話。時間是當天下午的十二點二十三分。

「所以他們弄錯時間了。我想一定是這樣。」一定是他們弄錯了，因為十點前不久，奈森才剛跟艾弗朗講過話。

「我不覺得。我去學校花不了多久時間，但是我到的時候他已經死了。」她嘆了一口氣。「一定有什麼問題，艾弗朗。」

「奈森不可能在死了之後還打電話給妳。」艾弗朗說。

「當然不可能。我不知道為什麼，不過他覺得跟你說話非常重要，好像你能決定他的死活。」她閉上雙眼。她再度睜開時，雙眼閃爍著明亮且強烈的光芒。「所以，如果你有機會幫忙的話，不管是什麼，請你一定要幫。」雪萊說。

「那真是瘋了。」艾弗朗說。他思索著她給他的硬幣，他不知道還能跟她說什麼。

「我沒辦法幫他了。」

「你胡說。」雪萊挺直了身子。「奈森不信，我也不信。我拿出了那枚硬幣時，你也伸手去拿了。那代表什麼？」

「奈森死了。」他說。

「我知道！」雪萊深深吸了一口氣，把雙臂交叉在胸前。「如果出事的是珍娜呢？」

「還是一樣。」

艾弗朗用力捏住硬幣。雪萊說得對。他願意為珍娜做任何事。

他把硬幣放回桌上，看著雪萊的雙眼。「我會試試看，」他說。「我只能向妳保證我會試，但很可能來不及了。」

「那就再試。我不需要知道細節，不過你得盡力。我知道你不會讓他失望。」

瑪莉和珍娜走了過來。艾弗朗和珍娜四目交接，然後起身把位置讓給瑪莉。他走到了櫃檯，撥弄著雪萊給他的硬幣，心裡起了偌大的波瀾。

艾弗朗把頭埋進雙手，這些事件的片段似乎兜不起來。如果奈森的死亡時間在早上，他就不可能在下午打電話給雪萊。他應該是和艾弗朗說完不久之後就喪生了，那他應該會在公園附近，但他的屍體卻在小鎮另一端。警方一定是弄錯了。

可是不管情況如何，這仍改變不了奈森已死的事實。面對目前這種瘋狂的問題，艾弗朗只想得到一個瘋狂的解決方式。

珍娜走過來站在他後面，把手搭在他的肩膀上。他抬頭一看，發現瑪莉和雪萊都已經離開了。

「我很難過，艾弗朗。」珍娜的聲音聽起來像她哭過了，說話的聲音還會顫抖。

「我也是。」他說。

艾弗朗還沒掉下眼淚。奈森的死慢慢滲入他心中，現在他有了別的打算，不管機會有多微小，他實在不願意接受奈森已死的事實。

她抽噎著。「我知道你在想什麼。」

「我在想什麼？」

「你覺得那是你的錯。」

「這完完全全是我的錯。或許不是我直接造成的，但卻是因為我許了這些願。」他回想起最早發生的事，然後理出了頭緒：他用摯友的命換了他媽媽的命。

「你沒辦法肯定。不要再自怨自艾了。」

他拿出雪萊給他的硬幣。「雪萊給了我這個。」

「她知道硬幣的事？」

他搖搖頭。「奈森叫她帶這個過來給我，但只有我能明白。他跟她說我能夠救他。」

他用硬幣敲著桌角，越敲越大力。珍娜用手按住他的手，要他停下來。

「那不可行。」

艾弗朗嘆一口氣。「很難說。」

「你送走了硬幣。硬幣消失了。你幫不上忙。」

艾弗朗拋著手上的硬幣。「我許願之後，如果沒有立刻拋硬幣的話，它就會變得越來越熱，就好像被『啟動』一樣，就像妳之前說的。」

他用硬幣的邊緣搔著下巴。他還記得在公車站那晚，在艾弗朗許願卻弄掉硬幣之後，那個流浪漢撿起硬幣的事。那個人把硬幣撿起來給他，在接觸到艾弗朗皮膚的那一刻，願望就實現了。「如果我要拋出硬幣，然後接觸到它，願望才會實現的話，那麼現在硬幣一定還在噴水池裡。」

「所以你必須再碰一次硬幣才能完成願望？艾弗朗，這可能嗎？」

「妳說得對，我沒辦法確定。我也不清楚。但我肯定的是，我必須接觸到其他人，才能夠讓他成為我願望的一部分。或許這枚硬幣必須透過接觸才能生效。」

「這聽起來很有道理。但即使硬幣還在，也很難找出來。噴水池裡有非常多類似的硬幣。」

「但還是有機會……」

「艾弗朗，你想想。真的。這樣做好嗎？你說過你不會再改變任何事了。你答應過我。你就是這樣擺脫不了硬幣的。總是有事情讓你想補救。如果同樣的事再發生在你媽媽身上，或是發生在……嗯，甚至是更糟的狀況。別忘了《猴掌》的教訓！」

「我知道。但如果一開始我沒使用硬幣，就不會發生這樣的事。所以我必須試試。」他說。

「那我跟你一起去，」她說。「兩個人一起找應該會比較快。」

第十九章

再半個小時就是日落時分，也就是公園關門的時候。公園空蕩蕩的，小徑兩旁矗立的石柱拖著長長的影子落在艾弗朗和珍娜身上。俯視著他們的希臘神像噴泉就像不祥的預兆一樣。他們站在雕像的臺座旁，抬頭看著銅製雕像的臉。

「我有種不祥的預感。」艾弗朗說。

珍娜瞪大了雙眼。「不敢相信你居然說出這種話。你是怎麼搞的？」

「很抱歉。」他脫掉鞋子與襪子。珍娜則踢掉她的黃色涼鞋。她爬過池緣，坐在池子邊，把腳伸進淺池的池水中，隨即尖叫一聲。

「好冷啊！」

艾弗朗跟著她踏進去。確實很冷，讓他的腳趾頭凍得發麻。在他涉水時，冰冷的水就拍打在他的小腿上。池底很滑，硬幣都被他踩在腳下。他小心翼翼地走到池子中央，覺得自己似乎是一路滑行過來的。他指著雕像腳下的平臺。

「我把硬幣丟在那裡，然後彈了回來……」他用手比劃幾下，畫出一條弧線。「大概在這附近？」

他們蹲在水裡，撈起滴著水的銅幣與銀幣。他們兩個在做的事，讓他想起在海底尋寶的海盜。

「我們應該有計畫地找。」珍娜說。她檢視手上的硬幣堆，把不要的丟回另一手。她掙扎地走到池邊，把那些不要的硬幣丟出池外，才回來繼續找。「要是我們有些桶子就好了。」她說。

上方的水噴到艾弗朗的臉，讓他眨了眨眼。他的襯衫已經溼透了。他回頭看著珍娜，她深藍色的無袖上衣也溼透了。她發現他盯著自己緊貼身體的上衣看，便朝他潑水。

「下次我會丟一整把的硬幣。」她說。

「好啦。」

「我今天還差點穿白襯衫。」她說，對他扮鬼臉的同時把黏在身上的衣服拉開。「不要露出那種傻笑。」

「我真希望水可以關掉。」艾弗朗說。

瞬時汩汩的水聲驟然停止，噴泉也停了下來。「妳看，這樣如何？」他把頭髮往後撥然後笑了。

「艾弗朗！在我們找硬幣的時候別再許願了，懂嗎？」珍娜把溼淋淋的頭髮從眼睛上撥開。她用溼透的上衣擦著水漬斑斑的眼鏡，不過似乎徒勞無功。「我想那只是個巧合。他們會在晚上把噴泉的水關掉。再繼續找吧。」

「晚上會有警衛嗎？」

「警察應該會來公園巡邏，但我不知道多久會來一次。」

在一八〇〇年代晚期建立灰石宅邸與附近建物的人揮金如土，並且在經濟大蕭條時散盡家財。在他破產之後，市政府就接收了他的財產，把這個地方變成公園。政府把這個地方長期租借給薩默塞市立圖書館，並由圖書館負責維護。小孩仍會去那些廢棄的建築物當中探險，聽說半夜還會有人舉行奇怪的儀式，因此公園在日落之後就會關閉，禁止大家進入。

他們繼續用有系統的方式找著水池中的硬幣，把找過的硬幣堆在旁邊。如果有警察發現他們，或許會認為他們正在偷竊。

一個小時之後，已是薄暮時分，光線十分昏暗。他們已經把基座附近的硬幣清得差不多了，但還是找不到他需要的那一枚。艾弗朗的手指已經冷到麻木，因為不斷摩擦到水泥池底，他的指尖也變得粗糙。

艾弗朗說要休息一下，就坐在噴泉池邊。

「我的手指都起皺了。」珍娜說。她把一隻腳放在另一腳的大腿上查看。「我的腳趾頭也是。」

「妳真幸運，我的根本沒感覺了。」艾弗朗嘆了一口氣。「或許那枚硬幣消失了。我們根本在浪費時間。」

「唉唷，不要半途而廢。」他們身後的一個聲音說。

艾弗朗轉身，看見一個深色的影子被廣場附近的樹籬分成兩半。

「是誰？」艾弗朗問。他認得那個聲音，但不太可能是……

「我屍骨未寒，你就已經忘了我？再一次，我得說，我沒辦法怪你，因為有了你更在乎的人嘛。那是珍娜，對吧？看起來不賴嘛。」他尖銳的口哨聲，破壞了夜色的寂靜。

一道閃光閃起，乍現的光芒讓艾弗朗瑟縮一下，在他的視線中留下一團綠色殘影。

奈森踏入照亮廣場的月光裡。他放低手上的數位相機。珍娜頓時目瞪口呆。

艾弗朗瞪大了雙眼。「奈森？」

「但是你不是死了嗎？」珍娜說。

「我是回來找你們們們們……」奈森大笑。他把相機塞回了後方的褲袋。「開玩笑的啦。我可不希望你們有人在噴泉裡尿褲子，這樣很不衛生。」

「他要了我，」艾弗朗對珍娜說。「他叫雪萊來告訴我他死了，希望我能用硬幣把他救回來。」他把一些水踢出池外。

「差不多是這樣，小艾。」奈森說。

「奈特有雙胞胎嗎？」珍娜小聲地說。現在她站在艾弗朗後面，一手抓住他的手臂。她溫熱的手掌貼著他冰冷的肌膚。

「就我所知沒有。怎麼了嗎？」

「那個不是奈特，」她小聲地說。「他走路的方式不一樣，身體沒練過，頭髮也太長了。奈特留著短短的刺蝟頭，不可能在一天之內就長到肩膀。」

珍娜說了之後，他也發現了。這個奈森不是那個硬幣變出來的橄欖球員奈森。他瘦多了，寬肩膀和二頭肌也在一夜之間就消失了。他顴骨的角度看起來也讓人覺得卑鄙得多，透過眼鏡看著他們時更是如此。他脖子上戴著一條細細的銀鍊，一件合身的黑色T恤，以及黑色的牛仔褲。艾弗朗今天早上就發現這些不同處，不過他希望那只是奈森慢慢變回原來的樣子而已。

「你到底是誰？」艾弗朗說。

「我很失望，艾弗朗。」奈森說。「你比你的另一半遲鈍。」

「你說我的『另一半』是什麼意思？」

「珍娜似乎已經看出來了，但她總是比你聰明。」他的雙眼上下打量著她。「運氣不好找不到？」奈森問。

「找什麼？」艾弗朗問。

「你認為我會相信你們來這裡是要偷錢買冰淇淋吃嗎？」他問。「我要你那個可以『許願的硬幣』。更明確地說，我要你幫我許願。」

「今天早上已經談過這件事了。那個是你，不是嗎？硬幣不見了。」艾弗朗說。

艾弗朗打量著奈森，想知道萬一他抓住自己的話，自己是否有辦法打倒他。或是他們應該趕快逃跑。他繃緊了神經，等著奈森走到夠近的距離，好在一瞬間撲到他身上去。不過奈森看穿了這一點。

「不要輕舉妄動。」奈森說。他把手伸到後方，掏出一把手槍。月光照在深色的槍體轉輪上，反射出一絲微光。

「天啊！」珍娜抓緊了艾弗朗的手臂，指甲掐進他的肉裡。「那是真槍，對吧？」

「想知道答案嗎？如果你不把硬幣找出來並且替我許願，你就會和這個世界裡的奈森一樣。」

珍娜倒抽了一口氣。「我知道了！」她說。「有兩個奈森。」

艾弗朗睜大眼睛看著這個奈森。「你為什麼殺了另一個你？」

奈森聳聳肩。「我問他硬幣的事，但是他說他不知道。他死了對我來說比較有用。」

「你殺了他……然後你打電話給雪萊，跟她說硬幣的事，然後要她去找你，這樣她就會發現屍體。」艾弗朗說著，把事情拼湊起來。

「你知道只要她去跟艾弗朗說，他就會來找硬幣。」珍娜不屑地說。

「我知道你會為了最好的朋友去找硬幣，」奈森繼續說。「所以我們就在這裡啦。」

「這根本是個圈套。」艾弗朗說。

「我之前並沒有說謊。我許過願讓它消失的。」

「如果你真的這樣認為，就不會來這裡找了。」奈森說。他靠著一根燈柱，揮動著槍。「拜託，繼續找。但如果我聽到『我希望』這類字眼，我就會開槍殺了你。相信我，我的直覺和槍法都很準，可以立刻把你殺了。我做過很多射擊練習。」

「但願他說的是電動。」珍娜小聲地說，奈森咯咯笑了。艾弗朗和珍娜走回噴泉裡，開始撈起更多硬幣。

「珍娜？」奈森說。

她回頭看著他。

「妳的衣服溼了，」他說。「我不希望妳感冒。妳何不脫了？」

她沒動，但奈森拉起了撞針的保險，穩穩地用槍瞄準她。她大吃一驚，不過同時也把上衣脫了。艾弗朗把頭別過去看著水裡生悶氣。

「維多利亞的祕密？」奈森的左手拿出了相機，用一手按下快門。

珍娜把溼掉的上衣丟向他，但不夠遠。「混帳。」她說。

「我只是照相而已，妳該偷笑了。好好謝謝我才對。」他舉起拿著槍的手。

她轉身蹲下，在找硬幣時試著用雙臂遮住胸部。一條肩帶滑了下來，她咒罵了一聲。

「怎麼可能會有兩個奈森？」艾弗朗小聲地對珍娜說。相機又閃了一次。

珍娜緊咬嘴唇。「他是個幽靈。」她說。

「幽靈？」

「就是很像的兩個人，像雙胞胎一樣。他們可能是平行宇宙來的幽靈、影子、入侵者。就傳統而言，那是厄運的象徵，或是死亡。」

「那把槍在某個宇宙裡打死了我。所以那個躺在太平間的孩子，也就是奈森給我看的照片……真的是我。是我自己的幽靈？」

珍娜點點頭。「至少，這否定了我時空旅行的理論。」

「這個奈森給我看了死去的我的照片……所以或許我的幽靈死了之後，他就不斷地四處遊蕩。」艾弗朗在醫院那晚甚至也看見了他。這時艾弗朗豁然開朗，知道為什麼在不該看見奈森的地方看見他，甚至同時出現在兩個地方。這個奈森就是艾弗朗的奈森被困在置物櫃時，痛扁麥可・古帕爾的奈森。這個奈森在珍娜的派對上偷看艾弗朗。「我在想他們是否來自同一個宇宙，就是製造硬幣的地方。」

「嘿，說夠了喔。」奈森喊。

珍娜點點頭。她站起來，拉直內衣的肩帶。艾弗朗再度把視線移開。

「為什麼我之前沒看出來？我們甚至有一張他在公園裡的照片。」他把手用力揮進水裡。「該死！我想在我找到硬幣之後，他一定一直在跟蹤我。」

「如果他真的來自另一個平行宇宙，那就沒有『真正』的奈特。他們兩個都是真的，只是兩個人不一樣而已。」珍娜興奮地推著鼻梁上的眼鏡。「這真是大發現！我們有證據說明多重宇宙理論是真的了！」

「我說給我閉嘴！」奈森大喊。

「有什麼問題，你是耳朵癢嗎？」珍娜說。

「不要激怒他，」艾弗朗說。他把頭轉向奈森。「我們盡力了，但是這裡有許多硬幣，看起來都一樣。」

他們在水池裡四處移動。撈起越多硬幣，他們就越失望。艾弗朗知道他們快沒有時間了。在他們再次靠近彼此時，珍娜小聲地說。

「你想的跟我想的一樣嗎？」她問。

「我們完蛋了？」

「除了這個以外。這個硬幣來自平行宇宙，對吧？一開始我以為很可能來自一個魔法像科學一樣真實的世界，畢竟宇宙裡有著各種不同的物理性質。但現在我認為它根本不是在幫你許願成真。」

奈森清了清喉嚨。「我想我必須把你們兩個分開。珍娜，過來這邊。」

珍娜站起來，雙手交抱在胸前。「我絕對不會把內衣脫了。」

奈森聳聳肩。「我又不是沒看過。」

珍娜走到了水池的邊緣，睜大雙眼看著奈森。「那是什麼意思？」

「艾弗朗，」奈森說。「你越快找到硬幣，我就越不會在你女朋友身上找樂子。」

艾弗朗加快了速度。他拿起硬幣，一旦發現是普通硬幣的話，就丟進短褲的口袋。在滿到快掉出來時，他拖著沉重的腿，把這些倒在池子外一側。

五分鐘之後，他發現自己的手掃過黏滑的池底時，有種暖流飄過的感覺。他前後移動著手，把手掌攤平，好像是沙上的金屬探測器一樣。真的，這裡的確比較溫暖。

他一吋一吋地接近暖流的來源，把手伸過去。他已經很接近了。

奈森打了個哈欠。「你在做什麼，艾弗朗？」

「我正在努力！」艾弗朗說。

「你不會是在拖延，希望有人發現我們吧？」

「不是！」

「或許你需要更多刺激。」他用槍指著珍娜。

「奈森，不要——」

槍聲響起，珍娜的身體抽動了一下。艾弗朗嚇了一跳。她應該沒中槍。奈森不會真的殺了她。那聲槍響只是警告而已，或是裡面裝的只是空包彈。那一定是把仿製的槍，像電影裡面的道具，用來嚇他們、逼他們就範而已。不會發生這種事的。

珍娜轉了一圈後看著艾弗朗，臉色蒼白如月光。血從兩側乳房的中央汩汩而出。她伸起一隻手放在胸前，張開了嘴，然後臉朝水面栽了下去。

「珍娜！」艾弗朗丟下手中的硬幣，踉踉蹌蹌地走向她。奈森走到池邊，把槍瞄準他。

「別再過來了，艾弗朗。」

「但是珍娜……她可能還……」

「她死了，老兄。唯一能救活她的方式就是找到硬幣。接著或許我會讓你『許願』把她救回來。」他笑了。

艾弗朗看著珍娜，希望她能有些動靜，但卻沒有。她的身體浮在淺淺的水面上，血色從身體往四周擴散。潮溼的空氣帶著一股金屬的味道，讓他差點吐出來。

奈森相機的閃光燈照亮了水面。

「你這個畜生。」艾弗朗身子緊繃。「你不需要——」

「找出來吧，艾弗朗。不然接下來就是你。」

艾弗朗雙手握拳，雙臂直貼在身側，雙眼注視著珍娜。他想把她移開，但卻沒辦法。他想看看她是否還有些微的生命跡象，希望她只是裝死，這樣就能夠讓奈森嚇一跳，或者……他希望她還活著。她必須活著。

但珍娜不可能在水面下憋氣這麼久，她周圍也沒有任何氣泡，水的顏色變得越來越深，慢慢地冒出一些泡泡，朝他湧去。艾弗朗泡在水裡的腳覺得麻木，讓他開始動彈不得。

奈森再度扣下扳機，尖銳的聲音使麻木的艾弗朗回過神來。

「你不會殺了我，」艾弗朗嘶啞地說。他用力吞下喉間的硬塊。「我知道我是唯一能夠使用這個硬幣的人。」至少他的奈森之前沒辦法使用硬幣。

「那麼就射穿你的膝蓋讓你沒辦法走。你覺得怎麼樣？」

「那你就開槍啊。」艾弗朗的聲音顫抖著。他深呼吸了幾次。接下來他用清楚有力的聲音說：「你已經殺了兩個我最好的朋友。你沒辦法再傷害我了。」

「噢，你忘了你媽『小瑪』嗎？我可沒忘。」

艾弗朗全神貫注地注意著奈森，接著往前靠了一步。奈森一動也不動。他的槍瞄著艾弗朗的膝蓋，左手扶住右手手腕，就像他們以前一起玩射擊遊戲時，他握著搖桿一樣。奈森臉上瘋狂的詭笑讓艾弗朗知道他真的會開槍。他竟然邪惡到想殺了艾弗朗的媽媽。如果艾弗朗真的要衝向前去，自己得有十足的把握不要被他制伏甚至被殺。

「該死。」艾弗朗說。

他轉身遠離珍娜死氣沉沉的屍體，雖然淚水模糊了他的視線，但他仍能看見她在自己面前漂動。他用手掌拭去雙眼的淚水，擦得太用力，眼前都冒出了金星。但他還是看得見珍娜。

艾弗朗背對著奈森蹲下，迅速地伸手摸著噴泉的底部。這裡的水非常熱，熱到差點沸騰。他用手觸摸著，好像在找掉下去的隱形眼鏡一樣。應該很接近了。

他瞄了深色的池水一眼。喬治・華盛頓的頭就在他前方舞動，像海市蜃樓一樣，在月光下閃閃發光。他最後一次拋硬幣時是人頭朝上。艾弗朗笑了。

「我找到了。」他說。

「拿過來。」奈森說。

「沒這麼簡單。」艾弗朗撿起了硬幣，用力捏緊那枚發燙的金屬。他站了起來面向著奈森。

艾弗朗覺得胃中有種刺痛的感覺。他四周的空氣又晃動起來。

「什麼——？」奈森開口，朝艾弗朗衝了過去。他們撞在一起，四肢交纏朝後倒下。然後一起重重地摔在水泥地上。

一瞬間，周遭的景物突然和之前不同。現在艾弗朗躺在乾燥的池底，背痛得讓他大叫，他動彈不得。

一旁的奈森也呻吟著，在艾弗朗旁邊站起來。「唉唷。」他說。「去你的。」他收起了手槍，把艾弗朗踢到旁邊去。艾弗朗蜷曲著身體保護自己。

奈森拿出了手機，把手機打開，然後踉蹌地走出池外。

艾弗朗躺在那裡一會兒，想讓空氣進入肺裡。最後，他痛苦地坐了起來。艾弗朗溼透的衣服還在滴水，在他身旁積成了小水窪。他的臉也溼答答的，但不是因為噴泉的水。

噴泉的花崗岩底座布滿裂痕與坑疤，裡面沒有硬幣，只有滿滿的垃圾、壓扁的汽水罐、菸蒂、碎玻璃。亞特拉斯的雕像則髒到幾乎變成黑色。

奈森不見了。珍娜的屍體也是。

艾弗朗蹣跚地站了起來，扶著池緣讓自己站穩腳步。

「艾弗朗！」他身後傳來了一個聲音。那是個熟悉的聲音，是他在這個世上最想聽到的聲音。但這不可能是真的。他轉過頭去，看見珍娜朝噴泉跑來，臉上掛著大大的微笑。她還活著！

「我就知道你會回來。」她說。在他開口之前，她就把雙脣貼了上來，讓他頓時腦中一片空白。

她把他推開，然後把手放在自己的嘴上。「你不是他。」她的眼淚差點落下，但此時怒意布滿了她的臉。

「珍娜，是我。」艾弗朗說。

她皺起了眉頭。「珍娜？去你的。」

「什麼？怎麼了？」

「我的名字是柔伊。柔伊．金。」

她不是珍娜。她有著長髮，蓬鬆地披垂在肩上。她擦著暗紅的口紅，穿著白色的無袖上衣。鼻上有個小小的銀色鼻釘，讓他最吃驚的，是他第一次看到她沒戴眼鏡。他突然發現她的雙眼是藍色的，不是棕色的。她一定是珍娜在這個宇宙的幽靈。

艾弗朗現在到了另一個宇宙去了。

「我的艾弗朗怎麼了？」她說。

「啊？」

「如果你來了這裡，那麼你把他丟到哪去了呢？」

「說來話長。」艾弗朗環視公園四周，突然恐慌了起來。每個影子似乎都在威脅他。他腦中突然閃過奈森在灌木叢裡注視著他們的影像。「我們可以到別的地方聊嗎？」

「你得先告訴我發生了什麼事。」她環抱著手臂。

「奈森很可能在我們附近，而且他有武器。」

「奈特。」她吐出了這個字，吐向那些骯髒且布滿裂痕的卵石堆中。「他回來了啊？艾弗朗打算要把他丟到另一個宇宙去的。」

「我許願到了這裡，他就搭順風車來了。」她看起來滿臉疑惑。「他想要得到那個硬幣，要我幫他許願。他剛才殺了……」那個字讓他哽住，跌坐在池緣。他沒辦法告訴柔伊剛才看見她在自己眼前死去，而他卻無能為力。他盯著腳邊冒泡的一小灘水，想像那水會留下紅色的漬痕，讓他不禁打了個冷顫。

柔伊的臉變得嚴肅起來。「你可以到我家去，我們邊走邊說。」她說。

艾弗朗把硬幣丟到水池裡，雙手環抱著膝蓋。他太疲累了，根本動不了。他不斷看到珍娜的屍體。他不該帶著她的。在她跟他說不要去找硬幣時，他應該聽話的。他想要幫奈森，最後卻失去了兩位朋友。

「嘿。」柔伊蹲了下來，撿起那枚硬幣。她把硬幣擦乾淨，然後看著硬幣，擔心地皺起了眉頭。「我知道你很困惑。你一定發生了很多事。」

「妳無法想像。」他說。

「但你已經沒時間崩潰了。」

「只要一下子就好。」

「你比這更堅強，艾弗朗。」她把硬幣按進他的掌中，包著他的手握住硬幣。她握手時既有力又肯定。她用溫柔的眼神看著他，接著把他拉起來。

他看著她的雙眼。她藍色的雙眼提醒他這不是珍娜，不管她們有多像。「妳怎麼知道？我們根本不認識對方。」

「我知道，因為我的艾弗朗不會坐視一切不管。我們走吧。」她看著他光溜溜的雙腳。「在你來的地方，大家都不穿鞋的嗎？」

第二十章

艾弗朗恍惚地跟著珍娜——不，是柔伊走著。她似乎走進了街道的暗處。現在才晚上十點，但薩默塞市中心卻一片死寂。

「大家都去哪了？」

「已經是宵禁時間了。」柔伊說。

他茫然地盯著她看。

「太陽下山之後，這裡的孩子不能在外活動。」她在一個街角示意他停下來，等著燈號變換。「我們最好小心一點。」

「這樣似乎有些極端。」

「我們現在正在打仗。他們說這是為了安全起見。」

「呃。我們在跟誰打仗？」

「伊朗、伊拉克、北韓。蘇聯也插了一腳。」

「你是說俄羅斯？」

「還有蘇聯的其他國家。這表示之後不久中國也可能加入戰局。」這聽起來似乎是第三次世界大戰的開端。

艾弗朗跨出緣石，準備走到車道上——

柔伊抓住了他的手臂，把他拉回來，這時有一輛車從他的右邊呼嘯而過，距他們只有一呎之遙。那輛車傳出大聲的喇叭聲，接著是一聲尖銳的煞車聲，在半個街區之外停了下來，煞車燈閃亮著，就像是紅色的眼睛。

「你找死啊？」柔伊說。這時車門開了，有個人對著他們大吼。

「該死。來吧！」柔伊說。

她抓著他的手，飛奔過街道，遁入陰影中的大樓入口。艾弗朗踩到了破碎的水泥，大叫了一聲。赤腳在人行道狂奔真是痛啊。

「那輛車突然就衝了出來！」他說。

「你媽沒教你要先看好沒車再過馬路嗎？」柔伊問。

「我看了啊，但那輛車是逆向冒出來的。」他回答。

「你還沒搞清楚嗎？這不是你的宇宙。這裡的一切都不一樣，」柔伊說。她嘆了一口氣。「小心一點就是了。」

她繼續走，艾弗朗跟著她走在人行道上，小心翼翼地看著左右兩側。他又看見一輛車子開過，對他來說同樣也是逆向行駛。司機的駕駛座在乘客的那一側，就像在歐洲一樣。

艾弗朗靜靜地跟著，在心裡反覆思索她的話。這不是你的宇宙。那麼，珍娜說的多重宇宙理論就是對的。他在一個平行宇宙裡，這裡的車輛行駛在街道的另一側，而且整個城市實施了宵禁，美國在戰爭中是打輸的那一方。還有，珍娜叫自己柔伊。

他們走著的時候，他注視著她，想知道另一個自己在哪裡。這個宇宙裡還有另一個奈森——奈特。而且也還有另一個艾弗朗。

「到了。」柔伊說。

柔伊家看起來跟他記憶中相去無幾，只不過比較舊了一點。前院的草皮都枯死了，她媽媽的得獎花叢都被雜草淹沒。柔伊拿出一串鑰匙，開始開鎖。看起來似乎有四個不同的鎖。

柔伊把一隻手放在艾弗朗的胸口。她的指甲相當短，也沒上指甲油。「你得保持安靜。我爸的女朋友今晚來這邊過夜。」她的銀色鼻釘在玄關燈下閃了一下，看起來有點性感。

「他的女友？你媽怎麼了？」

柔伊的臉垮了下來。

「噢，糟了。我不該說——」

「算了。你不可能知道的。我們等等就會弄清楚這一切。安靜一點。我們上樓到我的房間去吧，我爸不喜歡我帶男生回家。」

「這種事多常發生？」艾弗朗問。

「嗯。他不喜歡我帶你回家。自從他逮到我們……」柔伊把頭別了過去。

「喔。」艾弗朗閉緊了嘴，跟著柔伊上樓。他覺得自己在這個宇宙當中一片茫然。

艾弗朗在走上樓梯之前頓了一下，突然有一股想法湧上了他的心頭。如果那枚硬幣有足夠的力量把他送到平行宇宙去，或許之前就曾經做過這樣的事。

或許每次他許願的時候都是這樣。

那就是珍娜在被殺之前想跟他說的事。

「該死。」艾弗朗說。他覺得有點頭暈。

「噓。」柔伊說，她抓著他的手臂。

他們偷偷摸摸地走上二樓之後，艾弗朗聽見樓梯旁的房間裡傳出女人咯咯的笑聲。柔伊翻了個白眼，推著他走過那個房門，直到走廊盡頭的房間，也就是柔伊的房間。

「我只見過他的新女友一次，」柔伊說。「我想她應該是在社區大學教課，教美術。或是她在那裡修課。她看起來沒比我大多少。」她皺起鼻子，露出噁心的表情。

柔伊仰躺在床上，艾弗朗站著不知如何是好。她伸出了腳，用腳趾指著書桌前的椅子。

他環顧房間，想知道這和珍娜的房間是不是一樣，因為之前他從沒看過珍娜的房間。房間裡的每個平面都堆滿了書，每疊幾乎都和他一樣高，他發現柔伊和她的分身一樣。

「這些書妳都看過了嗎？」艾弗朗說。

「還沒，但是我正在看。」她指了其中一疊笑了。「那堆是八月的。」接著指向旁邊的一堆。「九月的。」她把房間都指了一圈。「十月、十一月、十二月。最近沒什麼事好做，艾弗朗離開這裡之後更是如此。」她清了清喉嚨。

「妳是去搶書店嗎？」艾弗朗說。

「薩默塞公立圖書館的資金用罄了。我在他們關閉之前把這些書救了出來，就像長期借貸一樣。」她嚴肅地看著他。「我知道你有很多問題要問，但請讓我先問一個問題，這個問題很重要。」

艾弗朗點點頭。

「你知道我的艾弗朗怎麼了嗎？如果你來了這裡，一定是他去了你的世界，把硬幣給了你。」

艾弗朗低著頭。「我從沒親眼見過他，但是……我很遺憾。」

柔伊閉上雙眼，她長長的睫毛上滿是淚水。

「他被公車撞了。」艾弗朗說。

「那實在太蠢了，」她說。「他去過許多世界，他知道要怎麼活下來的。」

「我想你們兩個人很……親密。」

她只是點點頭。

「珍娜，我——」

「是柔伊。」她的聲音很嚴肅。她用手臂抹抹臉，聲音還帶著哽咽。「不要再那樣叫我。」

「妳看起來很像她。我必須提醒自己妳和她不是同一個人。」

「我懂你的意思。」她抓了抓鼻子，位置就在鼻釘上面。「我爸爸打算叫我珍娜，但是我媽媽比較喜歡柔伊。她在分娩的時候過世了，所以……」

「我不知道。」或許他不該再說話了。他每說一句話，似乎就讓她更難過。

「在這個宇宙裡，你必須慢慢習慣很多新的事物。」

「我不打算在這裡久待，所以實在沒必要。」

艾弗朗拿出了那個硬幣。他看到時相當驚訝，因為金屬的表面已經變成了一片空白。他把硬幣翻過來。硬幣的兩邊都相當光滑，這不再是枚硬幣了，只是一片薄薄的圓形金屬，僅剩下一旁邊緣的刻痕還在。

他覺得自己的心臟快停止了。「完蛋了。」他說。

「什麼？」

他把硬幣拿給她看。

「噢，是啊，」她說。「你在噴水池裡出現時我就注意到了。」

「所以它以前也曾經變成空白的過？」

「至少我沒看過。」

艾弗朗捏著硬幣。或許它能夠許願的次數並非毫無上限。如果他已經用光了最後一個願望，那他就會被困在這裡了。

「但我只有仔細看過幾次，」柔伊說。「我的艾弗朗……」她的聲音哽住了，接著她吞了一口口水。「艾弗朗和奈森從來不讓我進他們女人止步的社團。我每次看到的時候，就是一枚硬幣。」

「所以為什麼會像現在這樣？」

「我怎麼知道。很可能是沒電了。他們以前曾經討論過充電的事。」

他把手上的硬幣翻了過來。或許他該先問的是為什麼那看起來像二十五分錢。「波多黎各是這裡的一州嗎？」他問。

柔伊搖搖頭。「只是一個屬地而已。我們連這樣的二十五分錢都沒有，因為一直在打仗。」

這表示這枚硬幣很可能不是來自這個宇宙。那為什麼在他許願希望能夠回到硬幣的製造地時，卻會來到這裡？

「我希望我能回家。」艾弗朗說，這次他比過去許願時更認真。但硬幣甚至連變熱都沒有。他拋起硬幣，然後把它接住，但就和他想的一樣，什麼都沒發生，只有柔伊瞪大雙眼看著他。

「沒電了，」他說。「或是壞了。」他根本不願去想這件事。可能是因為泡在水裡太久，或是他和奈特在水池裡撞壞的。

「你為什麼要拋硬幣？」柔伊問。

「有人告訴我要這樣使用。要讓願望成真時就必須如此。」

柔伊笑了。「你認為那會讓你的願望成真？」

硬幣沒變熱，但他的臉卻因為尷尬變熱了。「我發現一張紙條……」雖然他發現留紙條在他置物櫃裡的是奈特，卻不知道為什麼奈特要他學會使用硬幣的方式。他顯然不能再相信奈特告訴他的事了。「算了。」艾弗朗說。

「你還真不知道你擁有的是什麼。」柔伊說。

「我現在知道這個硬幣——或管它是什麼——會讓我到平行宇宙去。」當然，這是珍娜想出來的，不過他並不打算對眼前的柔伊承認這點。「但一開始，我還以為是魔法。一開始的紙條是這麼說的。」

柔伊笑了。「很抱歉，我不該笑你的。有句話是這麼說的：『極度先進的科技和魔法很難區分。』至少，單純的人分不出來。」她淘氣地看了他一眼。

「如果妳對這個東西那麼瞭解，何不給我提示呢？」他說。

「我只是在那些男生聊天時，東聽到一點，西聽到一點而已。我甚至不知道你不用控制器就能夠啟動那枚硬幣。」柔伊說。「但我想我的艾弗朗應該知道這一點。」

「還有控制器？是用來做什麼的？」

她翻了個白眼。「你認為『控制器』是拿來做什麼的？」

艾弗朗生氣地緊咬著下唇。

「抱歉，」她說。「那是一個很小的裝置。」她舉起了手，用雙手的拇指與食指圍成一個長方形。「很可能會被當成手機，但那個裝置能夠儲存不同宇宙的座標，不管硬幣去了哪裡。我想，這就好像是量子的全球定位座標。這也能夠控制硬幣把你帶到哪裡去，還可以幫硬幣充電。我想硬幣上一次充電距今已經有一段時間了，而且我猜你用了不少次。」

艾弗朗哀號出聲。每次他許了願之後，因為硬幣本身沒有接收到特定的座標，他必定被隨機帶往一個不同的平行宇宙。都是他盲目地使用硬幣，讓電池用光了。

「那我怎樣才能回家？」他問。

「我很確定控制器上一定還有你那個宇宙的座標，也能夠幫硬幣充電。」

看來艾弗朗必須有控制器才能夠離開這個宇宙，但他不知道奈特會不會利用這個機會要艾弗朗先幫他，然後才願意幫忙。

「那妳的艾弗朗是怎麼使用硬幣的？」他問。

「有一次我看到他們離開。他們不知道我正在看。艾弗朗把硬幣塞進了控制器，然後奈特做了某件事，接著艾弗朗把硬幣拿回來，他們就消失了。在我親眼目睹之前，我一直不相信他們到了其他宇宙去。」

「但是那個硬幣卻在沒有控制器的狀況下，讓我到了各個不同的宇宙去，奈特又能在沒硬幣的狀況下跟著我去。這又是怎麼辦到的？」

「不知道。他們通常都是一起的。」柔伊弓起了背伸懶腰，打斷了艾弗朗的思緒。她打直身子盤坐起來，伸展腳趾頭。「但我知道誰會更瞭解這件事。」她說。

「我想奈特不會願意告訴我們相關資訊的。」

「不是他。他和艾弗朗是從別人那裡拿到這樣東西的：一個在公園裡接觸他們的人。不過，這確實聽起來有點恐怖。」

「有個人就直接把往來各個宇宙的力量給他們？」

「當然他們以為他無家可歸而且精神不太正常，他們只是逗著他玩，結果沒想到那人說的是事實。或許精神不正常的是我們。」她聳了聳肩。「不過我不知道他是不是還在附近。在那之後，他們就不再去公園了，然後也沒再提過那個人。」

「那我要怎麼去找他？」

「我想就從灰石公園開始吧。」

艾弗朗站起來回踱步，把那枚空白的硬幣從一手換丟到另一手，一邊思索著該如何是好。

「到目前為止，只有我能夠使用那枚硬幣。我會知道這點，是因為我的朋友奈森試過，珍娜也試過了。如果一定要我接觸才能用，那表示奈特也不能用，我想他知道這點。所以他想到其他宇宙去，就必須有我或是其他的我幫忙，現在既然我們都在這裡，沒有我他就沒辦法離開這裡。」他停下來，用期盼的眼神看著柔伊。

「嗯，但對你來說也是類似的，」柔伊說。「我知道你在想什麼，但即使你有了控制器，奈特卻是唯一能夠操作的人。要從他手中拿到控制器也不容易。他總是隨身攜帶著。」

如果艾弗朗能把控制器偷出來，或許他至少可以幫硬幣充電，接著就可以碰碰運氣，盲目地「許願」把自己送回家。他知道這個辦法行得通。或者，艾弗朗也可以說服奈特來幫助他。兩種方法似乎都一樣冒險。

艾弗朗看著柔伊桌上相框內的一張照片。在照片裡，奈特和柔伊分別躺在艾弗朗的兩側，在高中後方綠草如茵的橄欖球場上。他們一起笑著，兩人的手臂環繞在他的肩上。這只可能是近幾年拍的，或許是高一時，他們看起來比現在要開心得多。他想知道這些無憂無慮的孩子到哪去了。是因為戰爭嗎？還是因為硬幣出現之後，他們之間的關係就變了？

或許在另一個宇宙裡，我們仍然那麼快樂，他滿懷希望地想。

他轉過頭來。「奈特和你的艾弗朗有爭執嗎？」

柔伊往後躺在床上，盯著天花板看。「艾弗朗決定不再使用硬幣時，奈特氣瘋了。他說艾弗朗不能自己做這種決定，因為這樣他也不能到其他宇宙去。他們兩個都是一起的，對吧？奈特甚至以艾弗朗的家人做要脅，因此他們真的處不好。」

「奈特真的會傷害艾弗朗的媽媽嗎？」艾弗朗問。

柔伊沉默了半晌。「噢，我想他會。」她輕輕地說。

他當然會。奈特已經把另一個奈特殺了，然後也在他面前把珍娜殺了。

「那似乎是奈特的標準反應，」艾弗朗說。「但在那之後，艾弗朗還會跟他合作嗎？」

「他只有做做樣子。他打算只要找到機會，就把奈特丟在另一個宇宙裡。」

「如果沒有控制器的話，艾弗朗要怎麼回到這裡？」艾弗朗問。

「他打算等奈特設好了回程的座標，然後在奈特碰到他之前把硬幣拿回來。」

「哇，」艾弗朗說。「這樣真狠。」

「我想只要奈森知道怎麼用控制器追蹤硬幣，他就沒辦法得逞。他終究會追到艾弗朗的。」柔伊說。

確實如此。所以，艾弗朗最終免不了要從奈特那裡拿走控制器，或是讓他繼續跟蹤自己，這樣一定會讓自己的家人與朋友遭到威脅。

「還有一件事很奇怪，」艾弗朗說。「每次我使用硬幣的時候，都會和其他宇宙裡的我交換位置。」那就是為什麼他先前沒發現改變周遭環境的真正原因，他是唯一被改變的事物。

她環抱著自己。「這還真令人困擾。」

「那為什麼妳的艾弗朗不會這樣？他來到我的宇宙時，並沒有取代我，」他說。「奈特在跟蹤我時，也和其他宇宙裡的奈特共存。」

「你只擁有硬幣。或許控制器能夠讓你不和其他的自己交換。」

艾弗朗坐了回去，把手肘靠在膝蓋上。很可能是這樣。奈特在噴泉那邊抓住他的時候，那個控制器——就是當時他以為是手機的東西——讓艾弗朗能夠來到這個宇宙，這裡沒有另一個艾弗朗能和他交換。

「那是怎麼一回事？是你們的身體交換了，還是只有意識交換？」柔伊問。

艾弗朗仔細地檢查自己的手。他沒想過有這種可能。他仍然待在自己的身體裡嗎？他沒發現任何不同之處，但他之前確實沒仔細看過自己。

他想起了自己和瑪莉・莫瑞爾斯共進晚餐的那次。「我的衣服也跟著沒變。所以我想和我皮膚接觸到的東西，也會被我一起帶走。」

「我想這問題可能不是很重要，」柔伊說。「反正你看起來和我的艾弗朗差不多。希望這麼說會讓你覺得好受一些。」

「妳說得輕鬆。這個身體已經跟著我十六年了。」艾弗朗突然想起某件事，讓他愣了一下。

「嘿，你還好嗎？」她問。

做這些事的後果終於一一浮現。「基本上，我是把其他的我踢出他們的生活。」艾弗朗說。

她揮手要他別說了。「他們或許根本沒注意到。」柔伊答。「你是始作俑者，但你卻不知道發生了什麼事。大部分鄰近的平行宇宙與裡面的居民，通常只有些微的差異。」

「但有些宇宙的差異卻很大。他們一定是笨到沒注意到有問題。」

柔伊露出嘲弄的笑容，她忍住拿他的話柄來開玩笑的衝動。她說：「我才不會去擔心這些人。你在這個宇宙裡要擔心的事已經夠多了。」

但他確實很擔心。每次他許願希望某件好事發生的時候，他就奪走了原本屬於另一個艾弗朗的東西。他已經讓很多人受苦了——讓其他的他墜入地獄當中。

如果那個艾弗朗回到家，發現自己媽媽因為自殺未遂而遭到留院察看，但自己的媽媽在前一天卻還是個很棒的人，他會有什麼感受？他們對他不是陌生人——他完全明白那種感受。

「我在這個宇宙裡的媽媽是個怎樣的人？」他突然拋出這個問題。

柔伊的臉色瞬間變得蒼白。

他坐起身子，看著她的雙眼。「是怎樣的人？」

「天啊，我一直在想，他回來的時候我該怎麼跟他說。」她的聲音顫抖著。「艾弗朗，她死了。她被謀殺了。」

「這是在你的艾弗朗離開之後發生的事嗎？」

「警方在幾天後才發現，但她在艾弗朗消失當天就被殺了。」

「我必須回到我的公寓去——艾弗朗的公寓，妳知道我的意思。」

「為什麼？」

「我得弄清楚發生了什麼事。」

「我剛才跟你說過了。你不會想親眼看到的。此外，那是奈特最容易找到你的地方。」

「我沒辦法真的躲開他。他一路跟蹤我到所有的宇宙去。在他的地盤上，只要他想找我，他一定找得到我。」

「那就讓我跟你一起去吧。」她說。

艾弗朗瞪大雙眼看著她。上次他答應讓珍娜幫忙，結果卻讓她香消玉殞。「不行，我自己去就行了。」

柔伊看來要跟他爭論，但她聳了聳肩。「好吧。別忘了宵禁的事。警察正在找你。」

「他們以為他殺了自己的媽媽？」艾弗朗問。

「他們找不到他或奈特時，覺得這一切很可疑。但他們也擔心艾弗朗可能遭到不測。」

「我會小心的。我明天能見到妳嗎？」

「放學之後這裡見吧。你最好別去上學，別讓他看見。你失蹤了那麼久，大家都有許多疑問。」

「學校？但現在是暑假啊。」

她哼了一聲。「從幼稚園之後，我們就從來沒放過暑假了。」

艾弗朗打了個寒顫。「這真是個恐怖的地方，太恐怖了。謝啦，柔伊。這一切都要謝謝妳。我知道這一切對妳來說很難受。」

「我不是為了你才這麼做的。」

「我可以再請妳幫我一個忙嗎？妳有任何我可以穿的鞋嗎？」他的腳底痛到不行，也被塵土弄得烏漆抹黑。

她靠在床的一側，掀起了毯子。

她頭下腳上，在床底下四處撈著。

一會兒之後，她拉出了一隻粉紅色的夾腳拖，接著又拿出一隻。

「謝啦。」他套上拖鞋。

艾弗朗想和她擁抱以示道別，但他突然想到她一定不願意和陌生人這麼做，即使……即使他和她的艾弗朗很像。

不過，這次似乎是他猜錯了。在他關上房門的那一刻，柔伊看起來相當寂寞。

第二十一章

艾弗朗查看著自家公寓外面的信箱，發現自己在這裡也住在同樣的公寓裡時，才鬆了一口氣。更幸運的是，他的鑰匙能夠打開大廳的門。

他們的公寓被警方用黃色膠布封起來了。他把門鎖上的那條拆下來，偷偷把鑰匙插進去。

他推開了門，陳腐的空氣撲鼻而來，帶著一股濃濃的霉味，讓他忍不住乾嘔。他只能捲起滿是汗水的運動衫掩住口鼻，其實他自己的體味也好不到哪去。

艾弗朗走進寂靜的公寓時打開了燈。在他朝著走廊的另一頭走去時，那股腐敗的味道越來越濃，最後他走到廚房並開了燈。

這次沒有藥丸，沒有酒瓶。沒有屍體。只有血，到處都是。凝固的褐色血跡布滿了桌面與破舊的油氈地板，還噴濺到了烤箱與爐子上，就像番茄醬一樣。

艾弗朗頓時腿軟，跪坐在廚房門口。不管這裡發生了什麼事，一定不會是自殺，看起來簡直像是大屠殺。

他衝到了自己的房間裡，用力甩上門好阻絕這種味道。他癱倒在床上，緊閉著雙眼把頭埋進枕頭裡。

那個女人不是他的母親。她只不過是另一位艾弗朗的母親罷了。但這樣的想法卻沒讓他舒坦半分。他忍不住把她當作自己認識了一輩子的人。誰會殺了她？又為了什麼？

奈特。

艾弗朗翻身坐了起來。他把眼淚擦乾，然後摸索著想打開床邊的立燈。

就像其他發生在這個宇宙裡的事情一樣，他的房間是他最熟悉也最陌生的地方。他非常熟悉某些東西：那些破舊的書是爸爸送給他的生日禮物，擺在書桌上方的書架上；那隻在艾弗朗五歲之前走到哪抱到哪的玩具熊；校外教學去美國自然歷史博物館時帶回來的木製三角龍模型，是媽媽幫他組好的。

他的家具也是一樣的，不過書桌上卻擺著兩個大大的螢幕，而不是原本他在用的十三吋螢幕。主機不見了，很可能被警方沒收了，不過艾弗朗相信那一定比自己的二手Gateway電腦好上許多。有人打翻了一個裝滿了印第安箭頭與石頭的紙箱，讓這些東西散落在地上。這些一定是那個艾弗朗蒐集的東西，他不蒐集硬幣而是蒐集這些。

這個艾弗朗顯然相當富有。他有液晶螢幕與電視，地上還有一大堆漫畫書，以及塞滿了衣服的櫃子，有些甚至連牌子都沒拆掉。艾弗朗逐漸長大之後，也想要這些東西。他甚至相當嫉妒這個艾弗朗，但他突然想起這個艾弗朗失去了許多珍貴的東西，包括原本的生活。

他必須離開這裡，不只是離開公寓，而是得離開這個宇宙。

艾弗朗關上燈，回到了走廊上。迎面而來的味道讓他再次作嘔。在他知道那是什麼之後，感覺比他原本還糟。

味道確實比原本糟。走廊的另一端，味道越來越濃。廁所裡什麼都沒有，只剩下他媽媽的臥室了。真要去那裡就太笨了，他應該離開才是。

艾弗朗屏住了呼吸，用腳趾把門推開。門悄悄地開了一道縫隙，讓浴室的燈光照了進去，一絲燈光籠罩在床單上，形成橘色的三角形。他把門推到全開。在昏暗的燈光下，艾弗朗看見了牆面與床頭板上都有著暗紅色的漬痕。米色的枕頭套也變得僵硬，上面布滿了褐鏽的顏色。

還有人在這裡被殺。他媽媽在這裡的生活中也有一位吉姆嗎？

艾弗朗在床頭櫃上看見了一個相框。他走過去，打開床頭燈，希望視線能避開沾滿血的床鋪。他用力瞪視著濺滿血的照片。

艾弗朗認出了照片中的人。雖然他已經七年沒看到他了。大衛・史考特環抱著他太太的肩膀，另一位艾弗朗則站在前排中央。這張照片看起來像是不久前才拍的，因為那位男孩看起來約莫十四歲。

如果在這個宇宙當中，艾弗朗的爸爸和家人生活在一起，那麼這個罹難者應該是……

「爸爸？」艾弗朗說。

第二十二章

艾弗朗坐在灰石公園的一張長椅上。在夜裡，那裡死寂到令人毛骨悚然，連原本噴泉的微弱水聲都沒有。他無法待在父母遇害的公寓裡，但他也還沒做好回去面對柔伊的心理準備。

現在他知道那枚硬幣並非真的有神力，也不會有什麼奇蹟般的解決方式出現，讓艾弗朗覺得更是無力與孤單。

附近傳來樹枝折斷的聲音。一個人還真是難捱。

在一陣明滅之後，他身旁的燈柱居然亮了。艾弗朗看見一個深色的影子蹲在近處，讓他跳了起來。「是誰？」艾弗朗大叫。是奈特在這裡等他嗎？

那個蹲踞的影子舒展開來，並且拉長許多。在影子接近他的時候，艾弗朗這才看清楚，那是一個四十歲左右的男人。他穿著一件黑色的工人服，有著金色的長髮，以及留了好幾天的鬍碴。他看起來異常眼熟。

「小子，你在這裡做什麼？」那個人說。「你為什麼跑回來了？」

跑回來？

那人看著艾弗朗的臉，換了一下位置以免擋住燈光。「我弄錯了。我以為你是另一個人。」

「我最近常遇到這種狀況。」艾弗朗說。

那人就在艾弗朗旁邊坐了下來。艾弗朗閃開一些，那人不像其他遊走在公園裡的流浪漢一樣臭氣沖天；他的衣服上甚至有種洗潔劑的清新味道。

「盯著別人看很沒禮貌。」那個人說。

艾弗朗打了個哈欠。「很抱歉。」他揉了揉雙眼。「我認識你嗎？」

那個人把手伸進外套的口袋，掏出了一個油膩的 Twin 甜甜圈紙袋。他打開紙袋，拿出一個東西給艾弗朗。「要嗎？」他問。

艾弗朗遲疑了一下。

「噢，拜託。這是新鮮的。是我今天下午才買的。」

艾弗朗從今天早上開始就什麼也沒吃。他猶豫地把手伸進了袋子裡，拿出一個有著糖霜的波士頓奶油甜甜圈。他咬了一口，口中的糖與麵粉立刻讓他覺得更餓了。他又咬了三口就把甜甜圈整個吞下去，根本無暇品味當中滑順的奶油。他舔了舔黏在手指上的巧克力，接著又伸手拿了一個。在他開口之前，那個人把整袋都給了他。

「你留著吧。」那個人拍了拍自己的胃。「你幾個小時之前闖進這個宇宙裡這件事，讓我胃口全失。」

「謝啦。」艾弗朗邊說邊把果醬甜甜圈送到嘴邊。「等等，你說什麼？」艾弗朗痛苦地嚥下一口沒咀嚼的甜甜圈，然後瞪大雙眼看著他。「你注意到這件事了？」

「我特別容易發現量子的轉換，」那人說。「或者說我的胃會告訴我。」

這時艾弗朗知道這個人是誰了：就是柔伊提過的那個人，就是這個人把硬幣和控制器交給這個宇宙裡的艾弗朗和奈特。

艾弗朗從口袋裡掏出那個硬幣。

那個人吐了一口氣。「你拿到這個了。」他說。

「你知道這是什麼？」艾弗朗握住硬幣，坐直身子。「你可以多跟我說這枚硬幣的事嗎？它運作的原理是什麼？」

「不要急，艾弗朗。我們待會兒會聊到的。」他搔了搔下巴，那種聲音就好像砂紙磨過指尖一樣。「很抱歉，那是你的名字，對吧？」

「艾弗朗·史考特。」

那人點了點頭。「如果你持有這枚硬幣，就表示另一個艾弗朗出了什麼事。」

「差不多是這樣。」

「算你運氣好。」那人冷不防把手伸進袋子裡，拿回了一個甜甜圈。

「我以為你說你沒胃口。」艾弗朗說。

「我不需要吃東西，只不過咀嚼能幫助我思考。」那個人說。他咬下一大口甜甜圈，仔細地嚼著。

「你也是被那枚硬幣帶來這裡的嗎？」艾弗朗問。

那人把嘴裡的那口吞了下去。「或是正好相反，看你怎麼看這件事。我和另外一個人組成一個小組，共同探索平行宇宙。接著我失去了我的夥伴。由於他是唯一能夠使用硬幣的人，因此我就被困在這裡了。我在這裡等了好久，等著有人能幫助我離開。」

「你是說這個宇宙當中的艾弗朗和奈特？」

他瞇起了雙眼。「是啊，我信任那兩個孩子，把這個世界上最先進的科技交給他們。結果那件事是個錯誤。那兩個無賴答應讓我回到我的宇宙去，結果卻拋下了我。」他用手拍了拍黑色長褲上的糖霜。

「那你為什麼會選擇他們？你怎麼知道他們能夠使用硬幣和控制器？除非……」艾弗朗靠近那位年紀較大的男人，仔細端詳著他。艾弗朗小聲且微弱地說：「你是誰？」

那人眨了眨眼。「為了不讓事情變得更複雜，你可以叫我奈塞尼爾。我不喜歡那個名字，但我出生以來就叫那個名字。」

艾弗朗端詳著他，不敢相信自己的雙眼。但現在他聽到這件事之後，知道他說的是實話。這就是為什麼他看來如此眼熟。他正看著大約三十年之後的奈森。

「你是另一個奈森？」他問。

「是的。我就是你那個朋友的類比。我們都有突然冒出來的習慣，不是嗎？」

「類比？」

「那是我們的術語，用來指平行宇宙裡一樣的人。我們在基因上幾乎一模一樣，但因為所處環境的變因不同，我們都是獨立的個體。」

「就像是一出生就分離的雙胞胎一樣？」

「那是很好的……類比。」奈塞尼爾笑了。

艾弗朗皺起了眉頭。「你是另一個奈森？但是你好……老。」

「謝啦，小子。在不同的平行宇宙裡，時間軸很可能不一樣，但你需要另外頻譜較廣的控制器才能夠造訪這些地方。就技術上而言，我來自一個你可能進入的未來。」奈塞尼爾嚼了另一口甜甜圈。他的嘴角還掛著一滴紅色的果醬。

「為什麼奈特認不出你？」艾弗朗問。

奈塞尼爾伸出了舌頭，舔掉嘴角的果醬。那個動作讓他想到了和自己一起長大的朋友。

「即使他有所懷疑，他的內心也會跟他說這種事情不可能發生，並且會給他一個合理的解釋，」奈塞尼爾說。「不過，我想他還是有某種感覺，所以我還開玩笑說這個機器能讓他和朋友到平行宇宙去旅行。」

艾弗朗在手裡掂了掂硬幣的重量。「所以這個真的是某個……機器的一部分？」他知道那沒有魔法之後，著實有些失望，儘管珍娜跟他說過先進的科技那件事。不，是柔伊跟他說過那件事，他提醒自己別叫錯名字。

奈塞尼爾拿起了艾弗朗掌中的硬幣，仔細地看了一會兒，就好像在看是否有受損一樣。「嗯，它需要充電了。但除此之外狀況還不錯。」

奈塞尼爾捏起了那枚硬幣。「這是可攜式的銅神碟，」他說。「那是我們對卡戎裝置的暱稱，因為它……」

「看起來像一枚硬幣。」艾弗朗說。他想起了希臘神話，卡戎是個渡船的船伕，他收取硬幣，幫助死去的靈魂渡過冥河抵達來生。

奈塞尼爾笑了。「是的。科學家很會玩文字遊戲。至少我們的科學家是如此。這個部分是裝置中最重要的一部分，引擎和導航都在這裡面，而控制器則比較像是紀錄器。」

「作用是什麼？」艾弗朗問。

「那可以有多種用途，但我們用那個裝置來探索與記錄平行宇宙。有些宇宙在我們觀察到之前根本不存在，我們稱之為『連貫性』。」

艾弗朗在頭上揮了揮右手，表示沒聽懂他最後說的那些資訊。

奈森彈了一下舌頭。「現在他們都不教小孩基本的量子力學了嗎？」

「我只是個高中生，」艾弗朗說。「我想未來的小孩在一年級就會學那些東西了吧。」

「當然不是。那是他們學古典物理學時才會碰到的。」奈塞尼爾答。

「好吧。」艾弗朗說。他沒辦法知道奈塞尼爾是不是在開玩笑。「但是『連貫性』是什麼？」

奈塞尼爾把硬幣還給他。「在我的宇宙當中，完全瞭解這些東西，或宣稱完全瞭解這些東西的人，一隻手就可以數得出來。說實話，我只知道要按哪個按鈕而已。我學到的是，有事情要發生的時候，就有一種機率波與那個時刻有關，那包含了所有可能的結果。在那個事件發生時，那些機率就成為了事實，分布在一個或多個平行宇宙當中。」

「我們弄懂了其中的一部分。嗯，其實是珍娜想出來的，我大致上聽懂她在講的東西。」

「珍娜？」奈塞尼爾突然激動地看著艾弗朗。「她也在這裡啊？」

「是啊。算是吧。你們的世界裡也有珍娜嗎？」

奈塞尼爾遲疑了片刻，然後點點頭。

「她……還好嗎？你說得好像……好像你沒有預期會在這裡遇到她。」或是不希望遇到她？艾弗朗的珍娜——其中一個珍娜——已經被殺了。奈塞尼爾的宇宙裡也發生了同樣的事嗎？

「沒有，沒事。她很好。至少我上次看到她時是這樣。」奈塞尼爾說。

「她和你的艾弗朗在一起嗎？」艾弗朗問。

「我們離題了。你想要多知道一些關於硬幣的事，對吧？」

「是啊，沒錯。抱歉。」艾弗朗拋了硬幣幾次。接著他突然想到手中握的是個精密的儀器。他不知道已經摔過幾次了？「那麼，這是怎麼運作的呢？我的意思是，實際上如何發揮作用？」他問。

「這個小碟的功用就是個陀螺儀，就像船上指引船向北或向南的導航工具。只不過這個小碟會導航前往控制器操控的量子座標。」

「那如果沒有控制器呢？」

奈塞尼爾突然咬緊牙關深深地吸了一口氣。「那就比較……複雜了。比較冒險。顯然你還是可以使用那個硬幣，但座標會根據硬幣的位置隨機出現。」

「所以正面朝上時會帶你去的地方，和反面朝上時不一樣。」

「沒錯。我的夥伴似乎能夠巧妙地操控結果，在硬幣目標的參數中減少隨機出現的可能，就好像他對硬幣有某些直覺，或是硬幣讓他有某些直覺。」

那麼或許這個硬幣——或說陀螺儀——就是利用艾弗朗的願望來導航，帶著他造訪不同的宇宙，因為他內心很清楚知道想要什麼。但大部分還是隨機出現的，難怪這一切沒辦法和他所希望的完全一樣，不管正面朝上或反面朝上都一樣。

「我想你應該遇到了另一件詭異的情形。單獨使用的時候，那個硬幣會藉著將你與類比交換的方式儲存能量，而不是將你直接送到另一個宇宙去。」奈塞尼爾說。「就像是省電模式一樣。我從來沒做過這種事，但是我的艾弗朗做過。那算是不方便時的權宜之計。你太常用了，因此硬幣已經耗盡了所有的電力。」

「那些和我交換的類比……他們還好嗎？」艾弗朗說。

「如果他們去了一個和原本相去甚遠的宇宙，或許會因此感到困惑。但這樣的過程完全不會傷害他們。至少不會傷害他們的實體。」他搔著下巴。

「這樣就讓人放心了。萬一硬幣的電力耗盡，還可以再充電嗎？」

「可以，但只能把它插到控制器裡。很重要的一點是，你必須說出誓言，」奈塞尼爾說。

「什麼誓言？」艾弗朗問。

「你知道的：『在最亮的晝，在最暗的夜……』」

那句話聽起來好熟悉。

他想到了。每次綠光戰警要替戒指中的電池充電時，就會念出那一段話。「是**認真**的嗎？」艾弗朗問。

「當然不是。不過我們還是會念。」奈塞尼爾笑了。

「噢。」顯然這個比較老的奈塞尼爾還是個漫畫迷。艾弗朗把硬幣塞回口袋裡。「我想除非那個奈特能獲得什麼好處，否則他不會讓我把硬幣放進去充電的。」

「絕對不會。」奈塞尼爾苦笑著說。「他也會不計一切代價把硬幣奪走，給任何一個他可以操控的人。」艾弗朗想知道為什麼這個人那麼瞭解奈特。只是因為他很瞭解自己嗎？奈塞尼爾在奈特的那個年紀時又是個怎樣的人？

「為什麼你或他沒辦法使用這個硬幣？」艾弗朗問。

奈森心不在焉地搓了搓手肘。「那是安全裝置。兩人一組能夠確保其中一個人不會濫用那個裝置，每個裝置都只能由擁有特定生物特徵的人操作。這樣一來，如果有人拿走了這個裝置，他們也沒辦法使用。但這卻不夠完美，這個裝置沒辦法辨識使用者的細微差別，像是同一個人與其類比的微小基因差異。對硬幣來說，所有的艾弗朗都一樣。」

「你覺得奈特接下來會怎麼做？」艾弗朗問。

「他被困在這裡，所以他沒辦法找到另一個艾弗朗來取代你的位置。他會想辦法說服你，要你跟他合作，然後再拋下你。或是他會直接殺了你。他不太穩定。」

「我注意到了。」

「他不能忍受你能做到他辦不到的事。在硬幣充電之後，你就可以拋下他離開這裡。」

艾弗朗跳了起來。「但如果我們把奈特的控制器拿走，**你**就可以使用了！我的意思是……你願意幫助我回家嗎？」艾弗朗用充滿期盼的眼神看著他。

奈塞尼爾笑了。「真好笑。我正要請**你**幫我忙。我已經在這裡等了十年，等著要回家。如果你能夠拿到控制器，我就會設定座標，帶你去任何你想要的地方。只不過你要先讓我回到原本的宇宙。這樣可以嗎？」

「一言為定。」

奈塞尼爾站了起來，兩個人握了手。看見他朋友未來可能變成的樣子，實在有點奇怪。他比艾弗朗至少高了一呎。

那個老艾弗朗又是什麼樣子？

奈塞尼爾把手插進外套口袋。「祝你好運，小子。」

「如果我要找你，要到……這裡嗎？」艾弗朗狐疑地看著四周。奈塞尼爾或許無家可歸。他突然發現這個詞有多重含義。

「我住在這棟豪宅後方的其中一間老房子裡。」

「你侵占了人家的房子啊？」艾弗朗問。

「我找到一份管理舊灰石物業的工作。他們正在討論，未來想把主要的建築物改建成博物館，但如果被破壞的話就不行了。此外，這也能讓我注意這裡的動靜，」奈塞尼爾說，轉身準備離開。「最好不要惹麻煩。」

「嘿，我差點忘了問，」艾弗朗大喊。「為什麼這個陀螺儀長得像一枚二十五分錢？」

「艾弗朗從高中開始就隨身帶著那枚硬幣，用那個變魔術。所以很適合他。」奈塞尼爾走上噴泉右邊的一條小徑，很快就消失在樹叢裡。

艾弗朗知道了許多關於硬幣的事，但他心中卻有更多的問題。奈塞尼爾到底來自哪個嚇人的未來宇宙？卡戎裝置的目的是什麼？年紀較大的艾弗朗類比是怎麼死的？

更難回答的問題是：他要如何從奈特那邊偷取控制器？

艾弗朗對這個扭曲版的朋友所知不多，沒辦法接近他，但他知道誰可以。他只能靠這個和家鄉類比一樣聰明的她了。

第二十三章

暑期班的情形比艾弗朗想的還要糟糕。教室裡沒有空調，所以他到置物櫃時，已經滿頭大汗了。他轉著號碼鎖，希望這裡的密碼也一樣。

有隻冰涼的手搭上艾弗朗的手。「你在這裡做什麼？」身後傳來柔伊的氣音。

「我已經缺了很多課了，」艾弗朗說。「我不想再跟不上。」

「別鬧了。我是說真的。你知道你不屬於這裡。」她把瀏海從臉上撥開，睜大雙眼瞪著他。

艾弗朗轉身，輕鬆地斜倚在他的置物櫃上。他的眼神掃視著柔伊。她穿著白色的短袖上衣，卡其色的短褲，以及一雙綠色的夾腳拖。她的頭髮往後綰成一束馬尾。艾弗朗在陽光下看到她之後，才發現她的膚色比珍娜深。「妳是真的擔心我，還是我會讓妳想到他，所以妳不希望看到我？」

柔伊瞇起雙眼。「我只是不想給奈特他想要的東西。你現在帶著硬幣嗎？」

艾弗朗點點頭。

「白痴。那是你回家的唯一辦法。如果他拿走了怎麼辦？你會困在這裡的。」

「除非我能充電，否則我一定會困在這裡，我也沒有藏它的好地方。此外，我來這裡是想要見妳。」他說。

她歪著頭。艾弗朗描述了昨晚在自己公寓中看到的場景。

「我警告過你了，叫你別去那裡。」她說話時臉上露出了作嘔的表情。

「告訴我發生了什麼事，柔伊。」

「報紙上說看起來像是謀殺後自殺。他們認為是大衛‧史考特幹的。他們在他的屍體旁發現了槍。」

「我敢說是奈特設計的。他們有找到槍嗎？報紙上說什麼？」

柔伊聳聳肩，不願正眼看他。「你不知道艾弗朗的爸爸是個什麼樣的人。我想他很可能做出這種事。警察想跟艾弗朗談談，但我跟警察說當晚他跟我在一起。」

「我想他消失這件事讓人覺得很可疑。」

她點點頭。「由於奈特也消失了，我跟警方說他們旅行去了，因為他需要一些時間來接受父母死亡的事實。」

艾弗朗把號碼鎖往右轉，然後鎖扣就彈開了。櫃子開了。有張折起來的紙掉到地上。那一瞬間，他覺得這樣的場景似曾相識。

艾弗朗蹲下來打開那張紙條。「歡迎回家」寫在紙張的上方，那是奈特的字跡。下方則是張深色且解析度不高的照片，是珍娜的屍體漂浮在水池中的那一幕。

「混帳。」他說。他的目光一直離不開那個可怕的影像。珍娜。

「那是什麼？」柔伊伸手去拿那張紙，但他卻閃了開來。

「妳不會想看的。」艾弗朗說。他慢慢站起來，雙眼仍凝視著照片。

柔伊用力一拍旁邊的置物櫃門。「別那樣對我。別想保護我。讓我來幫你，好嗎？」她雙手交叉在胸前。

有越來越多學生悶悶不樂地走進走廊。他們路過時好奇地看著他和柔伊——特別是他。走廊上滿是櫃門撞擊聲，書本的摩擦聲，還有耳語。

艾弗朗默默地將紙條遞給她。他把書收起來塞進背包時，她什麼都沒說。他其實不知道自己需要帶哪些書。

柔伊把紙揉成一團，丟進置物櫃。「去他的。」她說。

「妳還好吧？」

「那是我。」她說。「那是**我**！真是噁心變態的混蛋。」

艾弗朗向前靠近置物櫃，打算把紙條拿出來時，突然有個想法。他把紙條攤平，看著上面的字跡。那看起來很像奈森的字。是奈特的。

「我知道他為什麼要這麼做。」艾弗朗說。

「什麼？」柔伊看著手機上的時間，焦急地看著走廊。

「我知道為什麼在我找到硬幣那天，奈特要教我怎麼用硬幣！他根本不是要幫我。他是別有居心。」

「應該是這樣。」

這就好像是奈塞尼爾和他夥伴間發生的事。奈特被困在艾弗朗的宇宙，沒有硬幣，控制器毫無用武之地。「他不太確定其他艾弗朗是否也能使用硬幣，所以他決定拿我做實驗。」又或許奈塞尼爾對奈特和另一個艾弗朗說過單獨使用硬幣的事，但他們沒跟柔伊說。

她彈彈那張紙條。「那我們要怎麼辦？」

「不知道。或許我可以找他要個解釋。」

她不屑地哼了一聲。

上課的鐘響了，柔伊甩上她置物櫃的門。「該死，我們得去上課了。走吧。」她把他推向走廊。其他人已經消失了，就像蟑螂消失在強光下一樣。

「妳為什麼反應那麼大？等等！我連第一堂課在哪裡都不知道。」艾弗朗說。

「我們在第三堂課之前都一樣。我等等再告訴你其他的課。來吧，你不會希望下課時間在走廊上被逮到。」

柔伊在一間教室前停了下來，那是以前艾弗朗上代數的教室。在最後一聲鐘聲結束之前，她把他拉進去。

教室的空氣異常窒悶，窗戶封得死死的，另外還有二十位其他的學生坐在課桌前盯著教室前方，汗從他們臉上直流而下。

「老師呢？」他們在後方坐下來時，艾弗朗問。

「自修課沒老師。」

「所以我們就……坐在這裡？」

「只有四十分鐘。現在別說話。如果被聽見了，會被叫去辦公室。」

「那樣很慘嗎？」至少辦公室裡有冷氣，他心想。

「你來的地方有體罰嗎？」柔伊問。

「捉弄無知的訪客實在很不應該。」艾弗朗說。

「別那麼大聲。」她小聲說。「要是這些都是我編的故事就好了。」

在午休時，艾弗朗在咖啡廳裡等著柔伊，有人在他對面坐了下來。艾弗朗差點認不出他來。那是麥可·古帕爾，但他很瘦，大概比艾弗朗星球裡的類比輕上一百磅。

「嘿。」艾弗朗有點遲疑地說。

「你在這裡做什麼？」麥可說。

「怎樣？」

「他也回來了，不是嗎？」

「誰？」

麥可緊張地環顧著四周。「你說你會解決奈特的。」

「有嗎？」

麥可似乎嚇壞了。

「你為什麼這麼害怕？」艾弗朗問。

「你知道他會做什麼事。」麥可說。他遲疑了一會兒，然後拿出一張折起來的紙。在艾弗朗要拿走紙的時候，他還扣住紙一會兒。

「今天早上我在置物櫃裡發現了這個，」麥可說。「這跟其他的一樣。早知道我不該相信你的。」

那張紙上總共有四張照片，讓人聯想到四格漫畫。第一格上面有麥可被相機閃光燈照亮的臉，露出了驚恐的表情。接下來的那張照片則是麥可躺在棺材裡，身上穿著西裝，雙眼緊閉，皮膚蒼白如蠟。第三張的場景則是葬禮，一位男士與一位女士穿著黑色的衣服，站在墓穴的上方。第四張則是個墓碑，上面寫著：麥可．阿密兒．古帕爾，我摯愛的兒子。

艾弗朗把紙塞回去給麥可。「那顯然是合成的。奈特很會用Photoshop。」艾弗朗說。但他知道這張照片是真的，是在平行宇宙拍的，奈特很可能在那裡對麥可的類比做了不可告人的事。「我不會擔心這件事。」他輕聲地說。他內心再次浮現珍娜在噴泉中的照片。艾弗朗已經殺了多少人？

麥可再次壓低了聲音說。「你答應過要讓他消失的。」

這根本不是艾弗朗的宇宙。他應該要遵守另一位艾弗朗的諾言嗎？他只是想從奈特那邊拿走控制器，重新擁有自己的生活而已。

但如果奈特現在沒有控制器，那麼他就完全沒辦法到其他宇宙去，沒辦法隨意恐嚇殺人而不需要顧慮後果。艾弗朗或許能夠保護無數其他的人，同時也能幫助自己和奈塞尼爾回到自己的家。

「我現在正在處理。」艾弗朗說。只要把控制器從奈特那邊拿走，他就能夠幫助更多人，而不是只有自己。「別擔心這些照片。奈特不會對你做什麼，他只會恐嚇你。」艾弗朗認為奈特困在自己的宇宙裡時，不會做出任何被人懷疑的事。麥可目前應該還算安全。

麥可看見艾弗朗背後的人，立刻從位子上爬了起來。「我希望你是對的，艾弗朗。」他說，然後悄悄溜走了。

柔伊帶著一盤食物，在麥可的位子上坐下。「他要做什麼？」

「奈特用其他宇宙裡的照片嚇唬學校裡的人。」

柔伊的臉有些扭曲。「一開始那只是個遊戲而已，但卻變得越來越認真。學校裡半數的人不是恨他就是怕他，另外一半的人則喜歡他。」

「喜歡他？為什麼？」

「他很有錢。他會付錢給那些書呆子，要他們幫忙做作業。他會花錢買禮物，邀女生和他共進昂貴的晚餐。我想甚至校長也在受邀對象當中。奈特根本是學校的老大。」

「他從哪弄來那麼多錢？」

柔伊聳了聳肩。「我想是其他宇宙吧。」

「這件事情發生多久了？」

「好幾年了，從他們獲得硬幣和控制器之後就開始了。」

「你的意思是，另一個艾弗朗也是一夥的？」艾弗朗揉了揉脖子後方。「怎麼可能？」

「不管奈特要怎樣，艾弗朗總是跟著他。」柔伊插起了盤子中的食物。「我也不喜歡這樣。他最後決定要收手了，然後看看奈特會怎麼樣。」

「我們為什麼不去投訴奈特？在我的宇宙裡，他們很重視學生受到威脅的問題。」

「這不是你的宇宙。就像我說過的，奈特有辦法為所欲為。」

「相信我，我注意到了。」學校是個恐怖的地方。這些課程比他們以前在十一年級時還要更難。大部分都是大學程度，不過他想，如果學校沒寒暑假的話，這樣也還說得過去。光是物理課就需要用到進階的微積分課程，這些都是他沒學過的。令他驚訝的是，像奈特那樣胡搞的學生並不多。

在他們用餐的時候，艾弗朗提到前一晚和奈塞尼爾見面的事。他很驚訝她居然對這件事那麼氣憤。

「那個混帳是始作俑者，」她說。「他一直都在這裡，但卻躲了起來，坐視奈特日益強大。若不是他，我的艾弗朗也不會死——」她用塑膠叉子叉向盤子，塑膠叉子瞬時爆裂，盤子的保麗龍碎片也四散。「為什麼他不出來做些什麼？」她大吼。

艾弗朗對盯著他看的那些人視而不見，他壓低了聲音安慰她。「他應該做什麼？把年紀只有自己一半大的孩子痛毆一頓？即使他試著這樣做，妳也知道奈特有多麼不正常。他有槍。或許他只是個青少年，但他並不會因此而比較不危險。」

「我不知道。至少他該做點什麼。」她說。

「他現在願意幫忙。」

「那只是因為他想回家。就像你一樣。」

「柔伊，這樣說不公平。」他說。

他們兩個人都假裝吃東西了一陣子，雖然艾弗朗只是把食物推來推去，想著該說什麼才不會讓她再發怒。這時，他在尋找的答案突然從天而「降」，有人冷不防從他身後丟下一張折起來的筆記紙然後匆匆跑走。艾弗朗不知道那是誰。

「是奈特的追隨者之一。」柔伊說。

「你是說受害者之一嗎？」艾弗朗說。「另一張紙條。」他把紙條打開，讀出上面的內容：放學之後過來。你知道我住哪裡——N^2

「很好。」他把紙條折了起來，然後塞到果凍盒裡。「他想見我。」艾弗朗說。

「你不能去。」柔伊說。

「我總是得跟他說話。」

「那你不能一個人去。」

「這是個好機會。我得讓他相信我，柔伊。如果他不願意合作的話，那是我唯一能接近他，並且把控制器偷走的機會。我們現在都動彈不得，他需要我的程度就像我需要他一樣。」

「如果你那麼堅持。」她緊咬著嘴脣。「那答應我一定要小心。」

艾弗朗一點都沒辦法確定，不過他知道他非去不可。如果他沒出現，或是他帶人去，奈特就知道他在害怕，這讓他更容易受到傷害。此外，他不希望害柔伊陷入險境當中。奈特已經殺過她一次了。

「別擔心我。」艾弗朗說，希望這不要只是他樂觀的看法而已。

第二十四章

雪萊從奈森家出來應門。她看見艾弗朗時，和他看見她時一樣驚訝。她和他在前一個星球看見的類比相去甚遠：她的咖啡色頭髮後面修得相當短，但瀏海卻非常長，並且在兩側分邊。她的眼睛畫上了大煙燻妝，似乎是這裡的流行。他很想知道在這個宇宙當中，她和瑪莉是不是不再穿一樣的衣服了；他所認識的瑪莉絕不會穿現在雪萊穿的那種緊身短T與牛仔短褲，這些都是奈森瘋狂夢境中才會出現的片段。

「你不該來的。」雪萊說。

「看見妳真好。」艾弗朗說。「我是來找奈特聊聊的。是他邀我來的。」

她替他打開門。「上樓吧。」艾弗朗走過她身邊時，她悄悄對他說。「小心一點。別相信他說的任何東西。」他在她的鼻息與頭髮上嗅到了香菸的氣味。

艾弗朗緩緩走到樓上奈特的房間裡。他手扶的欄杆搖搖晃晃，在他的宇宙裡，那是因為他和奈森年紀小時曾不斷從扶手溜下去。或許他們在這裡也做了一樣的事。他這個版本的朋友什麼時候變成怪獸了？

艾弗朗敲了敲奈特的門。

「進來。」奈特說。

艾弗朗打開了門，看見奈特坐在書桌前，隨意翻動一疊漫畫書。不知道為什麼他穿著藍色的連帽T，冷氣卻開得極強。

「雪萊開門讓我進來的。」艾弗朗說。

奈特抬頭看了他一眼。「雪萊？噢。」他笑了。「很高興你決定要來。我要拿個東西給你看。」

艾弗朗坐在床上，緊張地環顧四周。就像艾弗朗的房間一樣，這裡有許多昂貴的東西。奈特擁有四十吋的高畫質電視，似乎還插著五種電視遊樂器，包括他從沒看過的一些，例如任天堂Revolution和Sega Slipstream。他的書桌上和地上也堆滿了書，架上也被DVD和漫畫塞爆。地上還有一臺SLR數位相機，旁邊有著不同的鏡頭和線材。

奈特丟了一疊漫畫在艾弗朗旁的床上。「從這些開始吧。」

艾弗朗拿起了最上面的幾本。那是本驚奇隊長漫畫，叫做《X戰警》，是個有五集的迷你系列。他從來沒聽過這套書，但是封面的日期是從去年開始。

「哇。」艾弗朗說。

「我們是從平行宇宙搶來的。我還有PS新機種的遊戲，真的很好玩，多人模式也很棒。」奈特在床下翻找了一陣，拉出另一籃的漫畫。「我還有另一個版本的《天堂X》與《地球X》是你在你的宇宙裡看不到的。」

「不會吧。」艾弗朗從奈特手中搶過那些漫畫翻了起來。

奈特面對他坐在地板上，突然傳來東西重擊地板的聲音。他連帽T右側的口袋垂得很低，裡面應該有重物。艾弗朗很肯定裡面有一把槍。或許正是他用來殺珍娜的那把。

艾弗朗把漫畫放到床上去。「這些書很酷，不過卻不是我來這裡的目的。」

「我想要讓你知道能夠遨遊平行宇宙的好處之一。你根本還沒開始探索所有的可能。當然，那不是你的錯。因為沒有適合的夥伴，不知道那枚硬幣能夠做什麼。」

「你為什麼不直接來找我，而是要偷偷留下那張許願的紙條給我？」艾弗朗問。

奈特笑了。「噢，我覺得那樣很好玩啊。神奇硬幣！艾弗朗有時候很好騙。」

「是啊，真是讓我印象深刻。」艾弗朗用冷冷的聲音說。

奈特誤以為艾弗朗挖苦的話是種讚美，臉上露出了自滿的表情。要看穿他的心思很容易，因為艾弗朗很瞭解他的摯友，他希望奈特從未和他的艾弗朗發展出同樣的默契。從奈特的行為看來，他似乎有情感上的缺陷，無法理解他人想法與內心感受。這是個很大的優勢，似乎也是艾弗朗勝過奈特的唯一一點。

「我想除非你親眼見到，否則不會相信我的，」奈特說。「我知道只要你使用過硬幣，你就無法放棄那種力量。」

「你或許也知道我需要你與控制器，才能夠回到我自己的宇宙。」艾弗朗說。

「說實話，我不確定那樣行得通，我們只聊到了應該試試，但是小艾太害怕了不敢單獨使用硬幣。」奈特的眼中閃爍著光芒。「我想他後來應該已經不怕了。若不是他意外喪命，他應該已經拿著硬幣離開，然後把我丟在你的宇宙了。」奈特說。

「所以你就把我當白老鼠？」艾弗朗皺起眉頭。「你怎麼用控制器跟蹤我的？」

「我花了好一段時間，才弄清楚如何切換到掃描模式，但幸好我很會使用電子裝置。」

「我的奈森根本不看使用手冊的。」艾弗朗說。

奈特點點頭。「我也不需要。追蹤硬幣比架無線網路還簡單，不過我六年級時就會做那件事了。你知道的，有些宇宙甚至連網路都沒有。非常原始。」奈特向後仰，瞇著眼看艾弗朗。「所以我想柔伊應該已經跟你說過我和我的玩具了。真是受寵若驚啊。我想要不了多久時間，她應該就願意讓新的艾弗朗進入她的生活，還有上她的床？」

艾弗朗滿臉通紅。

「不、不，你不是那種人，對吧？」奈特說。「我們可以一起好好合作。」

艾弗朗清了清喉嚨。他必須小心一點，不要漏太多餡，這樣奈特才不會發現他跟他較年長的類比交談過。「柔伊說你沒辦法使用硬幣。控制器本身沒什麼作用。你需要我。」

「或是另一個艾弗朗。」奈特閉上了嘴，瞬間看起來有些不安，好像他不是故意要這麼說一樣。不過他的反應是裝出來的。他是真的故意這麼說，讓艾弗朗知道自己是可以被取代的。幸好奈特不知道他自己有多麼容易被取代。

奈特把雙手放進運動服的口袋裡，艾弗朗知道他在口袋裡握著槍。「如果你想回家，你也需要控制器，」他說。「那我們一起合作怎麼樣？」

「你殺了奈森和珍娜，誰知道你還會把誰殺了，」艾弗朗說。「你在利用我。你除了威脅我以外什麼都沒做。這樣實在不是促成合作的好方法。」

「關於你女朋友的事我很抱歉，不過其他地方還有很多個。你會見到的。」奈特說。

「你要我和你合作，或是你會找到替代我的人。接著想怎樣？你要殺了我嗎？」

「只要找到另一個願意使用硬幣的艾弗朗，我們就可以送你回家，或是到任何你想去的宇宙裡。我有一些口袋名單可供你參考。」

「你為什麼認為其他艾弗朗會更願意幫助你？你的艾弗朗打算拋棄硬幣呢。」

「他沒打算放棄。他只是想據為己有——讓硬幣遠離我。他喜歡使用的程度和我不相上下。他可不是你想像中的乖乖牌男童軍。如果他沒先死，他就會殺了你，取代你的位置。我的意思是，他拋了下柔伊，就在他——」奈特聳聳肩。

「怎樣？」

「就在他殺了父母之後。」

艾弗朗瞪大雙眼看著奈特。那是真的嗎？他實在不願意這麼想。

「你說謊。是**你**殺了他父母，」艾弗朗說。「否則你怎麼知道他們死了？你當時和我一起困在那個宇宙裡啊。」

「小艾，我們這裡有網路啊。我那天花了整個晚上的時間瞭解我不在的時候發生了什麼事。如果我是你，我會在和警察討論謀殺案前先請一位律師。」

艾弗朗根本沒想到他與他們的死有關。他整天都在學校裡四處走動；警察發現他消失許久又出現，遲早會把他找去問話。

「該死。」艾弗朗說。他如何能證明自己沒幹那件事？他想任何人都不會相信他來自另一個宇宙。他很可能不是進監獄，就是進瘋人院。

「把你藏在另一個宇宙裡或許是個好辦法。」奈特說。

「不要！」

奈特一臉驚訝。

「我……我喜歡這裡。」艾弗朗說。

艾弗朗必須留在這個宇宙裡，唯有如此才能讓奈塞尼爾使用控制器。

「我知道了，你愛上了柔伊。」奈特說。「她是很值得你留下來。我想她也是艾弗朗待在這裡這麼久的原因。」

嗯，是還有柔伊啦。但艾弗朗的家鄉有個珍娜在等他。她也很可能沒在等他，因為她根本沒注意到他消失了。

「我該怎麼辦？」艾弗朗問。

「我有位很棒的律師，」奈特說。「我也認識一些位高權重的朋友。說『朋友』或許過分了些，但是你會把勒索的對象稱為什麼呢？如果你知道平行宇宙裡發生了多少事，有多少貪汙的警察可以買通，你一定會很驚訝。我想如果我能得到我要的，這些問題很容易就能解決。」

「你真的和史考特夫婦的謀殺案無關？」艾弗朗問。

奈特難過地搖搖頭。「我確實沒阻止他的瘋狂計畫，但我以為他不會真的動手，想說他只是說說而已。我們聊了很多，真正動手做的卻不到一半。比方說，想測試硬幣的極限。我不否認我得殺人，但我並沒有殺了他們。我喜歡他媽媽。」

奈特盯著艾弗朗看。「艾弗朗的爸爸是不定時炸彈。他很可能回來痛打奈特和瑪德蓮一頓，拿走他們的存款然後離開。他覺得他很可能會永遠離開這個宇宙，所以這是他報復的最後機會。」奈特聳聳肩。「我很驚訝他居然也把媽媽殺了，但那有可能是意外。當然，也可能他瞧不起她沒有和大衛對抗。」

「我為什麼要相信你？」艾弗朗問。

「你不需要。我沒叫你相信我。我說我沒做，但我要幫助你，讓你不會因此被告，好嗎？」

艾弗朗點點頭。儘管他萬般不願意，但如果他打算待在這個宇宙一陣子，就確實需要奈特來幫他解決眼前的問題。感謝他伸出友誼的手，或許能讓奈特更信任艾弗朗。

「謝啦。」艾弗朗說。

「既然說定了，那我就給你看個東西。」奈特說。

奈特走到書桌前打開電腦。他有一臺全新的 Mac Pro，接上了兩臺螢幕。艾弗朗走到書桌前，站在奈特後方看他點擊著畫面。

這些是艾弗朗認識的人被凌虐的樣子。他看到了麥可・古帕爾的墓碑。這些影像不是用 Photoshop 做出來的，是真的：奈特在其他平行宇宙對這些人做了這些事，那些是艾弗朗認識的人的類比。

艾弗朗別過了頭，不想看到螢幕。奈特臉上的微笑比那些影像更讓他覺得噁心。他吸了一口氣。

「另一個艾弗朗也同意你做這些事嗎？」他說。

「就像我說的，他非常不喜歡被爸爸打時那種無助的感受。他需要在別人身上出一口氣。」

「那你呢？」

「很好玩啊。我一輩子都被這些人霸凌。那是他們的報應。」奈特說。

艾弗朗把目光移回螢幕上，強迫自己克制想離開的衝動。在他看見小圖上的奈森被殺，癱倒在看臺下方時，他很快地點擊電腦好跳過這個畫面。

「別停下來——那張是我最喜歡的一張，」奈特說。「那張有點黑色幽默的味道，不是嗎？我原本想留下來參加葬禮；聽別人說自己的好話，雖然說的不是真心話，但聽起來真的很爽。」

「你為什麼要給我看這些照片？」艾弗朗問。

「只是要證明這些事都是你的艾弗朗和我一起用硬幣完成的。說起來他要負的責任還比較多，因為他是讓一切變可能的人。他不像你是個好好先生；如果你不夠小心，大家就會利用你。」

艾弗朗倚著桌子。「我想我不是你要的那個艾弗朗。我辦不到——我是指這種事。」

他突然大聲地說。

奈特打量著他。「我們一起出去繞繞吧。」奈特拿起了他的手機。「你身上帶著那個硬幣嗎？」

艾弗朗有些遲疑。他不想和奈特去任何地方，但這很可能是他唯一的機會。「有。」

奈特彈了一下，把手機的蓋子打開。

「那是控制器嗎？」艾弗朗問。

「我忘了你之前沒看過這個。」奈特拿起那個裝置，擺出來的姿勢就像電玩展裡的模特兒。

轉軸上半部是個發光的螢幕，下方則有數字按鈕的凹槽。

「就這樣？」艾弗朗說。

就像硬幣的樣子與二十五分錢類似，控制器也和手機的樣子相仿。艾弗朗覺得設計的人竟然有辦法利用多餘的零件做出這樣獨特而精準的裝置，真是不可思議。還有，把它偽裝成常見的物品，可以避免外人從近處觀看這個裝置，就像硬幣就是用來打公共電話的，或者那就是某個人收藏的一部分。雖然卡戎裝置只有特定的人，也就是艾弗朗和奈特才能夠使用，但還是有可能被別人反向破解。

奈特按了一個鈕，螢幕就亮了起來，出現一串數字。「這些是我們目前去過的宇宙的座標。」他看著艾弗朗。奈特在鍵盤上打了一些數字，快到艾弗朗來不及看清楚，看起來好像是十個數字，第一個數字則是8。

奈特把控制器遞給他，底部近乎放平。「請放入你的二十五分錢。」

艾弗朗把那個硬幣從口袋裡拿出來，目前依舊是個空白的金屬盤。他用拇指抹一抹硬幣，好像可以磨掉表面，讓下方的硬幣顯現一樣。他希望控制器能幫硬幣充電。艾弗朗把硬幣塞進了控制器中圓形的位置。

一大串數字開始在螢幕上跑。金屬圓盤開始發出微光，喬治·華盛頓的頭像再次出現在硬幣上。

「控制器似乎正在下載硬幣的座標。這些都是你去過的宇宙。你還真忙啊，」奈特說。

「可以讓我看一下嗎？」艾弗朗不經意地問。

奈森掃視了他的臉。「當然囉。」他最後說。

控制器是光滑的淺藍色金屬製成的，摸起來有種涼涼的感覺。雖然摸起來很堅固，但卻和鋁一樣輕。他一碰螢幕就消失了，不管怎麼壓都不會再顯示任何內容。

艾弗朗現在擁有了控制器和硬幣。他應該拿了就跑嗎？他看著敞開的房間門。

在他下定決心之前，奈特就走了過來，用手壓了一下螢幕。「讓我告訴你應該怎麼用。」他說。在他皮膚接觸的那一刻，螢幕又亮了起來。他捲動著那些數字，然後碰了其中一個，並且反白起來。「下方的這個按鈕能夠將硬幣設定在那個反白的座標上。」

奈特按了一下，硬幣瞬時從凹槽中跳出來，在半空中盤旋，讓艾弗朗差點鬆手讓機器掉下去。

「哇。這是怎麼辦到的？磁鐵嗎？」艾弗朗問。

「還有很多是你沒看過的。」奈特捲動著螢幕時，硬幣重新在空中尋找定位，隨著螢幕中心的座標轉動盤旋。

「這確實像陀螺儀。」艾弗朗說。

「什麼？」奈特尖銳地問。

「嗯，我是說，看起來好像陀螺儀。就是那種導航的東西。」

這是艾弗朗的好機會。不過正當艾弗朗準備抓住硬幣時，奈特就從艾弗朗手中奪回控制器。他清除了面板上顯示的內容，並且傾斜了一下，讓艾弗朗看見螢幕一片空白。

「現在我要設定讓它隨機前往一個宇宙，」奈特說。「除非你要『許願』帶我們去一個宇宙。」他笑了。

奈森一直按著鍵盤下方的按鈕，硬幣就在原位旋轉，不斷在控制器上方盤旋著，但速度越來越快，在他們眼前變成了半透明的球體。一陣暖風吹向艾弗朗的臉，在轉動的硬幣讓空氣變熱時，他聞到一股燒灼的臭味。螢幕上有數字不斷在跑動，快到艾弗朗完全看不清楚。

「數字一直在跑，沒人知道它會停在哪裡。」奈森說。

奈特放開按鈕的那一瞬間，硬幣立刻停止轉動，懸浮在半空中近乎垂直。

「然後呢？」艾弗朗問。

「抓住我，然後抓住硬幣。」奈特說。

「為什麼要這樣？如果在我抓住硬幣時，我們沒有互相接觸，你不也能夠像之前一樣跟蹤我嗎？」

奈特翻了個白眼。「那可不是全自動的。即使我有你的座標，控制器仍然必須先追蹤硬幣的訊號。那是要花一段時間的，至於多久，就要看你跑多遠了。然後，我也得處理那些和你交換的艾弗朗。不過這個問題比較簡單。」奈特擠出一個笑容。「你不會現在就想丟下我吧？」

「當然沒有，我只是好奇而已，想知道這一切是如何運作的。」艾弗朗盡量讓自己的聲音放輕鬆。「那為什麼我之前去另一個宇宙時，會和那邊的艾弗朗交換位置？」

「那一定是因為硬幣沒放在控制器裡。這是我自己推測的。我想這應該是一種潛行模式，目的是讓人能夠去另一個宇宙裡當間諜。如果你取代了你的分身，不用浪費一顆子彈就可以走進他的生活裡。你想想：如果我的艾弗朗之前就悟出這點，很可能就會**取代**你。」

艾弗朗打了個冷顫。他很可能一覺醒來就出現在這個戰亂的世界裡，發現好友變得喪心病狂，卻不知道自己為何在此。「你失去了最好的朋友以後，看起來還挺好的嘛。」艾弗朗說。

「他最後確實背叛了我。我很難原諒他。而且就像我說的，其他地方也還有他。」奈特拍了拍艾弗朗的肩膀。「反正，我想我比較喜歡你。我一直在觀察你。你是個忠心的朋友。但別忘了，如果你想要把我丟在某個地方，這可不是件容易的事，我不會再上第二次當了。」

奈特把手搭在他的肩膀上時，艾弗朗準備伸手去抓硬幣，他遲疑了一會兒，然後就在空中抓住硬幣。

艾弗朗感到一陣熟悉的踉蹌，他們兩人就一起到了另一個宇宙。

現在他們還是在奈特的房間裡，不過比較像艾弗朗記憶中的那個房間。那些昂貴的設備都不見了。他朋友的二十吋舊電視只接著一臺PS2。

奈特小心地闔上控制器並把它收起來。艾弗朗則把硬幣塞進口袋裡，還熱熱的，並微微震動。他想知道這次充了多少電，因為放在控制器裡的時間不長。

奈特笑了，好像知道艾弗朗在想什麼一樣。「你可以把硬幣放在控制器裡充電。」他說。

他確實知道艾弗朗在想什麼。真是不簡單。

「不用，沒關係。我拿著還是比較方便，萬一遇到緊急狀況時我們就可以立刻使用。」

奈特點點頭，看了看房間四周。「如果另一個版本的我今天也在家的話，那一定很詭異。並不是說我們不能解決他，我們通常都在圖書館這麼做，那種地方人比較少。」

「假設這裡連房子都沒有，那就更詭異了。」艾弗朗說。奈特的臉色突然一陣慘白。

除非硬幣調換了他們和類比的位置，否則的話，卡戎裝置似乎會讓旅行者在抵達另一個宇宙時，也停留在同樣的地點。他希望在種種的安全措施下，硬幣不會把他送到另一個物體當中，或是空氣有毒的世界裡。

艾弗朗走到窗邊，看著尋常的街景，那是他相當熟悉的景象。「不管怎麼說，我們現在到了哪裡呢？」他問。

奈特笑了。「我不知道！那就是最棒的一點——你總是會到一個新的地方。跟著我吧，夥伴。」

第二十五章

奈特帶著艾弗朗，到距他分身家幾條街外的西班牙雜貨店。他到了店外時，把帽子拉低蓋住眼睛。

「你在幹麼？」艾弗朗問。

「仔細看，學著點。」奈特說。

艾弗朗跟著他走到收銀機前，前面有一堆刮刮樂彩券及糖果。奈特打開錢包，拿出一張十元鈔票。

「可以跟你換錢嗎？」他問。艾弗朗不認得鈔票上的圖像，而且紙鈔的顏色是淺橘色。看起來好像是大富翁的假錢。

奈特仔細地看著收銀機，臉上出現了期待的表情。那個人沒檢查就把鈔票往收銀機裡塞，讓奈特鬆了一口氣。收銀員遞給他一張五元紙鈔與五張一元紙鈔時，他的嘴角漾起了笑意。

奈特仔細地檢查每張鈔票，對著燈光細看。那張五元的鈔票是藍的，但是一元卻是一般的綠色，上面還有熟悉的華盛頓肖像。

「你以為我給你假鈔嗎？」收銀員生氣地說。

「最近還是小心為上啊。這些看起來沒問題。」奈特說。他把錢收了起來，並且把手伸進連帽外套右邊的口袋。

「奈特——」艾弗朗說。

「別說名字！」他突然打斷艾弗朗並拔出了槍，回頭轉向店員。「把收銀機的錢都拿出來。」奈森把槍指向收銀員同時冷靜地說。

「你瘋了嗎？」艾弗朗說。

「你冷靜一點。這個人在每個宇宙裡都是很好搞定的傢伙。他就是我們的人肉提款機。」

收銀員看了他們一眼。「拜託饒了我吧。」他說。

「我知道，我知道。你有一個太太和三個小孩。」奈特說。

「你怎麼知道？」那個人更害怕了。

「我不會傷害你的，老爹。只要把錢都拿出來就是了。」奈特說。

艾弗朗看到收銀機後方有臺監視器在那人頭上。「有監視器！」他說。

艾弗朗以前不斷擔心會被留校察看。他總是循規蹈矩，現在他竟犯法了。他正在**搶劫**。他把一隻發抖的手伸進口袋裡。

「冷靜，」奈特說。「在警察來之前我們就離開了。」

「但是……」

「我們去的地方他們追不到。懂了嗎？」

收銀員開始在櫃檯上疊鈔票。奈特對艾弗朗點點頭。「收下。」奈特說。

艾弗朗兩手抓滿了錢。嚇壞的店員拿了一個打開的紙袋給他，艾弗朗則把現金丟進去。

「呃，謝啦。抱歉。」艾弗朗說。

「好的，我們走吧。」奈特說。

他們緩緩走出商店，然後躲進商店後方的小巷裡。奈特把槍放回口袋中。

「他們抓不到我們，但這個世界裡的艾弗朗和奈森呢？」艾弗朗說。

「他們怎麼樣？」

「他們就是我們。他們很可能會被抓。」

「我們又沒欠他們。」

「你怎麼能夠這樣毀掉另一個自己？」

奈特皺起了眉頭。「你太會替其他人操心了。」

遠方傳來警笛聲。艾弗朗很習慣聽到這聲音，但自己成為被追捕的目標卻是第一次。他緊張地瞄了商店那邊一眼。

「該是進行完美大逃脫的時候了。」奈特說。他拿出了控制器，示意艾弗朗放入硬幣。艾弗朗把硬幣塞進圓形的凹槽裡。奈特抓住艾弗朗的上臂，並用另一隻手設定座標。艾弗朗仔細地看著，好在機會來臨時知道如何操作控制器。奈特點點頭，艾弗朗便抓住了硬幣，接著他們就移動到另一個宇宙裡。

「現在呢？」他說。看起來好像他們哪也沒去。

「現在我們已經到了下一個宇宙了。」他折起控制器，並把控制器塞進牛仔褲裡。

「回去西班牙小店。」

「什麼？」

艾弗朗跟著奈特回到商店入口，重複了一樣的過程，店員的反應一模一樣，但這次他給了艾弗朗一個塑膠袋裝錢。

「我自己有帶，謝啦。」艾弗朗說。他打開了從上一個商店帶來的紙袋。

艾弗朗很想知道萬一那個店員不肯善罷干休，想反抗的話該怎麼辦。奈特很可能會直接殺了他，把他想要的東西拿走。

在走了四趟一模一樣的行程之後，四個地方相似得出奇，奈特最後終於心滿意足，但艾弗朗的胃裡卻有種鈍痛感；他從來沒有連續去那麼多不同的地方。奈特在商店後方捲動著座標，然後把一些座標反白。

「我們回家吧。」奈特說。現在艾弗朗對這些程序已經很熟悉了。在奈特抓住他的時候，他就抓住硬幣。不久之後，他們就回到了奈特的宇宙，或至少是艾弗朗以為奈特居住的宇宙。這個地方看起來和他們今天去過的其他地方沒有任何差異，只不過現在正在下雨。

「我們的成果如何？」奈特回到房間裡時說。

艾弗朗拿起沉甸甸的紙袋，把東西倒出來開始數鈔票。現在艾弗朗知道他的類比是從哪弄到那些錢了。

「一共三千兩百七十五元。這個時候有這麼多不錯了。」奈特說。他把錢分成兩半，把其中一半交給艾弗朗。「來的還真是時候，我手邊沒什麼現金了，但今天晚上要帶瑪莉雪萊出去。」

「兩個一起？」

奈特笑而不答。「只要握有這種科技，我們就能隨心所欲，艾弗朗。」

「就算我們逃得掉，那樣仍然是錯的啊。」他說。

「你說的話和另一個艾弗朗一開始說的話一樣。你也會背叛我嗎？」

「我只是……需要習慣一下這些變化。」

「去花點錢，你就會覺得好多了。工具製造出來就是要用的。」奈特說。他從口袋裡拿出槍，把槍藏在最上方的抽屜裡，但仍然把控制器好好地收在另一個口袋裡。

艾弗朗點點頭後轉身離開，想知道奈特是怎麼看他的，把他當成什麼樣的工具。

無論如何，他會阻止奈特的，只不過需要一個好計畫。

「其他的地方還有更多的我？」柔伊說。她的拳頭重重地搥在廚房的桌上。「他真的那麼說？」

艾弗朗用鍋鏟把起士歐姆蛋翻過來，這是最後一次翻面，然後他把爐火轉小。

「我不敢相信你竟然替他做事。」柔伊說。

「是**和**他。」艾弗朗糾正了她的說法。他從爐子前轉過身來，看見她瞪大雙眼的樣子。他正在替柔伊煮晚餐，以報答她借宿的恩情。金先生對於這樣的安排，以及艾弗朗消失好一陣子之後又回到柔伊的生活裡，感到相當不滿。柔伊刻意提醒他說艾弗朗無處可去，他最後不得不默認這件事。

艾弗朗到了珍娜家時，金先生有些不自然地向他致哀，然後立刻就出門去了。柔伊認為他爸很可能會待在女朋友家裡，就和他每個週末的情形一樣。

「我只是假裝和奈特合作而已，」艾弗朗說。「我們都很清楚自己是在利用對方。問題就是誰會先占對方便宜。」艾弗朗關掉爐火，把歐姆蛋對切，然後分別裝進盤子裡。

柔伊嘗了一口她的歐姆蛋。「這絕對勝過外帶的歐姆蛋。我已經吃膩了中國菜和墨西哥菜。」

艾弗朗看了她一眼。「是啊。」

她說得對，那些蛋一點也不遜色。他們各自安靜地吃了一會兒。艾弗朗一直想著該擬什麼計畫，但他心裡卻一直回想和奈特之間的對話。

他嘆了一口氣。「柔伊，奈特說妳的艾弗朗在離開之前殺了自己的父母。」

柔伊握緊了叉子。「你相信他說的話？」

「我不認識妳的艾弗朗，但妳瞭解他，妳覺得呢？有可能是他幹的嗎？」

柔伊用力推著盤子裡的蛋餅。

「有可能。他之前跟我提過那件事，講了好幾次了。他生氣的時候就會提。他爸是個真正的混蛋，他死有餘辜。」她的雙肩垂下來。「但我不相信他會殺了他媽媽。」

「所以到底是不是他幹的？」

「你覺得你會殺人嗎？」柔伊問。

「我們是不一樣的人。」艾弗朗說。

「我知道，」柔伊說。「你看起來比較……」

「好？可愛？」

「我會說比較天真。」

「噢。」

「但這樣很適合你。艾弗朗總是很……老成。他把所有的責任扛在自己的肩上，就好像他等不及想變成大人一樣。」

「或許他別無選擇。」艾弗朗的媽媽總是需要他扛起責任。似乎艾弗朗的類比也一樣，或是說更糟，因為他爸爸在的緣故，讓狀況變得更棘手。

「或許吧。我忍不住比較你們兩個人。你坐在這裡，就像我們以前一樣，真的很不真實，但你卻是那麼的不同。他也沒有你那種幽默感。」她叉起另一塊歐姆蛋放進嘴裡。「他也不會烹飪。」

「這應該算不上烹飪吧。」

艾弗朗也必須提醒自己這不是他從二年級就開始瘋狂苦戀的女孩。他知道除了外表相似之外，她根本是另一個女孩。她有自信得多，不過脾氣也比較暴躁。此外，她對自己的身材比較有自信，比較陽光，不過仍然和珍娜一樣聰明。

「她是個什麼樣的人？」柔伊問。

艾弗朗帶著些許狐疑的神情看著她。

「我知道那是什麼表情。」柔伊說。「你正在想某個人，不難猜到你在想誰。」

他清了清喉嚨。「珍娜很棒。我的意思是說，就像妳一樣。妳們當然有類似的地方，她在學校很受歡迎，我想她是全國最聰明的學生。」

柔伊笑了。「那就不怎麼像我了。我的朋友不多。我也不喜歡上學。」

「但是妳的自然和電腦都很強。」

「那並不表示我喜歡。」

「如果我一年到頭每週都得上課六天，我一定也痛恨上學。唯一會讓我喜歡的，就是每天都能看到珍娜。妳的艾弗朗很可能也是這麼覺得吧。我很想知道為什麼他沒帶妳一起去？」

「什麼？」柔伊的叉子撞到了桌子。

「嗯，我是說，如果另一個艾弗朗不打算回來，他為什麼不帶著妳走？」看見她目瞪口呆的表情，他知道他踩著了她的痛處。

「你為什麼覺得他不會回來？」

他盯著自己的盤子看，盤裡的蛋屑四散在盤子中央有些起士絲的地方，就在葡萄葉的圖案上。

「奈特說……」

「噢！又是奈特。我以為你不信任他。」

「我是不信啊。」

「那你為什麼相信他說的話？」

「我……」

「我相信他有不得已的苦衷。」柔伊把她的椅子推回去，把叉子丟在盤子上。「他如果能帶我去的話，他早就帶我去了，但是那個卡戎機器卻只有你和奈特能用。」

「但是我……」艾弗朗突然停了下來。她顯然不想聽見他之前帶過別人一起到其他宇宙去。但問題是，不知道另一個艾弗朗知不知道能夠這樣做。

「謝謝你做的晚餐。我要早點上床睡覺了。」柔伊說。她走出了廚房，身後的門前後擺動著。艾弗朗叉起了盤中剩下的微溫蛋餅，推開了盤子。

如果他沒和柔伊把事情說清楚，他是睡不著的。他冒著親友消失的危險，不知道自己是否有機會挽回一切，也無法承受再失去一段友誼，如果他們之間的關係算得上友誼的話。

他爬上了二樓的階梯，走近她門口。他看見門下並沒有透出任何光線，於是他先輕輕地敲門，接著越敲越大聲。

在他打算悄悄走回樓下時，門就開了。柔伊已經換上了一身長版T，上面有一隻紫色的獨角獸在彩虹上跳躍著。

「你想幹麼？」

好吧，她還是有點生氣。

「我只是想說聲抱歉。」艾弗朗說。

「為什麼？」柔伊說。

「我真的很後知後覺。我不應該說那些……我今天說過的話。」

她看了他一秒鐘，穿著襪子的腳便踏到了地面上。

「我有那種反應不是你的錯……」她斜倚著牆，雙手環抱在胸前。「在他離開之後，我也想過同樣的事。他連再見都沒說。」

艾弗朗靠近她一步。「聽我說，我知道我不是他，但是我會盡力完成他原本要做的事。妳說得對，他知道他在做什麼。他或許只是不希望妳受傷而已。這一點我感同身受。」

柔伊有些哽咽。她用手背揉了揉雙眼。

艾弗朗往前跨了一步，話就脫口而出。「他犯的錯，就是信任不該信任的人，接著又想要自己解決這個問題。我需要妳的幫忙，如果我說了或做了很白痴的事，請告訴我，並且要強迫我聽進去。雖然我們認識不久，但我想妳對我的瞭解遠超過我對自己的瞭解。」

「別擔心。你做蠢事的時候我一定會讓你知道。」

他們尷尬地注視著對方。

「妳一定很累了。」艾弗朗說。

「沒有，其實還好。你想做什麼嗎？」

「嗯……我看見你爸有《陰陽魔界》的DVD，我想看那部片子應該不錯，我是說一起看。」

柔伊把頭偏向一邊，然後笑了。「就聽你的。」

她挑了一些喜歡的片段來看。艾弗朗小時候看過這部片子的重播，知道大部分的劇情，但長大之後看就不一樣了，跟柔伊一起看更是不一樣。她知道這部影集的細節，在看其他她喜歡的片段時，也會把他不知道的劇情說給他聽。她最後以很特別的一集做為那天影集馬拉松的結束，她對他說那集叫做《讀心的一分錢》，內容說的是一枚神奇的硬幣讓人能讀懂其他人的心。

在節目結束時，她關掉電視，對艾弗朗說：「讀心的二十五分錢，」她說。「那聽起來差不多，對吧？」

艾弗朗親了她。他實在情不自禁。一開始她想推開他，但後來就靠近他，吻了回去。

一陣子之後兩個人才分開。她皺起了眉頭。

「這樣做很蠢嗎？」他問。

「現在**這樣**的問題才蠢。」她把遙控器放在茶几上站了起來。「該上床了——我是指上床睡覺，並沒有要邀請你的意思。」

「我也沒這麼想。」艾弗朗說。

「很好。這沒改變什麼，對吧？我們剛不該那樣做，但我想知道那是什麼感覺。」她搖搖頭。「還是不一樣。」

是不一樣的好，還是？

「晚安，柔伊。」艾弗朗說。

「她也喜歡你嗎？」柔伊輕聲地說。

「誰？」

她笑了。「這是最棒的答案。晚安，小艾。」

她上了樓。艾弗朗獨自坐在沙發上，在腦中回想剛剛發生的每一幕。他以前不敢和珍娜做那樣的事。雖然他一直很想，但那些事只出現在他的幻想裡。但和柔伊卻是那麼簡單，那麼自然就發生了，看起來她似乎也想這麼做。就好像他許願成真一樣。

他真的開始喜歡上了柔伊，這種想法讓他有些愧疚。他曾經批評過奈森很隨便，同時喜歡兩個雙胞胎，那艾弗朗又如何能同時愛上柔伊和珍娜？此外，他其實很嫉妒她深愛的那個艾弗朗，那個拋下她到別的宇宙去的人。他無法取代他的類比在柔伊心中的地位，即使可以的話，這樣做也是不對的。

他得及時阻止奈特並且離開這個宇宙，否則很可能會做出傻事，例如愛上柔伊。

第二十六章

在接下來的幾天裡，奈特和艾弗朗又去了幾趟平行宇宙。雖然艾弗朗相當擔心，但奈特沒有再搶劫或殺人，而是去漫畫店或電玩店買一些奈特宇宙裡沒有的東西，就像以前他們一起去逛購物中心時一樣。想到僅把這種力量運用在買東西，實在相當可笑，但至少沒有人因此受傷，兩個人的相處也變得自在許多。

他很害怕這樣的情形無法持續下去。艾弗朗發現奈特還在觀察他對自己的友情是否真誠。最後，艾弗朗就必須用幫助奈特傷人的方式來證明自己的真心。他得想辦法在這種事情發生之前拿到遙控器。

不過艾弗朗不得不承認使用硬幣真的很有趣。要讓奈特相信艾弗朗樂在其中很容易，因為他確實如此。雖然他開始發現使用硬幣的迷人之處，有無數的宇宙等著他去探索，但是因為許多都和他自己的世界很像，只有細微與不那麼細微的些許差別，讓他有些失望。

在有些世界裡，大家都開油電混合車，艾弗朗在路上連一輛休旅車都沒看到，所有的停車計時器也都有讓車子充電的聰明裝置。

他們去了其中一個星球的薩默塞，那裡的人很奇怪，說話都有種波士頓腔，艾弗朗和奈特一開口就引人側目，顯然他們的口音讓當地人辨別不出是哪裡人。

另外有一個宇宙裡完全沒有連鎖速食店，第一間麥當勞餐廳經營得很糟，只在歷史上留下一筆紀錄而已。最令人驚訝的，是中央大道上早就不見的家庭式小店在這裡生意興隆，星巴克和那些悄悄取代其他店家的咖啡館在這裡卻消失得無影無蹤。

艾弗朗開始注意到他用硬幣做實驗的一些細節，他一開始沒注意到那些變化，但後來卻發現這些細節攸關重大。不過他已經厭倦了這些相似之處。並沒有哪個平行宇宙裡的人有超能力，或是當地的物理特性大幅不同，或是有兩個太陽。奈特說，或許有些地方有恐龍，也許這些最具想像力的情節只出現在漫畫與電影裡，或是他們手上的裝置讓他們無法造訪那些地方。

「你怎麼可能覺得無聊？我們在平行宇宙中旅行耶！沒有其他人能做這樣的事，」奈特說。「我們每一次的旅程都充滿了驚奇。」

「我只是想看些……新的東西。只是這樣而已。」艾弗朗說。

奈特點點頭。「這就對了。我們來看這次能帶我們去哪。」他們把控制器設定在隨機模式，每次硬幣停止轉動時，奈特就會檢視座標。他搖了搖頭，然後再讓硬幣繼續轉動，到了第三次才滿意。

「我覺得這些數字不錯。我們去看看吧，」他一手搭在艾弗朗的肩膀上，艾弗朗抓住了硬幣。

艾弗朗首先注意到的事，就是光影的變化，從正午溫暖的顏色，變成了薄暮前夕的冷色光線，不過仍比七月應有的溫度熱上許多。天空是灰色的，但卻沒有雲層籠罩。他看不到任何雲，但是嚴重的汙染物卻讓陽光有些失色，他的喉頭也開始搔癢起來。一旁的奈特則打了好幾個噴嚏。

接下來他注意到的，則是當地竟然空無一物。街上的公園不見了，放眼所見的地面都寸草不生，乾燥而滿布著坑洞，地上處處匍匐著死去的樹。他們的四周是綿延數哩的黑色柵欄，上頭還有刺網。

「這個世界似乎不怎麼友善，」艾弗朗說。「我們在哪裡啊？」

奈特抓住了他的手臂，帶著他轉向圖書館的方向。那棟建築物已被一個水泥建築物取代，像座雕堡或那類的軍事設施。他們蹣跚地走向巨大的鐵門，路過前方一些沾滿泥巴的綠色吉普車。奈特停了下來，拿起儀表板上一大疊傳單中的一張。他的臉色瞬間變得蒼白。

「那是什麼？」艾弗朗問。

奈特把傳單拿給他，然後拿出了控制器。

「準備好硬幣，艾弗朗。我們要離開了。」奈特說。

艾弗朗看著傳單。上面的照片是張戴著高帽的山姆大叔，以及紅、白、藍三色。他就好像艾弗朗在社會課本裡看到的古老徵兵海報，但下方斗大的字卻寫著：「我擁有你。」最下面的字則寫著所有十六歲以上的男女自六月一日起都會受到徵召進入美軍效力，在戰爭中對抗蘇聯。

「艾弗朗，硬幣，」奈特說。「就是現在。」他在控制器上按著一些數字。

艾弗朗丟下傳單，伸手去拿口袋的硬幣。突然吹來了一陣帶沙的暖風把傳單吹走，帶向遠方。傳單就卡在圍籬鐵絲網上，然後被扯碎，飄落在焦灼的土地上。

奈特抓走了他手中的硬幣。

「喂！」艾弗朗說。

硬幣現在正在控制器上方旋轉。

「我們沒時間了。艾弗朗，這是徵兵中心。他們會把我們關起來的。」奈特指著艾弗朗的樣子，就像海報中的山姆大叔一樣。不，他是指著艾弗朗的身後。

艾弗朗轉身看見吉普車轟隆轟隆地朝他們駛來。

有人對他們大喊。一位臉上畫著迷彩的士兵帶著一支突擊步槍爬了出來，緩緩地走向他們，他的軍靴踢起了厚厚的塵土。

「你們怎麼進來的？」那位士兵問。「你們是哪個單位的？為什麼沒穿制服？」

「該死。拿出硬幣吧。」奈特小聲說。

現在那位士兵拿起了槍瞄準他們。他問了一些問題，聽起來像是俄文。他臉上就是公事公辦的表情，但艾弗朗突然認出了他。那是麥可・古帕爾，他只比自己和奈特大一歲。

奈特死命地抓住艾弗朗的手臂，艾弗朗伸手拿了硬幣。他差點弄掉了，但在他的手一接觸到之後，兩個人立刻離開了那個宇宙。他想像著消失時麥可臉上驚恐的表情。

接著他們造訪的宇宙，與剛離開的那個恰好相反。他們四周綠草如茵，生機盎然，不僅建築物不見了，灰石公園裡也滿是濃密的樹木，還有一座小湖，和艾弗朗以往見到的人造樹林大相逕庭。

「謝天謝地，」奈特說。「真是好險。幸好我保留了這些座標。」他朝長草中吐了一口痰。艾弗朗的嘴裡也嘗到了上個宇宙裡帶沙的空氣，但他覺得汙染現在腳下的土地似乎不太好。

「這個地方似乎一直沒人住。」奈特以低沉的聲音說。艾弗朗從他的聲音中聽到了渴望，覺得相當驚訝。他以為奈特會說這是殺人埋屍的好地方，而不是流露出對土地的無上敬意。

奈特慢慢轉過身來，伸開了雙臂，把頭向後仰，深深地吸了一口氣。

艾弗朗沒呼吸過比這裡更清新的空氣了。他留意到四周萬物的聲音。樹上傳來鳥鳴聲，葉間也傳來摩娑的聲響。明明是七月，天氣卻溫暖宜人，不像奈特所住的宇宙中破紀錄的熱浪，也不像剛才不小心闖入的那個戰爭中的宇宙。

「小艾和我常來這裡，」奈特說。「我們會在這個森林裡健行。森林不斷綿延著，似乎永無止境。我們在這裡沒看過其他人，但卻發現了印第安人的遺跡。往北方走三英里，就會發現一個墳塚。小艾在那裡蒐集了一些箭鏃和那類的老東西。我想這些人一定都死光了，或是進化了。」他嘆了一口氣。「這是在所有的宇宙當中，我最喜歡的一個。」

「謝謝你跟我分享。」艾弗朗說。他同意這個地方很迷人，但一想到他從未出現在這個宇宙裡，就覺得有些不安。他所知道的一切、他愛的一切都不見了，但世界看起來卻因此更好。

艾弗朗對眼前的美景視而不見，只把注意力放在奈特身上。他背靠在一棵樹上，一手伸進放著控制器的口袋。在奈特打盹的時候，也沒辦法把控制器拿走，不過艾弗朗應該有機會把槍拿走，或至少能阻止奈特先開槍。

在所有的旅程當中，艾弗朗從來沒有鬆懈下來的一刻，他總是等著機會，希望能夠在不會受傷或遭到殺害的狀況下拿走控制器。但現在他卻覺得兩個人之間有了真正的友情。這種感覺讓他嚇到了，就像他希望奈特相信他一樣可怕。

他不能因為奈特長得像他的朋友，就放棄了動手的機會。附近有個大石頭。如果艾弗朗能夠抓住……

奈特張開了雙眼，打了個哈欠。他打開手機看了時間，便站了起來。他拍拍長褲上的塵土，接著走向艾弗朗。

「我還想再待下去，但我們還要去一個地方。」奈特說。「午餐時間到了。」

「我想一天裡有這麼多刺激真的很夠了。」甚至，就一輩子來說也夠了。「我們要去哪裡？」艾弗朗問。

他因為錯失機會而感到扼腕，不過只能把失望的神色隱藏起來。他拿出了硬幣放進控制器中。他們一起做這件事很多次了，因此他們當然很熟悉自己的角色。奈特這次似乎特別留意座標，似乎在找一個他不常用的座標。

奈特抬起頭來，向前走了五步，走到艾弗朗看見的大石頭。他作勢要艾弗朗過來，並且要艾弗朗站在石頭的另一側。他一手抓住了艾弗朗的手臂，用另一手拿著控制器。艾弗朗抓住了硬幣，他們瞬間就站在薩默塞公立圖書館的公車候車亭裡，頂部正好遮住炎炎烈日。圖書館是開放的，因此他知道他們並沒有回到奈特的宇宙，或是那附近的宇宙。

「我們現在在哪裡？」艾弗朗問。他轉身看著後方的灰石公園，看起來一如往昔。

「看起來很熟悉嗎？」奈特說。

艾弗朗笑了。「一切都很熟悉，」他說。「我現在已經慢慢習慣了。」

奈特笑了。「你回到家了，小艾。」

艾弗朗環顧四周，但很難分辨這個宇宙和他曾去過的一些宇宙有什麼不同。

「我回家了？」艾弗朗說。他突然感到一陣狂喜，接著卻有些懷疑。「為什麼？」

「我以為你想回來。」奈特說。

「我之前是。現在也是。但我有點困惑。你想要拋棄我嗎？」他看著奈特放槍的那個口袋。

「現在該是你做決定的時候了，小艾。」奈特說。「我們可以繼續合作，我希望這樣。或是如果你還是想退出，你可以待在這裡，這個屬於你的地方。」

「就這樣？沒其他問題？」

「只有一個。」奈特說。他指著圖書館。

艾弗朗看見另一個艾弗朗走了出來，坐在石獅子右方。這是他看見死亡的艾弗朗照片以外，第一次看見他的類比，即使他已經造訪過許多城市，但這讓一切變得更真實。

「那怎麼可能？如果這是我的宇宙，那我就是屬於這裡的艾弗朗。那又是誰？」

「你第一次許願的時候，他就是和你交換的艾弗朗。我親眼看到這件事情發生。他取代了你。」

圖書館的門開了，珍娜走了出來。艾弗朗緊咬著牙關。他沒想過她仍然活在這個世界上，但這其實很合理，他看見的只是她的一個類比喪生，那個類比來自幾個宇宙之外。這是個完全不同的珍娜，和柔伊完全不同，但也不是奈森殺了的那個女孩。這個珍娜完全不知道硬幣的事，或是艾弗朗如何利用硬幣讓她對他產生興趣。

「看起來他似乎占有了你的女孩，小艾。」奈特坐在候車長椅上，伸長了腿。他把控制器放在身旁，然後把手放在大腿上。

「我要怎麼知道這是我真正的家？」艾弗朗說。

「如果你想要的話，你可以去四處看看。你可以回家和媽媽聊聊。她現在應該已經出院了，繼續灌酒麻痺自己。我很好奇這個取代你的艾弗朗會如何面對這種困境。」

艾弗朗的迷惑轉成了憤怒。對街的艾弗朗這次一直過著自己的生活。沒人知道在過去一個月艾弗朗突然離開時，他做了哪些事。他的類比和珍娜一起笑著，她還靠在他的臂膀上。

艾弗朗坐了下來。他突然覺得自己很醒目。要是他們其中一個正好看到他坐在公車站怎麼辦？但他們兩人似乎只是專心地注視對方，無暇他顧。

「如果這裡有兩個我，我要怎麼待下來？」艾弗朗說。「我要怎麼回到原本的生活？」

奈森看著他。「我們就得解決他。」他說。

「什麼意思？」艾弗朗說。

「就這樣說定了，小艾。我認為你有兩個選擇。你可以去和他談，說服他拿著硬幣，和我一起離開這個宇宙。接著你就可以享用他努力和珍娜耕耘的果實。看起來他跟珍娜之間有了不少進展，比之前的你多很多。但希望不要進展得太多，是吧？或許你可以學到一些東西。」

奈特的忠誠度考驗來了，比他預期的還快。艾弗朗很想把責任丟給別人。要說服自己那不是自己的錯很容易，但是他已經不相信這點了。他和他們並沒有任何差別。所有宇宙中的艾弗朗無論是好是壞都是他。但他是唯一擁有硬幣的人。

「那另一個選擇是什麼？」艾弗朗問。他其實已經知道了。

「我們可以殺了他，然後你就能擁有原本的一切，包括她在內。」他扳動指關節。「這樣應該很有趣。我之前沒殺過艾弗朗。」他歪著頭說。「我是說直接殺。那不是衝著你的。我並不恨你，你知道的。」

艾弗朗往前傾，注視著另一位艾弗朗。「硬幣之前讓我們交換。我們不能再換一次嗎？」

「不能這樣，」奈特說。「我需要一個夥伴。說實話，我希望那個人是你。我可不希望一切從頭來過。」他咂了咂嘴。「你知道，如果你真的比較喜歡這個宇宙，我也可以取代這個宇宙裡的奈森，這樣我們就可以一起住在這裡。這個地方比我住的地方好多了。我想外國的月亮總是比較圓。」

艾弗朗想起了和自己宇宙裡的奈森初次見面的情景，那時他勇敢地和騷擾他的惡霸正面對抗，引起了他們的注意，並且替他挨了一頓痛揍。自那時候起，他們就離不開彼此了。艾弗朗不能讓奈特傷害他最好的朋友。有些習慣很難改。如果艾弗朗決定永遠待在這裡，那麼就沒什麼事能夠阻止奈特。這只會讓奈特擁有一個可以到處玩耍的新宇宙。

艾弗朗拿起了控制器。奈特似乎不怎麼在意。他打開了控制器，但裡面卻沒有任何閃光或活動。之前他聽到的生物特徵安全系統是真的，沒有奈特的話，那對他來說毫無用處。

那如果艾弗朗直接毀了控制器的話呢？把奈特留在這裡，這樣他就不能回到原本的宇宙報復柔伊了。當然，出現了第二個艾弗朗還是會有點小問題，因為在另一個自己也在同一個地點時，他就沒辦法回歸原本的生活。這個宇宙也會有兩個奈森，其中一個擁有武器而且精神不太正常。

「你覺得怎麼樣，小艾？」奈特問。「不要覺得有壓力。」儘管他的語氣相當輕鬆，但艾弗朗發覺奈特的手已經放在口袋裡了，是那個平常裝槍的口袋，而且已經握住了槍。

他別無選擇，只能繼續玩下去了，繼續緊跟著奈特，直到他能採取行動的那一刻為止。一定會有辦法接近他，一定有讓他分心的辦法。

艾弗朗闔上了控制器。想到奈塞尼爾，他突然有了個點子。奈特希望自己能夠完全控制硬幣。他需要有個艾弗朗跟著他才能讓硬幣發揮作用。但如果他認為完全不需要夥伴呢？利用他的控制欲，或許是接近他最好的辦法。

「如果還有其他選擇呢？」艾弗朗問。

「什麼選擇？」奈特懷疑地問。

「你聽我說。我在想是否會有那樣一個宇宙，在那裡面能用硬幣的只有你而不是我？」艾弗朗說。「假設有另一個宇宙擁有硬幣和控制器，但我們的角色卻是相反的話又會怎麼樣？」想到這點，艾弗朗實在滿心恐懼。他希望不會有這樣的地方，但他希望奈特能相信。

「我不知道。你覺得有可能嗎？」奈特看起來有些困惑。艾弗朗看得出來這招開始奏效了。奈特把手從口袋裡伸出來。

「在無數的宇宙當中，難道不是一切都有可能嗎？」艾弗朗問。

「我之前早該想到這一點的，」奈特說。「如果我們能夠找到那樣的宇宙，當然可以。如果你想要的話，我們到時候就可以拆夥。」

艾弗朗發現自己犯了一個錯誤。奈特很可能接受了他的看法，想要立刻出發去找那個宇宙。艾弗朗認為這樣的宇宙並不存在。那枚硬幣到目前為止看起來仍是獨一無二的。但如果他是錯的，奈特拿到了自己的硬幣，那麼就沒辦法阻止他在各個宇宙之間傳播仇恨與憤怒。

艾弗朗需要更多時間來執行計畫，也需要有人幫忙才能執行。同時，他也必須讓奈特相信自己不會放棄硬幣，還是想利用硬幣到各個宇宙去。要讓奈森相信這點其實不難，畢竟艾弗朗真的很享受這些旅行。

艾弗朗噘起了嘴。「你是認真的嗎？你不是說喜歡跟我搭檔嗎？」

奈特看起來相當驚訝，但很快就恢復若無其事的樣子。「嗯，是啊。我覺得我們已經越來越瞭解對方了。就好像我最好的朋友回來了一樣。」他低下了頭注視著地面。這或許是艾弗朗第一次聽到奈特完全坦白。

雖然奈特的行徑相當跋扈，但他很可能只是想念艾弗朗而已，艾弗朗自己失去奈森時也曾經這樣。被自己的夥伴背叛一定很受傷，而奈特承受了那麼多憤怒與挫折，必定會轉換為恨意。奈特一輩子都被人嘲笑與踢打，在他擁有權力的時候必定會緊握不放。這樣的奈森不會是個好人，但艾弗朗發現自己開始慢慢瞭解他了。

「我也是啊，」艾弗朗說。「過去幾天以來一直很不錯。這並非只是因為硬幣。」他嚥下口水。「而是跟你一起出去。我不太喜歡你做的事，不過我們可以慢慢處理。」他笑了。

奈特瞪大雙眼。「真的嗎？」他說。

艾弗朗把控制器交給他。「我已經下定決心了。我想要繼續和你合作，繼續灌溉我們的友情。我想我已經不屬於這裡了。我沒辦法放棄另一個宇宙裡的一切。」艾弗朗拿出了硬幣。「我也不能再丟下這個了。我曾經試過一次……你說得對。這是唯一能聽我使喚的東西。」

艾弗朗以為奈特說過的話會是他想聽的內容，會讓他的謊言聽起來更真實。

「你確定嗎？」奈特問。他皺起了眉頭，帶著點背叛的疑慮，或者一些失望。他手腕一甩，彈開了控制器的蓋子，不斷上下打量著艾弗朗。

「我很肯定。」艾弗朗說。

「那珍娜怎麼辦？」奈特說。

艾弗朗看到奈特背後的珍娜坐在圖書館的階梯上。她和她的艾弗朗坐在一起，看起來很快樂。「其他地方還有更多的她，」艾弗朗說。「還有，我想我愛上了柔伊。」在他說出這句話時，內心有些激動，因為他知道這是真的。奈特接受了他的說法。

奈特開始用拇指在鍵盤上打著字，就像好像要傳訊給某個人一樣。「既然這樣，我就要刪除這個宇宙的座標了，」他說。「如果你打算這麼做，就沒有回頭路了，小艾。我們隨機能找到這個地方的機率是……呃，我數學不太好，但總而言之很小。你確定嗎？」

奈特是在嚇唬他嗎？他希望是這樣。但如果他猜錯了，艾弗朗就沒機會再見到這個宇宙了。他願意做出這樣的犧牲嗎？

如果他能夠解決掉這個奈特，根除禍患，也就值得了。還有什麼比這個更好的方式來證明他所說的話不假呢？

「就這樣吧。」艾弗朗說。

那個控制器發出了三次嗶聲，他看到那個十位數的數字消失在螢幕上。他突然覺得天旋地轉了起來。現在已經來不及改變心意了。他只希望自己的計畫能夠成功，他所有的努力不會白費。

「好樣的，」奈特說。「我們回家吧。」

艾弗朗把硬幣投進了控制器，在屬於自己的宇宙完全消失之前再看最後一眼。

第二十七章

「你做了正確的事，你知道的。」柔伊說。

「那樣說並不會讓我覺得比較好受。」艾弗朗靠著布滿灰塵的書架說。他們一起坐在薩默塞圖書館一樓的書庫前，每扇窗戶都覆上了緊閉的遮陽板。圖書館已經不再開放，很多書也不見了，但柔伊仍然擁有鑰匙，這似乎也是個碰面的好地方。那是奈特最不可能找到他們的地方。

柔伊坐在他對面，兩人之間有一盞電燈。在黑暗中和她坐在一起，讓他想到了有些情侶在圖書館內閒晃的故事。

「所以你什麼時候會跟我說你的大計畫？」柔伊問。「你似乎覺得很興奮。」

「我想等到其他人過來再說，這樣我就不用再說一次。」他笑了。「還有，讓妳待在黑暗中比較有趣。」

「哈哈。」她關上了燈，兩人就陷入一片黑暗當中。「看看你覺得怎麼樣。」

「喂！」他等著自己的眼睛適應光線，但這個沒有窗戶的房間依舊一片漆黑。

「拜託，柔伊。把燈打開吧。」

「我不知道你怕黑。」她說。

「妳應該知道。妳的艾弗朗很可能也怕黑。別這樣占我便宜。」

「你睡覺的時候也會點小夜燈才睡得著嗎？」柔伊說。她的聲音聽起來離自己更近了一點。

「六歲之後就沒有了。」他撒了個謊。

「艾弗朗一直都要我開著燈，連我們……」她的聲音顯然更靠近了。

「妳要說什麼？」艾弗朗問。

柔伊咯咯地笑了起來，他的雙頰上清楚地感受到溫暖的鼻息。

他聽到幾條走道之外有些沙沙聲。

「那是什麼？」他說。他轉頭卻依然什麼都看不見。

「別擔心，」她小聲地在他嘴邊說。「那或許只是隻老鼠。」

「老鼠！」他說。

突然有道強光照亮了他們。

「你們兩個！去開房間啦！」一個女生的聲音說。

艾弗朗在手電筒的強光下瞇著眼，把一隻手放在眼睛上遮住光線。

柔伊輕輕啄了他的臉頰一下。

「逮到你了，那是你開我玩笑的代價。」她說。

「那是兩碼子事。」他說。

柔伊打開了落地燈。一開始他以為那個人是瑪莉，但她絕不會穿那麼緊又那麼短的裙子。

「妳在這裡幹麼？」艾弗朗說。他們整個計畫還沒開始就毀了。如果雪萊在那裡的話，奈特一定知道他們在密謀什麼。他甚至有可能會躲在書堆裡。

「你是怎麼搞的？」雪萊說。「柔伊說你需要我的幫忙。」

「我只是有點懷疑，因為妳的男朋友想殺我。」

「他已經不再是我的男朋友了。只是他不知道而已。」雪萊嘆了一口氣。「聽著，我不知道現在是什麼情形。但如果你不要我幫忙，我現在就走。」

艾弗朗小聲對柔伊說了一些話。「我叫妳打電話給瑪莉。」他說。

柔伊把她的頭髮撥到後面，前額上還留下一抹灰塵。

「我打了啊。」

「不管你信不信，我可以分得出她們的不同。」

「她們？艾弗朗，這是瑪莉雪萊・莫瑞爾斯啊。」柔伊說。

艾弗朗皺起了眉頭。「瑪莉雪萊是一個人？是她？」

「是啊。是她，」瑪莉雪萊說。「聲音在圖書館裡傳得很遠啊。這或許就是為什麼圖書館員總是叫大家安靜。」

「妳沒有雙胞胎妹妹？」他問她。

「沒有。只有我和我自己。」瑪莉雪萊答。

「在我的宇宙裡，妳們是同卵雙胞胎，一個叫瑪莉，一個叫雪萊。」艾弗朗看著那位站在他們之間的女孩。

瑪莉雪萊把手電筒的光射向自己的腳上。「我一直想要有個妹妹，」她說。「但是如果有人長得像我，確實有點奇怪。」

奈塞尼爾在她後面發出了聲音。「等等。這件事變得越來越奇怪了。」

瑪莉雪萊大叫跳了起來。柔伊則把燈當武器用力揮著。奈塞尼爾後退了一步。他一手握著光棒，就好像迷你版的絕地武士光劍一樣，發出的綠光在燈光的映照下顯得有些微弱。

「你到底是誰？」瑪莉雪萊問。

奈塞尼爾笑了。在光棒的照射下，他的臉上出現了一絲綠光。他確實看起來有些可怕。「幸會了，瑪莉雪萊。」奈塞尼爾說。

她瞄了他一眼。「我認識你嗎？」

艾弗朗站了起來，拍掉了短褲後方的灰塵。「沒關係。他是我的朋友。他的名字叫奈塞尼爾。」

「奈塞尼爾？」瑪莉雪萊問。「我想這不會只是個巧合吧？」

「他是奈特的類比，來自平行宇宙，一個比較老的他，」艾弗朗說。他非常驚訝自己竟然很輕鬆地就說出這些話。

瑪莉雪萊用手電筒照著他的臉。「我必須承認，確實有些相像。」她說。

艾弗朗對奈塞尼爾點點頭。「謝謝你們過來。我想你認識瑪莉雪萊吧。」艾弗朗說。

「只見過我宇宙裡的一位，」奈塞尼爾期待地說。「高中之後我就再也沒見過她了。」

「而這位是柔伊·金。」艾弗朗說。他用手電筒指著她。

「柔伊。」奈塞尼爾熱切地看著她。「幸會。」

柔伊把一隻手搭在艾弗朗的肩上。「既然我們都在這裡了，該是你把計畫告訴我們的時候了，對吧？」

艾弗朗坐了下來，作勢要大家靠近。瑪莉雪萊卻有點為難，因為她穿著迷你裙。她在挪動位置時，艾弗朗有禮貌地看著遠方。看到他困窘的樣子，柔伊笑了。

「我想大家都有共識，應該要阻止奈特的行為，」艾弗朗說。每個人都同意地點點頭。「我想他會不擇手段想要控制硬幣。他已經做了許多很糟糕的事，我覺得短時間之內他不會有任何改變。」

「他越來越過分，」瑪莉雪萊說。「而且是非常超過。」

「我的艾弗朗曾經有一陣子很擔心他的行為，」柔伊說。「這也是他最後決定要逃走的原因之一。他不想再和奈特一起玩這個遊戲。」

艾弗朗在膝蓋旁的塵土上畫了一個圈。「但是如果沒有艾弗朗的類比來使用硬幣，奈特基本上就完全失去了力量。」

瑪莉雪萊緊張地打開又關上手電筒。「奈特因為不能使用硬幣而暴怒。」她噘起了嘴。「我想要是他能用的話，老早就會從艾弗朗那邊拿走了。」

「我沒那麼爛啦，」奈塞尼爾說。「但我承認有時候我比較想要一個跟班，而不是真正的夥伴。我可以理解他為什麼這麼想。」

「和我一起用硬幣的奈森類比也有同樣的想法，」艾弗朗說。「所以我想我們可以利用奈特的感受、貪婪、野心來對付他。如果他不再需要我了呢？如果他擁有了可以自己使用的硬幣呢？」

「我想他一定很興奮吧，」柔伊說。「但我們又怎麼有辦法幫他弄一個？」

「還有，為什麼我們要給他那種力量？我們應該是要奪走他的力量才是。」瑪莉雪萊說。她從包包裡抽出了一根菸夾在唇間。艾弗朗和她四目交接，緩緩地搖搖頭。如果奈特聞到了圖書館裡的煙味，一定會起疑，但他們必須讓奈特猝不及防。她雖然不大高興，還是把菸塞到了耳後，繼續撥弄著她的手電筒。

「沒有其他硬幣。」奈塞尼爾說。

「你確定嗎？」柔伊說。

「非常肯定。但是我們有個備用的控制器，穩穩當當地放在我的宇宙裡。」

「很高興聽到這件事，」艾弗朗說。「但我想奈特會抓住任何機會擁有自己的硬幣，也就是不需要夥伴就能使用的硬幣。他希望這是可能的事，所以我們要讓他覺得有這種可能。」艾弗朗。

「我有一個比較極端的建議，」瑪莉雪萊說。「我們直接殺了他吧。把奈特的控制器拿給奈塞尼爾就好了。」瑪莉雪萊用手電筒指著那個年紀比較大的人。手電筒照到他的臉上時，他眨了一下眼。

「聽起來還不賴。」柔伊說。

「不行。」艾弗朗說。

「你想想他怎麼對待其他奈森的。」柔伊的聲音變得強硬了起來。「還有對待珍娜。如果你拿走他唯一在乎的東西，他又會變成什麼樣子？不管你要不要留下來，這都是我們的家。奈特還是可以在這裡大肆破壞。我們必須解決他。」

她臉上的怒氣比她的想法更令艾弗朗害怕。

好一陣子，他們全部不發一語。艾弗朗看了奈塞尼爾一眼，然後開口說話。

「我同意他應該為自己做的事情付出代價。但這樣還是沒辦法讓一切回到正軌上。」艾弗朗說。

瑪莉雪萊苦笑了起來。「這就是奈特能贏的原因啊，」她說。「他根本不在乎什麼是『正軌』。我也不在乎。我希望他因為傷害我而付出代價。因為讓我恨自己而付出代價。」

艾弗朗看著她。他不知道奈特對她做出了不該做的事。

「聽到他傷害了妳我覺得很難過，」艾弗朗說。「我也不會原諒他，因為這種行為實在無法原諒。但是請聽我說。殺了奈特無法改變他已造成的事實。我們無法讓他已經殺掉的人復活。」他們的類比存活在其他宇宙裡，就活生生地在他的面前，但並不表示這些人能夠被其他人取代。每個人都有自己獨特的地方。

他必須相信這件事。他必須承認自己的生活很重要，還有自己獨一無二的貢獻，都是其他人不能取代的，或許現在正是那個重要的時刻。

「那麼，我的計畫就是，」艾弗朗說。「我們有兩個主要的挑戰：從奈特那邊拿到控制器，還有降低他對別人的威脅，最好是不要殺掉他，好嗎？」

「我不在乎他是否活著，因為他根本是個邪惡的混蛋。」瑪莉雪萊說。

「可是，我在乎。現在，我們不該趁他有武器的時候用武力壓制他。我可不希望有人因此不小心被他射傷。所以我們必須想個辦法讓他丟下槍，或是趁他不注意的時候出手。要做到這一點，我需要你們幫忙，需要大家幫忙。」

又是一片沉默。柔伊握著他的手，捏了他一下。瑪莉雪萊嘆了一口氣。

「你需要幫什麼忙，我都會幫。」奈塞尼爾說。

艾弗朗搓了搓雙手。「很好，那現在我要問……有人有不用的零錢嗎？」

在他們演練過計畫幾次之後，大家都很清楚自己所扮演的角色了。這時候艾弗朗用公用電話打給了奈特。艾弗朗相當緊張，因為他不太會說謊。但奈特答應了他，願意和他見面。

艾弗朗懶洋洋地躺臥在一隻石獅子的基座下，在圖書館的階梯等他。一輛亮紅色的雪芙蘭終於呼嘯而來，就停在人行道旁。奈特走了出來，走向緊閉的大門。

奈特雙手插在連帽T的口袋裡，從容地走向了艾弗朗。艾弗朗真的不知道他怎麼有辦法在大熱天還穿著外套，但他知道奈特穿那件外套是為了要裝槍。

「嘿。」奈特說。

「嘿。」艾弗朗敲了石獅子的腳掌祈求好運，然後跳了下來。「謝謝你過來。」

「小意思。怎麼了呢？」奈特問。

「你帶控制器來了嗎？」

奈特拍拍他的左邊口袋。

「很好，」艾弗朗說。「你記得前幾天我們說過的事，就是找到你能使用的硬幣那件事？」

奈特點點頭。

「我想試試看。」艾弗朗說。

「是嗎？」奈特問。他的語氣很平靜，但艾弗朗知道他朋友正努力壓抑著自己的興奮與不安。「為什麼？你說你想跟我搭檔的。」

「我知道。但是……你想想如果我們有兩個硬幣能夠做什麼事。」艾弗朗說。

「噢，我想過。」奈特說。艾弗朗覺得他的語氣比較像是他想過怎樣可以不要夥伴就能使用卡戎裝置。

「那時候我們就是真正的夥伴了。兩個平起平坐的夥伴了。」艾弗朗說。「我老實說，對你來說，我有點礙手礙腳。」

「確實如此。」

「有一天我很可能想要退出，和柔伊定下來，但如果我必須和你合作，就沒辦法做到這點。可是我也不想要讓你沒辦法到處去。」

奈特瞇起了雙眼。「那你為什麼要在這裡和我碰面？」

「我需要有個安靜的地方來藏硬幣。我不能把它藏在柔伊的地方。因為另外一個艾弗朗拋棄了她，我很擔心她會把硬幣扔了，好讓我一直留在這個宇宙裡。」他笑了。「或是故意刁難你。」

「你對女人的品味有待改進，」奈特說。「我沒有冒犯你的意思。」

「嗯，我後來發現這個宇宙裡只有一個瑪莉雪萊的類比，但你卻獨占了她。」艾弗朗說。

奈特用銳利的眼光看著他。「你從哪裡聽到那個字的？」

艾弗朗把到嘴邊的話吞了下去。「什麼字？獨占？」

「類比。我只聽過另外一個人用這個字來描述平行宇宙裡同樣的人。」

「噢。」艾弗朗心不在焉地抓了抓他的右耳。「柔伊。我想是她吧。她的SAT字彙量很大。」

「什麼是SAT？」

「那在我的宇宙裡是種折磨人的事。現在我想起來了。那是她稱呼艾弗朗的方式。是我的類比。她一定是從他那裡聽到的。」

「一定是。」奈特不再那麼吃驚，不過還是有些懷疑。「反正，如果你擔心硬幣的安全，我可以幫你保管。」奈特說。

「我考慮過。但最好是放在沒人會去找的地方。像是放在圖書館裡。」

「當然不會有人想到，因為這間圖書館已經關了好幾年了，艾弗朗也不怎麼喜歡這個地方，」奈特說。「你怎麼進去的？」

艾弗朗亮出了他的鑰匙圈。「我在這裡工作，你還記得嗎？還有，這裡的所有東西都和我宇宙裡的一樣。」

他打開了門。奈特緩緩地跟著他進門，手握著口袋裡的槍，同時還環顧著漆黑的大廳。

「我把它藏在這裡。」艾弗朗說，同時帶他走向借還書櫃檯後方的書櫃。奈特靜靜地跟著他走。他們到了一個更暗的房間裡，接著艾弗朗拿起了事先藏在門內的手電筒，也就是瑪莉雪萊帶來的那支。

他希望大家都已經就位。他走在兩個書架間時，突然大聲地打了個噴嚏，給大家打個暗號，要大家做好準備。這時他用手臂揉了揉鼻子。

「唯一的缺點是我對這些灰塵過敏。」他對奈特說。

艾弗朗聽到奈特輕聲開了槍的保險。他不能冒險在這裡攻擊奈特，雖然在這裡所冒的險不像在商店裡的大。

「快到了。」艾弗朗緊握著雙手小聲地說。

他在一個塵封的書架前停了下來，上面仍有許多遺留在此處的書。是柔伊想出這個把奈特引進圖書館的方法，也是她選了這本書把硬幣藏了起來。

艾弗朗把那本書抽了出來，用手電筒照著書背。

「《迷宮》。」奈特說。

「第二十九頁。」艾弗朗搖了搖書，硬幣就掉到了他的掌上。他規規矩矩地把書放了回去。

他用手肘把手電筒夾在身側，好讓照射的方向避開其他人躲藏的地方，其他人就躲在隔壁走道上。他看著奈特。「所以我來許願，你就用你的控制器跟來。」

「那這樣的話，你就會跟另一個艾弗朗交換。」奈特說。

「我想你有辦法應付他的，」艾弗朗說。「還有，從你的類比手上拿到硬幣或許容易一些。」

奈特笑了。「我現在懂了。我可以拿到我的硬幣，你可以拿到你自己的控制器。真是聰明啊，艾弗朗。現在我想你是真的想幫我。」

「我們各自都能獨立沒什麼不好啊，」艾弗朗說。「準備好了嗎？」

奈特彈開了控制器。「我會立刻跟著你過去。」

實在沒辦法說這不是個威脅。

艾弗朗不知道他和其他人到另一個宇宙去要花上多少時間，但要讓奈特鎖定那個硬幣應該不需要太久。他希望大家都有足夠的時間就定位。

這時後方有人的球鞋在地板上發出吱嘎聲。

「那是什麼聲音？」奈特看著暗處，努力上下窺視著書架後方。如果他看到了其他人，一切就完了。「照一下你後面吧。」奈特說。

「很可能是隻老鼠。」艾弗朗說。

「老鼠！」奈特把手放進裝槍的口袋裡。那是他解決一切的方式。

「噓，我得專心。」艾弗朗說。他讓硬幣正面朝上，閉上雙眼，在說話時盡量什麼都不想。「我希望我能到一個奈特可以使用硬幣，而不是由我使用硬幣的宇宙。」

硬幣沒有變熱。這表示硬幣無法讓他的願望實現嗎？他希望是如此。奈塞尼爾相當確定這是唯一的硬幣。

在他的心中，艾弗朗很清楚的表示希望能到一個沒有奈森、柔伊、瑪莉雪萊、自己類比的宇宙去。這樣就不會和其他人調換了。接著他手中的金屬慢慢地變熱。他一直想著這個宇宙，直到金屬最後熱到燙手，他才把硬幣拋向空中。

他刻意失手沒接住，讓硬幣掉到地面上，滾離了自己，也滾離了柔伊、瑪莉雪萊、奈塞尼爾躲藏的地方。真該死。接下來要碰運氣了。

「呼！」他說。「到底跑到哪裡去了？」

「笨蛋。我想應該是去了那邊。」奈特說。艾弗朗跟著硬幣跑，接著假裝絆倒，把手電筒摔在地上，光線立刻熄滅了。

「媽的。」奈特憤怒地說。

艾弗朗繼續前進，走到他認為硬幣消失的地方。

「小艾？」奈特說。

「我找不到！」他說。艾弗朗感到黑暗包圍了他。他努力想呼吸，手掌卻又溼又冷。或許這個計畫就像瑪莉雪萊說的，不是個好計畫。當然奈特知道這是怎麼一回事，他不會再給他們機會阻止自己的。

「等等，」奈特說。控制器照亮了他的臉。「你在哪裡？」

「我想我看到了。」艾弗朗說，他把書架上的書打掉，好蓋住其他人的腳步聲。有金屬書擋碰撞的聲音，甚至還有瑪莉雪萊低聲咒罵的聲音。艾弗朗大聲地打了個噴嚏。

奈特走了過來，把控制器舉在面前好照亮前方。接著艾弗朗就發覺有人把手搭在他的肩膀與背上。他不知道總共有幾隻，不過希望所有人都接觸到他，或者與其他人有接觸。他伸手去抓地上的銅板。拜託啊，他心裡想著。他必須立刻找到。

控制器的光離他越來越近了。有人把硬幣塞進艾弗朗的手裡，不久之後他仍然……

柔伊還抓著他的手。在放手前她用力握了一下鼓勵他，他則用手指緊握著硬幣。

在書堆中，但是緊急照明燈的亮光讓他知道圖書館恢復營運了。

「大家都在嗎？」他問。他一轉身，就觸發了移動偵測器，讓上方的日光燈亮了起來，走道上頓時一片光明。他、柔伊、瑪莉雪萊、奈塞尼爾都瞇著眼睛面面相覷大笑了起來。接著柔伊和瑪莉雪萊都拿著嘔吐袋摀著臉跑到一旁去。艾弗朗和奈塞尼爾交換了不安的眼神，假裝沒聽到後面女孩的嘔吐聲。

一陣子後，瑪莉雪萊和柔伊帶著痛苦的表情走了出來。

「這真是很蠢，蠢到不行的計畫。」瑪莉雪萊說。

「真是差一點。」柔伊說。

「還是差一點啊。我們沒有時間了。只要控制器找到了座標，他隨時會過來。你們先出去到噴泉去吧。我們不會落後太久。」

書堆旁的門才剛關上，奈森立刻在艾弗朗旁冒了出來，同時還伴隨著一些靜電的啵啵聲與微小的啪啪聲。艾弗朗差點嚇得魂飛魄散。

「媽的！」艾弗朗說。「我們做那件事情的時候看起來就像這樣嗎？」

「你真不夠專業。」奈特說。他闔上了控制器，然後把它塞回外套裡。「我以為會有另一個艾弗朗取代你，但卻沒有人出現。我想這裡沒有你。很奇怪，對吧？」

艾弗朗聳了聳肩。但這讓他想到應該檢查一下硬幣，因為奈特知道他都會這麼做。由於柔伊是在黑暗中把硬幣遞給他，他不知道落地時是正面朝上還反面朝上。不過應該都不是。

硬幣又變成一片空白了。

第二十八章

艾弗朗跟著奈特緩緩地走到對街的灰石公園去，好讓其他人有充分的時間準備。奈特開始不耐煩了起來；天色漸漸暗了，不久之後公園即將關閉。他們走到噴泉旁時，暮色籠罩了四周，陽光將一切染成橘紅色，並緩緩向樹叢後方落下。

「你為什麼要穿過公園？」奈特問他。

「你是在那裡得到硬幣和控制器的，所以我想那是個找到你類比的好地方。」艾弗朗說。

「我想去我家找會比較好。我的意思是說，那是我會去找我類比的地方。」

「嗯，這樣順路啊，所以我們也可以順便檢查一下。」艾弗朗刻意讓聲音中露出了失望之意。

「很好。但你也拜託繼續走，」奈特說。

艾弗朗撥弄著手中的硬幣。「來了。」他一再檢查硬幣，不過沒其他辦法了。硬幣已經沒電了。上一個願望，也就是一次把四個人運過來而沒跟類比交換，已經耗盡了硬幣的電力。

如果他們沒辦法從奈特那邊拿到控制器，他們就全都會困在這裡。不管「這裡」是哪裡。

「我們應該去噴泉那邊看看嗎？」奈特問。艾弗朗根本沒發現他們已經走到公園裡了。

「好啊。」艾弗朗說。這樣正好順著他的計畫。他走上了旁邊的一條小徑，通往一片灌木叢，奈特就跟在他的後方。

在即將走出樹叢通往廣場時，艾弗朗突然停了下來，指著一個東西。

奈塞尼爾和瑪莉雪萊就站在噴泉旁邊。她拿出了手機，揮著手機就好像那是蓋格計數器一樣。艾弗朗暗自嘆了一聲，他們沒跟她說控制器怎麼用，所以她就自己隨便演了。奈塞尼爾則比較進入狀況。他一手放在她的肩膀上清楚地對她說：「設定下一個宇宙的座標。」他把手伸進了口袋，拿出了硬幣。硬幣就在陽光下閃閃發光。

「那應該就是我？」奈特說。「他好老喔。」

「跟他在一起的是雪萊。一定是你了。」艾弗朗說。他聽到自己說話時語氣平平，暗自皺了眉頭，但奈特卻沒發現。他只注意到了眼前對自己有利的這一幕。

奈特把手放在雙眼上遮擋陽光。「那確實是我。」他驚訝地說。

在廣場上，奈塞尼爾拋了硬幣幾次。接著作勢要把硬幣放進瑪莉雪萊手中的手機裡。

「那麼你要怎麼——」艾弗朗開口說。

在艾弗朗還來不及阻止他時，奈特就衝出了樹叢，拔出了槍。「不要動，你們兩個。」奈特說。

瑪莉雪萊大聲尖叫，就像小成本製作電影裡的演員一樣逼真，那很可能不是她原本計畫好的演出，因為當下真的有一把槍出現在她面前。奈塞尼爾故意把硬幣掉到他和奈特之間的鵝卵石堆裡。

「艾弗朗。」奈特說。「幫我撿硬幣好嗎？然後從那個辣妹那邊把控制器拿過來。去搶那個老猴，呃，老人的錢？你是在哪個宇宙裡找到她的？」

艾弗朗從瑪莉雪萊手中拿走控制器時，對她眨了眨眼。然後他撈起了硬幣，回到奈特身邊。

奈特無法同時既拿著槍又向艾弗朗拿回硬幣和控制器。

「槍給我吧。我會看著他們。」艾弗朗說。

奈特笑著伸手去拿硬幣。艾弗朗把硬幣給他，努力讓自己的手不要因為太激動緊張而發抖。快要成功了。

奈特把槍對著奈塞尼爾，同時檢查著硬幣。這時他覺得很滿意，把硬幣塞進口袋裡。

「現在讓我看看控制器。」奈特說。

奈特很可能沒注意到那個硬幣是普通的二十五分錢，但卻不會笨到沒發現那是瑪莉雪萊的手機。艾弗朗不知如何是好，只好讓手機掉在奈特的腳上。

「你今天到底怎麼搞的？你今天真是笨手笨腳到家，小艾。」

奈特蹲下把手機撿起來。

艾弗朗知道機不可失。他大叫，「趴下！」接著把槍踢離了奈特的手。槍撞到了旁邊某處的石頭，但卻沒有擊發。

一陣子之後，他知道他應該踢奈特的臉而不是手，這時候奈特抓住了艾弗朗的腿，把他重摔在地。

「搞什麼鬼？」奈特說。艾弗朗想用腳踢他的下巴，不過卻被他閃開了。

「該是攤牌的時候了，奈特。」柔伊說。她從樹叢裡跑出來抓住了槍，順手就把槍丟進噴泉裡。「我想說這句話很久了。」她微笑地說。

奈特從艾弗朗身邊跑開，轉身面對著他們四個人。他用手抹去下巴的一絲血跡。

「大家讓我留下一些功績吧。」奈特說。他把手伸向背後，從牛仔褲的腰間掏出了一把更小的手槍。「在某些平行宇宙裡，這種東西幾乎隨手可得。」

「該死。」艾弗朗說。

奈特開了保險，把槍對準了柔伊。「如果誰亂動，柔伊就死定了。或是珍娜，不管妳是誰。」他作勢要奈塞尼爾和瑪莉雪萊移動。「你們所有的人都站到那邊去。你也一樣，艾弗朗。」

「你沒辦法把我們都殺光。」瑪莉雪萊說。

「其實是可以的。」奈特說。「子彈有六發，你們只有四個人。」

「有人把另一把槍丟進噴泉裡，真是太可惜了。」瑪莉雪萊說。

艾弗朗舉起了手。「奈特，這一切都是設計好的。你口袋裡的那枚硬幣只值二十五分錢。如果你殺了我或其他人，你就沒辦法到其他宇宙去了。」

奈特拿出了硬幣。他嘴中念念有詞，然後在拋了銅板後，把銅板接住。接下來什麼都沒發生，他咒罵了一陣，然後把它丟到噴泉裡。「我會從你的屍體上拿走硬幣，和你做過的事一樣。我會在這裡找到另一個艾弗朗的。」

「這個宇宙裡沒有艾弗朗。」艾弗朗說。「我許願到一個沒有你我類比的宇宙去。」

「你沒辦法這麼做。硬幣沒辦法這樣運作。」

「它耗盡了所有的電力，不過卻把我們都帶到了這裡。」艾弗朗說。

「小艾。」柔伊大喊。

艾弗朗皺起了眉頭。他不小心露餡，說出大家沒控制器也沒辦法離開這個宇宙的事實。

奈特對奈塞尼爾揮著槍。「現在我認出來了。你就是給我們硬幣和控制器的那個鬼才。你是另一個我？」

奈塞尼爾露出了苦笑。「很不幸，正是如此。」

「你怎麼了？」

「我長大了。你該試試的。」

「如果你們來自我的宇宙，就一定是柔伊和瑪莉雪萊了。」奈特刻薄地笑了。「他們都和我們一起在圖書館裡。你比我想像的還更會耍詐，艾弗朗。你比我認識的那個艾弗朗有心機多了。我不該低估你的。」

「拜託，奈特，」艾弗朗說。「一切都結束了。如果能讓你不再傷害其他人，我們都已經做好了心理準備，願意在這個宇宙待下來。」這和他們原訂的計畫不同，但如果他能從奈特那裡拿到控制器，一切就都還有轉圜的空間。

艾弗朗往前跨了一步，看見槍口朝著他時嚇了一跳，接著槍口又瞄準後面的女孩。奈特瞄的範圍越來越大，但是他靠這麼近，很有可能打到某個人。「奈特。把槍跟控制器給我，你想去哪我們就帶你去哪。我保證。」

一聲槍響，槍聲在公園裡迴盪。

「不要！」艾弗朗轉頭看著柔伊。他不能再失去她了。不過這次她沒事。

她身旁的奈塞尼爾倒了下去，扶著身體的左側。鮮紅的血染紅了他的法蘭絨襯衫。

他不敢置信地看著奈特。「你這小混帳。」

「奈塞尼爾！」艾弗朗衝到他身邊。

「他擋在我前面，」柔伊說。

「我會……沒事的。」奈塞尼爾咕噥地說。他的呼吸開始出現哮喘聲，手上沾滿了血。「該死，這是件新襯衫。」

「你為什麼要這麼做？」瑪莉雪萊對著奈特尖叫。「你不需要那麼做！」

「我的手指滑了一下，」奈特輕鬆地說。他把保險桿拉起來。「我太緊張了，拿不穩槍。」他直接把槍指著柔伊。

柔伊害怕地向後退。

艾弗朗往前衝向奈特，刻意擋在他和柔伊之間。他不會再讓任何人死在這個地方。他不在乎控制器的事，不在乎自己的家鄉，或是其他有關的事。他心裡只想著兩件事：阻止奈特，並且保護他的朋友。

奈特把槍指向艾弗朗，但在開槍之前卻遲疑了一會兒，讓他正好有時間把他打倒在噴泉周圍的卵石上。艾弗朗聽見槍在他們身旁落下的聲音，接著是一聲槍響。希望這發子彈沒打到人。

奈特將艾弗朗壓在噴泉旁的水泥地上，把他的背壓在噴水池的邊緣。奈特先是鬆手，然後用手肘重擊他的胸口。

艾弗朗哀號了一聲。「你真的想要這樣嗎？就像那些從小學就開始痛毆你的小孩一樣？只是另一個惡霸？」

奈特又朝他的左臉揮了一拳，他感受到那種力道貫穿了頭骨，直達腦門，整個頭向右倒。

奈特再朝他的左耳補了一拳，讓艾弗朗整個趴在地上。

「我幫過你啊，」艾弗朗喘不過氣來。「我以前保護過你。我想你的艾弗朗也做過一樣的事。」

「你總是認為你比我好，」奈特說。「你比他們還糟，因為你假裝成我的朋友，然後卻背叛了我。」

艾弗朗睜開了雙眼。

「我確實比你好。」艾弗朗朝地上吐了一口。鮮紅的唾液噴濺在奈特的襯衫上。

艾弗朗的視野開始模糊了起來，他看見兩個奈特正在俯視著他，兩個模糊的影子交疊在一起。這時他頭痛欲裂，遠方傳來的聲音極為扭曲，就好像在水底聽到的聲音一樣。

「等等，」柔伊說。「你可能會射到艾弗朗！」

「放手！」瑪莉雪萊說。

「你之前有用槍射過人嗎？」

「閃開。」

艾弗朗一手抓住了肚子。疼痛有如一把利剪將他刺穿，讓他開始覺得反胃，就好像之前發生在其他人身上的情形一樣。他喜歡那樣。那曾經發生在另一個艾弗朗身上。他讓自己漸漸飄進了無意識的世界。這就不再是自己的問題了……

另一聲槍響劃破了他模糊的意識。他努力讓自己聚焦，忘了當時的痛楚。奈特一手放在艾弗朗的口袋裡，動也不動。他們互相害怕地看了一眼，朝兩邊滾開，接著看向瑪莉雪萊與柔伊的方向。

瑪莉雪萊蹲在奈塞尼爾身體的後方，看起來比任何人都吃驚。「我傷到人了嗎？」她問。她用雙手緊握著冒煙的槍，緊到關節都發白了。她嘴脣下方的一道傷口正在淌血。

「只有妳自己，」柔伊生氣地說。「後座力很大，不是嗎？在妳傷到人之前把槍給我吧。」

瑪莉雪萊的臉皺成一團，一邊把槍遞給她，一邊揉著下巴。柔伊把槍口指著奈特。

「我比她會用槍。你還好嗎，艾弗朗？」

「躺在床上一週就沒事了。」他搖搖晃晃地站了起來，每動一下就痛一次。他對她擠出了一個笑容。「如果有個可愛的人照顧我，就好得更快了。」

「別開玩笑。我手上有槍，你知道的。」柔伊說。

他舉手作勢要投降。

「現在把控制器交給艾弗朗，」柔伊對奈特說。「慢慢拿出來。」

奈特一動也不動。艾弗朗把手伸進奈特連帽外套左邊的口袋裡。奈特突然憤怒地睜大雙眼瞪他。他把奈特的手拍掉，以免他又拿出什麼暗藏的武器，然後把他的數位相機從後面的口袋拿了出來。接著他走向柔伊和瑪莉雪萊，跪下去檢查奈塞尼爾的情形。他閉著雙眼，呼吸非常短促。

「奈塞尼爾？」瑪莉雪萊問。

奈塞尼爾眨眨雙眼，從緊咬的牙關擠出幾個字。「痛死了，但我想他沒射到重要的部位。我只需要縫幾針。」

「如果他射到了重要器官，至少我們還有很棒的捐贈者，」瑪莉雪萊說。她瞪著在噴泉旁生氣的奈特。

「要冷靜啊。」艾弗朗說。

奈塞尼爾睜開了雙眼。「艾弗朗。你拿到控制器了。」

「是。」艾弗朗把控制器彈開，但卻沒辦法讓它運作。他把控制器塞進奈塞尼爾的左手，但他虛弱到握不住。他的右手則是按住右側的傷口。血從手指間淌了下來。艾弗朗的胃抽痛了一下，他把頭別過去。他可不想再看到有人像這樣死去。

「我不知道我能不能做到答應過你們的事。」奈塞尼爾說。

「我們會送你回家，」艾弗朗說。「別擔心。」

柔伊扮了個鬼臉。「我們會逼奈特幫忙，」她說。

奈特環抱著手臂坐在噴泉旁靜靜地看著他們。「我才不替你們做這種鳥事。」他說。

「我才不要再把控制器還給他，」艾弗朗說。「在發生這些事後絕不可能。」

「那我想我們不需要他了，」瑪莉雪萊說。「殺了他，柔伊。」

奈特看著瑪莉雪萊，表情突然變得柔和起來。「我很在乎妳，瑪莉雪萊。」他輕聲說。

「你迷戀我。我只是另一個你想要的東西而已。但是有我還不夠。」

奈塞尼爾有氣無力地說。「說到生物特徵……」他咬緊牙關坐了起來，瑪莉雪萊彎下腰把他的肩膀扶起來。奈塞尼爾咳了一聲指著柔伊。「把控制器給珍娜。」他咂了咂嘴。「抱歉，柔伊。」

艾弗朗瞪著他看。「什麼？」

「繼續吧。」

艾弗朗聳了聳肩，把控制器交給柔伊，然後接過了槍。那是又冷又醜的金屬，徒增他掌中的重量。那一點都不像玩電動時用的塑膠槍。這把槍真的能夠殺人。他用槍指著奈特，卻握得不太穩。他仍把大部分的注意力放在柔伊手中的控制器上。

「可以用耶。」她驚訝地說。

「為什麼？」艾弗朗問。

「我們的珍娜也是成員之一，」奈塞尼爾說。「她是替這個裝置取了『卡戎』暱稱的人。」

嗯，這確實像珍娜會做的事。

「你還藏了一手，老頭，」艾弗朗說。「你之前怎麼不跟我們說？」

奈塞尼爾揚起了眉毛，滿臉歉意。「我擔心……如果我跟你說，你就不需要我了。」

柔伊一手放在艾弗朗的肩上。「所以她和你的艾弗朗，」柔伊說。「一起翱遊各個宇宙？」

奈塞尼爾看了他們兩個一眼。「老實說，他們從來沒這麼做過。」

「所以其他人也能使用硬幣和控制器，」艾弗朗說。「一共有多少人？」

「我所知道的只有四個人，當然不包括他們的類比在內。但如果回到實驗室，就能夠重設程式，讓任何一組人使用。」

奈特從位子上往前傾，顯然是想偷聽他們說話的內容。

「現在顯然不是做這件事的時候。」奈塞尼爾說。

「你說得對。但我希望你知道後能告訴我們答案。」艾弗朗說。

奈塞尼爾呻吟著。「我也希望可以。」

「那我們現在怎麼辦？」柔伊說。

艾弗朗仍然用槍指著奈特，但卻沒辦法一直把他當人質。「我不知道。我們不能殺了奈特，也不能放了他。他會把這裡弄得一團糟，因為本性難移啊，」艾弗朗說。

「你很可能錯了，」奈塞尼爾說。「我以前也像他，甚至比他還更暴躁。我不是要拿這件事來說嘴，但我後來確實變成了比較好的人，這一切都要感謝我認識的艾弗朗。」

奈特又笑了。「沒有我的幫忙，你絕對回不了家，艾弗朗。我在刪除你家宇宙的座標之前，把號碼背了下來。我是唯一能夠送你回家的人。」

「就算我相信你，我也已經下定決心，不再回我的宇宙了。地點不是問題，人才是問題。這些宇宙很可能可以互相交換，但人卻沒辦法。如果我回不到家，我還是可以在任何地方活得很好。」艾弗朗說。他和柔伊互看了一眼。

「小艾。」奈塞尼爾轉過頭看著他。「即使控制器沒記下你的宇宙，你還是有辦法。硬幣能帶你去任何你想去的地方，之前去過的地方更不是問題。你只需要想清楚就可以了。跟著你的直覺走。」

「首先我們得先幫你處理傷口，」艾弗朗說。

「別擔心。瑪莉雪萊可以送我去醫院。」她已經在用手機打電話叫救護車了。「妳來負責看著奈特。」他說。

「你相信我們會回來找你？」艾弗朗問。

「我用性命相信你。」奈塞尼爾說。

「我們要回家了。」艾弗朗說。「不過我希望知道該怎麼處理奈特。」想到剛剛說的話，他就笑了。

「我們沒辦法許願送他去玉米田，真是太可惜了。」柔伊說。

奈塞尼爾挑起了一邊的眉毛。

「就像在《陰陽魔界》裡的其中一集一樣，」她向大家說明。「這個令人害怕的小孩擁有用意志控制物體的能力。他會把不喜歡的人送到『玉米田』去。當然，這很可能是殺了他們的委婉說法……」

艾弗朗彈了手指。「柔伊，去玉米田是個好主意。我們就這麼做吧。」

第二十九章

「我們到了什麼鬼地方？」奈特問。他用力抽出被艾弗朗緊抓的手臂。艾弗朗鬆開了手，奈特立刻跑離他和柔伊。

「是個你沒來探險過的地方，」艾弗朗說。「我知道你很喜歡到新地方去。」

「對極了，」柔伊說。「這裡不是玉米田，比較像地雷區。」

噴泉不見了。四周一片荒涼，所有的樹都砍掉了，公園四周被綿延幾哩的高聳黑色鐵絲網包圍。遠方有棟建築物，不是圖書館而是軍事設施，四周有綠色的吉普車繞行，隆隆作響。艾弗朗看見遠方兩位戴著鋼盔的士兵正看著他們。他和柔伊應該要快點離開。

「這就是你想像中的畫面嗎，艾弗朗？」柔伊用左手把控制器塞進她牛仔褲的腰間，右手則拿槍指著奈特。他之後有機會一定要問她，為什麼她可以拿槍拿得這麼穩，不過他內心深處其實不太想知道答案。

「這正是我心裡想的。」艾弗朗說。硬幣在他手中冷卻了下來，他用拇指摩娑著硬幣的側邊刻紋。

他花了幾分鐘的時間才找到存在控制器裡的座標，但他記得和奈特在不同宇宙連續搶劫幾次之後，曾經到過這個軍事化的宇宙，之後才去奈特喜歡的原始森林宇宙。艾弗朗曾經考慮要來這個宇宙，或是充滿原始森林的那個，不過最後他還是根據自己的感受做出最終決定。他覺得即使在沒有科技的原始森林裡不容易存活下來，他還是沒理由讓奈特去他心目中的天堂。

「這裡真是末日幻境，」奈特說。「你不能把我丟在這裡。」他把連帽外套脫了丟在地上。這裡的溫度熱到難以忍受。

「就該這樣。在這個宇宙裡，你沒辦法再傷害別人了。」艾弗朗說。

「你不會真的要把我丟在這裡吧，」奈特說。「這不像你會做的事，艾弗朗。你的類比可能會，但是你不一樣。你比他好。是不是啊，柔伊？」

「別跟我說話。」柔伊說。她拉開了槍的保險。「拜託，給我一個理由用這玩意兒。」

「柔伊。」艾弗朗說。

「噢。一個扮白臉，一個扮黑臉。我懂了。你們這是要嚇唬我，艾弗朗。好，我真的嚇到了。現在我們可以離開這裡了吧。」奈特說。

穿著夾腳拖的柔伊用腳趾撥著地上一張破舊的紙，有半張都埋在紅色的塵土裡。

「你看。」她說。

這是其中一張美軍徵兵的傳單，說明所有十六歲以上的健康公民都必須入伍對抗蘇聯。

艾弗朗把傳單拿給奈特。「拿去吧，士兵。現在你要殺多少人就能殺多少人。」

奈特看見傳單的瞬間，臉色變得慘白。「不要，艾弗朗。你不能這麼做。」

「你那麼喜歡槍，你應該會喜歡這個地方。」他說。

「不要，拜託。」奈特把傳單揉成一團。「請聽我說，就把我送去都是原始森林的那個宇宙吧。控制器裡面有座標，我也背起來了。我保證我會待在那裡，也不會傷害任何人，那裡根本沒有人讓我傷害。我不該留在這裡的。」

「別聽他的，艾弗朗。」柔伊提醒他。

艾弗朗咬緊牙關。「你說得對，奈特。你不該待在這裡，你該待在更糟的地方。或許在柔伊想殺你時我不該阻止她。但我們不是殺手。」

「把我留在這裡，跟殺了我沒兩樣。」奈特說。

「至少你有奮鬥的機會，甚至還能在這輩子中做點好事。」

「聽著。」奈特舔了舔嘴脣，眼裡充滿瘋狂的神情。「我之前說了謊，就是你的類比殺了父母那件事。那天晚上，他發現他們的時候，我正好跟他在一起，兩人都已經喪生了。是大衛·史考特殺了瑪德蓮，就像警方說的一樣。那就是為什麼艾弗朗決定離開。他非常難過。」

艾弗朗瞪著奈特。「他當然沒殺他們。我不需要證據才知道他是清白的。我瞭解自己，也知道我有多少能耐。」

「別那麼有自信。」奈特說。但是他的話一點說服力也沒有，他已經走投無路了。

「我沒殺他。」他輕聲說。「我知道你們都以為是我把他推到車陣中的，但其實那時候艾弗朗心不在焉，那件事真的是個意外。他跟我說從那時候開始，我就得自己一個人了，不要再跟著他，然後就走到那輛公車前面。」

「閉嘴。」柔伊說。她的手在顫抖。

建築物四周突然有些動靜。一陣塵土朝他們襲捲而來——是三輛吉普車朝著他們這頭飛奔駛來。

「該走了。」艾弗朗說。

柔伊關上槍的保險，塞到牛仔褲裡，接著把奈特的外套綁在腰上遮住槍。她拿出了控制器，把控制器彈開。艾弗朗把硬幣放進凹槽裡，由她選定座標，預備回到上一個宇宙。「最可怕的是，如果我沒看錯的話，這個宇宙的次宇宙離我的宇宙不太遠。」她小聲說。

「我們只能希望自己的宇宙不會變成這樣。」艾弗朗說。

「小艾？」奈特哀求著。他跪在塵土上，看著軍隊的吉普車向他駛來。他看起來不再那麼強悍。

艾弗朗拿起了他從奈特那邊沒收的相機，幫他照了一張相。「我想要永遠記住這個時候的你。」艾弗朗說。

奈特睜大雙眼盯著他看，面無表情的臉孔後方矗立著破敗毀損的建築物。

柔伊抓緊艾弗朗的手臂，然後按下了控制器的按鈕，硬幣緩緩升起盤旋著。

「希望你有美好的一生，奈特。」柔伊說。接著艾弗朗抓住了飄浮在空中的硬幣。

艾弗朗和柔伊離開之後，就聽不見奈特的呼喊聲，不過那淒厲而絕望的回音卻跟隨著他們到了下一個宇宙。

他們到薩默塞榮民總醫院去看奈塞尼爾和瑪莉雪萊。奈塞尼爾的胸部裹著繃帶，臉上也出現了紅潤的氣色。雖然醫師建議他再多待一晚，但他已經收好東西準備離開了。

「奈特還好嗎？」奈塞尼爾問。

「在他做了這些事之後，你怎麼還會關心他？」

「因為他還是我，雖然我實在不想承認這點。」奈塞尼爾爬下了床，臉部因為疼痛而扭曲。瑪莉雪萊扶著他站起來。「我們出去吧。這個宇宙還不錯。健保制度好多了。他們根本不介意我沒健康保險。」

「這點還挺方便的。」艾弗朗說。「我需要動手術的時候，到這邊來就好了。」

奈塞尼爾看了他一眼。「所以你打算繼續使用硬幣？」

「我有些事情要善後，我希望能盡力補救。然後……」他聳了聳肩。「或許我會回家。在那之後，我就不知道了。這實在是很迷人……但那或許也是永遠拋棄硬幣的好理由。」

他們回到了圖書館，握住彼此的手。柔伊把座標設定在她自己的宇宙，不久之後，他們就站在那座熟悉的荒廢建築物之前。

瑪莉雪萊清了清喉嚨。「嗯，我是不太會說再見的人。我家離這裡只有幾條街的距離，已經超過該吃晚餐的時間了。所以……」

艾弗朗抱了她一下。「謝謝妳的幫忙。」他說。

「應該的。你離麻煩遠一點啊。」她親了他臉頰一下。

她向奈塞尼爾和柔伊揮揮手，但他們似乎沒發現，因為他們一邊專心低頭研究控制器，一邊走向街道另一頭。

「我們找到奈塞尼爾家的座標了，」柔伊說。「就在清單最前面。」

奈塞尼爾堅持要從灰石公園的中央離開，所以他們三個人最後一次一起過馬路，一起站在乾裂的噴泉前方。

「你準備好要回家了嗎？」艾弗朗對奈塞尼爾說。他非常好奇，想知道未來世界是什麼樣子，或者說可能是什麼樣子。

奈塞尼爾點點頭。

艾弗朗把硬幣投進了控制器。他真的很羨慕；艾弗朗要回家可沒這麼容易。不過當然啦，他也不需要等那麼多年才能回家。

「我想應該讓妳來吧。」奈塞尼爾對柔伊說。

她從他手中接過了控制器，讓硬幣不斷轉動。在硬幣定位之後，艾弗朗伸出了手臂，柔伊和奈塞尼爾緊緊地抓牢。他用力地抓住半空中的硬幣。

他們出現在一個很大的院子裡，四周環繞著光滑的鋼構牆面，高度約有十層樓，圍起來的面積大約就是紀念噴泉廣場的大小。唯一的出口似乎是四扇嵌入牆面的大門，看起來就像銀行金庫的厚重大門。

「媽的，」柔伊說。「我們現在在哪裡？」

一陣警鈴聲響起，迴盪在密閉的中庭裡。奈塞尼爾快步跑到其中一扇門邊，用手掌按上一旁的面板。警鈴停了下來，門刷地一聲打開了。他滿心期待地看著門內，然後轉過身來看著他們。

「剛才很抱歉。呃，歡迎大家來到相對態與波動力學機率暨多重世界旅遊的艾弗雷特研究機構。」奈塞尼爾說。

「好長好拗口。」艾弗朗說。他試圖想出一個好記的縮寫，卻想不出來。

「這也就是為什麼我們乾脆叫它『十字路口』，」奈塞尼爾說。「不過我稱它為家，可愛的家。」

「你住在這裡？」艾弗朗問。在院子的中央，有一尊十呎高的亞特拉斯雕像，大約是噴泉所在的位置。這位泰坦巨神的手臂上有個垂直地面的大環，一個六英吋厚的銅碟水平地懸掛其中，另外還有兩個銅環從不同角度包圍它。

「我總是得搬出老媽的公寓，」奈塞尼爾說。「在這裡工作也是有好處的。希望他們還沒把我換掉，我實在離開太久了。」他驕傲地看著艾弗朗正在注視的巨大儀器。「那就是我們的銅神碟。它很漂亮，是吧？我是其中一位建造者。」

艾弗朗看著手中的硬幣。柔伊拍了拍他的肩膀以示安慰。「別擔心。在量子力學的世界裡，大小不是問題，」她說。「重要的是使用的方式。」

奈塞尼爾把頭向後仰，深呼吸一口氣。艾弗朗抬起頭看見天井上的一小片天空，上面還覆蓋著天窗。

「謝謝你們，謝謝你們兩位。不要誤會我的意思，但我希望我們別再見面了。」奈塞尼爾向艾弗朗伸出一隻手。

「噢，我想我會再看到你的，我是說其中一個你啦。你懂我意思。」艾弗朗說。他們熱情地握了握手。

柔伊擁抱奈塞尼爾。

他傷口發疼，瑟縮了一下。

「抱歉，祝你好運。」她說。

「妳要多留心他，好嗎？別忘了我跟妳說的。」奈塞尼爾說。

「當然囉。」柔伊說。

奈塞尼爾走進敞開的大門，對他們揮揮手，然後按了另一個鈕，他身後的門就關上了。艾弗朗很想好好看看這棟驚人的建築物，想知道二十五年之後的世界是什麼樣子，但現在他還有很多事要處理。

「老大，接下來怎麼辦？」柔伊問。

艾弗朗看了那個硬幣的巨型放大版最後一眼，思考它的運作方式。「妳可以設定一下控制器的座標，就是我前往妳的宇宙之前那個嗎？」他把硬幣交給她，她默默操作起控制器，同時從嘴角吐了吐舌頭。

「就是我死掉了的那個宇宙，對嗎？」她小聲說。

「那不是妳。」他堅定地說。

她把控制器遞給他，硬幣在上方盤旋，反射出上方燈光的微光。

「我抵達妳的宇宙時，沒有我的類比和我交換位置。所以在我來的地方，應該沒有艾弗朗。」沒有艾弗朗，也沒有珍娜。這樣很可能會讓硬幣耗盡電力，不過現在要拿到控制器很容易，所以他一點都不擔心。他握著柔伊的手，等著她點頭，然後拿起硬幣。

他們轉移到了另一個世界。

艾弗朗再次聽到身後的噴泉流動的聲音，但他並沒有回頭看。他相信現在的池水應該已經被清得很乾淨了，他只是不急著重溫珍娜被槍殺的記憶。

柔伊放開艾弗朗的手，把手放在肚子上。「我已經漸漸習慣這種移動了，不過我還是很高興離開前沒吃任何東西。」

夕陽已經西下，但廣場竟然還十分明亮；在傍晚時分，通常噴泉的燈與水早就關了。

柔伊轉過身，倒抽了一口氣。「你快看這個。」她拉了拉他的手肘。

他勉強地看向噴泉。四周堆滿了各式各樣的花與一堆堆的書。他們靠近仔細確認，發現噴泉基座四周用粉筆寫滿了給珍娜的話，以及有關她的點點滴滴。還有許多珍娜和朋友合影的照片，數十支蠟燭飄浮在水面上。

「哇。」柔伊說。她的眼中盈滿淚水。

「嗯。」艾弗朗說。

「我覺得這好像是湯姆・索爾和哈克・芬在觀看自己的葬禮一樣。」柔伊說。她坐在池緣，凝視著池裡的火光。熠熠燭光反射出下方硬幣的銀色，閃爍如星。池中的硬幣數量比過去還多，他想，這些應該都是替珍娜祈願的吧。他用手掬起一些水，水溫冷冽。他的動作讓有些蠟燭緩緩飄離。

艾弗朗緊張地四處張望，看著噴泉附近，以及漸漸變暗的影子。「我們該走了，」他說。「我可不希望有人在這裡看到妳。」

「有關我死亡的報導真是太誇大了。」柔伊說。她拭去眼淚，把鼻涕吸回去。「你說得對。現在怎麼辦？」

「控制器記錄了我找到這枚該死硬幣後去過的所有宇宙。」當然，除了那個他最在意的宇宙，也就是被奈特刪掉的部分。「之前我還不明白自己到底做了什麼，但看來每次只要許個願，就會把我的一個類比踢出他原本的生活，然後進到另一個人的生活圈裡。如果我們從最後一個開始，應該能把所有事情都恢復原狀。」

柔伊張大了嘴，但什麼都沒說，放在大腿上的雙手緊緊抓住控制器。

「我應該去了十幾個宇宙吧。我需要妳來設定座標，然後我抓住硬幣自己過去，就可以和我的類比交換，」他說。「妳準備好了嗎？」

柔伊點點頭。硬幣開始旋轉，然後在空中定位。

「好了。妳知道如何用控制器追蹤我的位置。」他繼續說。奈塞尼爾曾經教她使用控制器的進階功能，她也學得很快。現在她對控制器的瞭解和他不相上下。「現在很晚了，所以其他艾弗朗應該都在家。但請給我一點時間，讓我躲在比較隱密的地方。」他環顧四周。「妳或許也該躲起來，除非妳想面對和我交換後一頭霧水的類比。」

「我搞得定。」柔伊說。

「在妳找到我之後，我們就可以設定下一個座標。洗掉之後再重複。這樣就能夠追溯所有的地點，回到我許第一個願的時候。」

「知道了。」柔伊說，她深深地吸了一口氣。「你真的得這麼做嗎？我想那些人很可能沒發現這件事。如果把他們換回去，或許會對他們造成更大的困擾。」

「他們屬於自己原有的宇宙。」他說。

「但你不是說奈森和你去了一些地方好幾次？還有……珍娜？」

「我知道我沒辦法幫所有人恢復原本的生活。」比方說，他沒辦法讓過世的人再度復活。「但我會盡可能讓一切恢復原狀。」

「很好。」她站了起來。「這會是漫長的一晚。你準備好了嗎？」

艾弗朗伸手抓住硬幣。

第一趟旅程進行得很順利。艾弗朗發現他躺在自己的床上。在發生了那麼多事情之後，這實在是非常令人寬心的事。他坐起來，看著漆黑的房間，這是第一次他不想仔細端詳，不想察看這和自己的房間有什麼不同。如果他願意的話，大可以把這裡當成家。或許這是個愚蠢的任務。他自己不是說過了嗎？待在哪個宇宙都沒關係，重要的是人。他大可以留在這裡的。

「不行。」這樣實在太自私。他並不是為了自己才這麼做的，他是為了其他艾弗朗這麼做的……那些被趕出原本生活的艾弗朗。

他等了一個小時，但是柔伊卻一直沒出現。他在客廳裡來回踱步，想知道發生了什麼事，或她是否改變心意了。他不斷在黑暗中拋著硬幣，忖度著是不是該去找她。最後，有人按了公寓的門鈴。

「柔伊嗎？」他小聲地對著對講機說。

「不然你以為是誰？」她聽起來很煩躁。他幫她開了門。

她上樓後用力地敲門，他迅速開門讓她進來。

「輕一點。」他說。「不要把我媽吵醒。」

「我恨你。」她氣喘如牛地說。「我想辦法追蹤你的硬幣，但是我到這個宇宙時，還是在該死的公園裡，你根本不在那，我只好在**黑暗中**一路跑到這裡來。」她瞪著他，他不自覺地整理自己凌亂的頭髮。「天啊，我希望我沒把你吵醒。」她說。

「真糟糕，我很抱歉！」艾弗朗說。「我完全忘了控制器不會把妳送到我所在的地方。妳沒出現的時候，我還覺得奇怪呢。」

「你知道還有什麼奇怪的地方嗎？看見另一個艾弗朗取代你。你的類比相當不知所措，還一絲不掛，他甚至以為我是他春夢的一部分。直到我踢他一腳，他才知道這不是夢，我也對他沒興趣。」她笑了。

艾弗朗皺起了眉頭。「有必要那樣做嗎？」

「我不是那麼邪惡的人。我把奈特的外套給了他，這樣他就能好好回家，不會因為公然暴露被逮捕。」

「妳還真大方。」他從側面看她一眼。「所以……呃，妳看到了嗎？」

她神祕地笑了。「沒有什麼是我之前沒看過的，親愛的。」

他帶柔伊進了浴室。「妳在這裡等應該很安全。如果妳到了另一個宇宙，不知道我去了哪，就在這裡等我。下次我會去找妳。」

「希望接下來能夠一切順利。」柔伊說。

艾弗朗把硬幣丟進控制器，把座標設定在下一個宇宙。「下一站：差不多的地方。」她說。

硬幣邊旋轉邊發光，接著停了下來，扭轉成一個奇怪的角度。他嘆了一口氣，然後抓住硬幣。

在去了幾個宇宙之後，艾弗朗坐在家裡的沙發上。電視播著他沒看過的電影。那是部老電影，黑白的畫面在黑暗的房間中閃動。吉姆就在他身邊打呼，低垂著頭，左手還拿著剩下半碗的爆米花。

艾弗朗靜靜地爬起來，偷抓了一把爆米花。吉姆則在睡夢中急速地呼吸。艾弗朗溜出客廳，走到房間隔壁的浴室去等柔伊。

柔伊突然冒了出來，一邊的膝蓋撞上馬桶水箱。

「唉唷。」她說。

「噓！」艾弗朗小聲說。「我們得保持安靜。」

「我們是要獵小白兔嗎？」柔伊挑起了眉毛，他把硬幣放進控制器裡。

「現在是獵鴨季。」他說。

「獵兔季。」她笑了。

「獵鴨季。」

「獵兔季。」柔伊設定了下一個座標。

「獵兔季！」艾弗朗說，然後抓起了硬幣。

艾弗朗又再次回到床上，但輕柔的呼吸聲讓他知道房裡還有人。他屏住了呼吸，緩緩將頭側向左邊。

睡在那裡的是瑪莉，她弓起了背側睡，棕色的長髮散落在臉頰上。艾弗朗一動也不敢動。

他等了好一陣子，接著才緩緩地離開床上。他當然穿著衣服，但他看見了一條他認得的四角短褲，就放在他和瑪莉的衣服旁邊。他搖了搖頭，然後躡手躡腳地走進浴室。

他一關上門，柔伊就出現在他的後方。

「獵鴨季！」她說，聲音迴盪在小浴室裡。「開火！」

「啊！」艾弗朗轉過身。「妳嚇到我了。」

在水槽上方的日光燈映照下，柔伊對他眨了眨眼。

瑪莉的聲音從臥室傳了過來。「艾弗朗？」

柔伊驚訝得目瞪口呆。「那是什麼聲音？你帶了女孩子過來？那是誰？是我嗎？」

柔伊把頭靠過去，開始轉動門把。

「妳在幹麼？」他小聲地說。

「我只是想看一眼。」

「艾弗朗？你還好嗎？」瑪莉說。

「聽起來像瑪莉的聲音，」柔伊說。「或者是這個世界裡的雪萊？或是兩者皆是？是兩個人的合體，對吧？你這狗娘養的。」

「我們沒時間管這件事了。」艾弗朗把硬幣丟進控制器裡，柔伊挺直了腰。

「你真是無趣。你一定來自無聊的世界。」她挑起了眉毛。「你確定不用讓你們兩個在這裡獨處幾分鐘？」

艾弗朗揮了揮手。「我們趕快繼續吧，好嗎？」

「好啦。抱歉。」

艾弗朗拿起硬幣時，他心想和自己交換位置的那個類比一定不會感謝他，因為他奪走了那個人在這個暫居世界中的一切。

艾弗朗發現自己出現在另一間浴室，顯然不是他家的浴室，因為他不認得這地方。他正蹲在馬桶上，從馬桶裡的穢物和氣味看來，另一個他必定喝太多了。他突然一陣反胃，趕緊離開馬桶。

「哇啊，好個派對咖。」他說。

不斷打在牆上的重低音告訴他外面正在舉行派對。但這是誰的派對？

他走出浴室，掃視人群。他看見瑪莉和雪萊在舞池的角落跳舞。他偷偷的溜了出去，發現至少他還在薩默塞鎮上。他想這個地方應該是瑪莉和雪萊的家。

他跑回自己的公寓，體驗了之前柔伊從公園跑到他家的感受。他溜進家裡，擔心媽媽正在等他，於是趕緊溜進了廁所。柔伊正坐在電視前玩電動。他進門時，她抬頭看了他一眼，發現他正在滴汗。

「嗯，這一定不是個無聊的世界，」柔伊說。「你去了哪？」

「另一個我去某個地方參加派對。」

「我也發現了。我看到他和你交換時，那個爛醉如泥的樣子。他就直接睡在上一個宇宙的浴室地板上。」柔伊走到他後面，一隻手環住艾弗朗的腰。她手上拿著控制器，艾弗朗把硬幣丟了進去，她靠得更近了，轉頭在他的肩膀上打哈欠。他不知道她為什麼突然變得這麼友善，不過這也沒什麼好抱怨的。他一隻手環抱著她，想保持這樣待一會兒。

「他一定很難解釋，尤其又醉成那樣，」艾弗朗說。「嘿，我們快完成了，柔伊。我該繼續了。」

她點點頭，從他身上移開。等她放開他之後，他就抓住了硬幣。

到了下一個宇宙裡，他坐在電腦前，螢幕上正播著色情片。他迅速關掉螢幕，正覺得袒露的手臂有些刺痛時，柔伊就出現了。四周的空氣順著她的輪廓湧動、劈啪作響，彷彿她從虛空中浮出。她面帶微笑掃視房間。

她故作輕鬆地把頭髮從眼睛上撥開，好像她不是剛從其他宇宙來的一樣。

「糟糕。我忘了先進浴室，」她說。「希望我沒打斷什麼。」她咯咯地笑著。

艾弗朗看了關上的螢幕一眼。「妳發現他在做什麼了，對吧？」

「真尷尬。就好像媽媽突然跑進你房間，或是你突然被拉進一個平行宇宙，現身在你暗戀的女孩面前一樣。」

艾弗朗嘆了一口氣。

「他尖叫著衝進浴室，」柔伊說。「這也就是為什麼我沒辦法到那裡面去。你確定你是在幫助這些人嗎？那個人在發生這件事之後，或許需要接受心理治療。」

「還剩下幾個？」艾弗朗問，他打了個哈欠。黎明的第一道灰色光芒從窗外照射進來，已經是清晨了。他覺得好像一輩子都在各個宇宙之間和別人交換位置。他努力忽略自己胃中的那股鈍痛。

「我們快完成了。只剩下幾個座標，」柔伊說，她把控制器放了下來。「有種好香的味道。」

接著他也聞到了：煎培根的味道。

他想像媽媽在隔壁替他做早餐的樣子。他非常想待在這裡，但她是別人的媽媽啊。他奪走了那個艾弗朗的幸福。如果他打算回到原本的生活，就得接受原本的一切。

他想著自己最初的幾個願望。「還剩下三趟了。」他說。

「但我們只有兩個座標。」

他苦笑著說：「我知道。」

接下來的兩次轉換都沒什麼問題。兩次艾弗朗都正好出現在床上。這些類比顯然很清楚要怎麼找樂子。

「就這樣了。」柔伊說。

「我很肯定這些座標應該有固定的模式，」他說。「最前面的幾個數字看起來都一樣。」那表示這必定是某個多重宇宙的附屬宇宙，其他的數字則在不同的地方出現零。

「是啊。」柔伊說。她敲進前幾個數字。「我們已經很接近你的宇宙，近到你可以自己回去了嗎？」

「我想只要再轉換一次就行了，但第一次我許了一個很大的願望。」他很想知道回到原本的宇宙裡會是什麼情形。奈特說他媽媽又開始喝酒了。他希望那不是真的，但如果真是如此……他一定要想出一些辦法來幫他媽媽。這問題不能靠魔法解決，儘管他非常希望魔法有用。

艾弗朗閉上雙眼。「我要試試看。」

柔伊讓硬幣不斷地轉動，他則把手放在她握著控制器的手上。雖然硬幣慢了下來，卻沒有停止轉動。最後，硬幣維持在一種緩慢轉動的狀態，不斷地翻轉著。正面、反面、正面、反面。

艾弗朗記得他許第一個願時，硬幣是正面的。當然他現在知道硬幣的正反面只會影響他旅行的方向。如果一直都是他以自己的想法引導硬幣，或許他會去到「壞的」宇宙，是因為他下意識覺得反面的結果會比正面差。這都是他內心的想法，正面和反面僅僅角度不同，無關好壞。

他盡量專心想著自己原本的宇宙，尤其是他的母親、奈森、珍娜的樣子。在抓住硬幣前，他要做好心理準備。此時浮在空中的硬幣突然停了下來，反面朝上。柔伊狐疑地看著他。

反面。這樣應該是對的。如果他要回去原本的地方，就該是反面，那沒有不好的涵義。

他閉上了雙眼，然後，反正也沒什麼壞處，他喃喃說道：「沒有地方比得上家。」接著他放開了柔伊的手與控制器，輕輕地把手放在硬幣下方，緩緩地握住。

這次的移動和之前完全不同。他感到胃中有種異常的抽痛與刺痛感，彷彿先被壓縮然後再擴大。他只覺得自己被輕輕地扯了一下，但其實他已經到了和上個宇宙看來一模一樣的新宇宙。他向前跪倒，鬆手將硬幣掉在柔軟的地毯上。

他用力吸了一口氣，聞到了陳年累積的菸味。

他想在柔伊來之前先檢查一下。他迅速從地上爬起來，跑到廚房去。他打開了冰箱上面的櫃子，發現媽媽偷藏的酒。那些瘦瘦長長的瓶子排成一列，就像士兵一樣。他從來沒想到自己會為了看到這些鬼東西而高興。

他溜進客廳，看到了熟悉的另一幕。他媽媽昏睡在沙發上，旁邊有個橫放的空酒瓶，忘了熄的香菸已經燒成了一條蛇狀的灰燼，躺在三年級時他幫她做的黏土菸灰缸上搖搖欲墜。他原本做那個是要來裝糖果的。

艾弗朗回到寢室等柔伊。

「成功了嗎？」柔伊在他身後說。

她的突然出現讓艾弗朗嚇了一跳。「如果妳一直這樣的話，我就要在妳身上繫個小鈴鐺了。」他說。接著他抱緊她。柔伊起初緊張了一下，但他感覺她漸漸在他的臂彎中放鬆下來。

「我想我辦到了。」他把手放在門把上。「如果這不是我的家，也非常接近了。」

「太棒了，」柔伊說。「那現在怎麼辦？」

「我想給妳看樣東西。噢！我想我會需要這個。」他把硬幣從地上撿起來，然後放進口袋裡。

「別忘了這些東西。」柔伊說。她拿出了他的皮夾和鑰匙。

「但是我有我的……」他檢查了另一個口袋，拿出了同樣的錢包與鑰匙。

「妳在哪裡拿的？」他小聲地說。

「就在那邊，你桌上拿的。」柔伊指著。

他笑了。他媽媽一定是從醫院回家之後，把這些東西還給了他的類比。這正是證實他回到家的證據。

她也想到了這點。

「噢。」她說。她打開了皮夾。

「妳應該沒事吧？」

她聞了一下，然後把皮夾塞進她的口袋裡。「對了，你說你要給我看什麼？」

艾弗朗搔了搔脖子，因為有根小樹枝讓他脖子發癢。他和柔伊正躲在樹的後面，看著對街珍娜的房子。天色已近早晨，整個世界籠罩在一片灰色的光芒下，看起來好像要下雨了。

「我們為什麼要偷看我的房子？」她說。

「等著看吧。」艾弗朗說。他清楚地感受到她的氣息緊貼臉龐，而她的手臂是如此靠近。

前門開了。「妳看。」他說。

琳達‧金轉身關門，接著彎腰拾起報紙。她把報紙夾在腋下，走向車道，手上還拎著鑰匙圈。

「媽媽？」柔伊說。她站高了一些，艾弗朗用手壓住她的肩膀。

金太太停下腳步，看向對街他們躲藏的地方。她走到了草皮邊緣，往他們的方向注視片刻。

「她不可能看到我們。」艾弗朗小聲地說。柔伊靜默無聲。

金太太最後轉身坐進車子。她倒車出了車道，從他們面前駛過。

柔伊緊抓樹幹。「我只在照片裡看過她。」她說。

「我還以為——」

「很謝謝你替我做這件事，艾弗朗。謝謝你。」

「妳不開心。」他失望地說。

「看到她我很高興，但是……」她猶豫地吸了一口氣，看著房子的大門。「實在發生太多事了，一件接著一件，我累了。」

艾弗朗不確定自己帶她來這裡對不對。

「我準備要回家了。」柔伊說。

這麼快？艾弗朗心裡想著。

柔伊彈開控制器。「嗯……我們要怎樣送我回家？」她盯著小小的螢幕問。「這個東西沒辦法讓我自己回家，我也沒辦法使用硬幣。」

艾弗朗點點頭。「既然我們有了這個宇宙的座標……」他停頓了一下，讓柔伊再確認一次。「我可以用硬幣和控制器把妳送回去，然後我自己再用硬幣回來。除非……」

柔伊抬起了頭，髮絲拂過肩膀。「怎樣？」

「除非妳想待在這裡？」艾弗朗努力壓抑聲音中的急迫，不過既然沒什麼用，他想他該坦白以對。「我真的很喜歡妳，柔伊。妳是這整個事件中唯一讓我懷念的。」

「噢。」柔伊有些哀傷地微笑著。「這麼說我很心動，但你說過：我們都屬於自己的宇宙。這裡沒有容得下我的地方。」她看著那間房子。艾弗朗一轉身，發現珍娜正從窗口看著自己和柔伊。

他依然無法抹去腦中珍娜屍體漂浮著的景象，但在這裡，在這個宇宙裡，此時此刻，她卻是活生生的一個人。

艾弗朗轉身面對柔伊。

「我得走了。」她說。

「好吧。如果這是妳所希望的，那麼我們就送妳回家吧。」他說。

柔伊把控制器的座標捲動到她的宇宙，那個座標在清單的另一頭，他們彼此之間相隔了許多個宇宙。艾弗朗把硬幣丟進控制器，他伸出左手握住柔伊時，硬幣瘋狂地轉動。他帶她走到一棵樹後面，好擋住珍娜的視線。接著他用右手在空中抓住了硬幣。

柔伊回到家時看來一派輕鬆。她環顧四周，彷彿在檢視這一切是否與她的記憶相符。

「你真是個紳士，送我回到我的世界。」她捏了一下他的手。

「這是我的榮幸，女士。能夠和妳一起旅行是我的榮幸。」

他們同時鬆開了手。

「那麼，」柔伊說。「我想我們再會了。你不久之後就會看到另一個我，但我再也看不到你了，是嗎？」

艾弗朗舉起了手，替她拂開臉頰上的一些頭髮。

「她不是妳。」艾弗朗說。

柔伊閉上了雙眼，深深地吸了一口氣。她張開眼睛時笑了。「這樣的話，你最好離開了，以免節外生枝。」

艾弗朗不會因為她話裡的暗示而生氣，但他知道待得越久，他就越難離開，不是離開這個地方，而是離開她。

他點點頭，然後等到自己有辦法的時候才開口。即使如此，他的聲音聽起來還是有些沙啞。

「那麼，就請妳把座標設定在我的宇宙。那裡沒有人會和我交換，所以妳不用擔心要怎麼處理另一個我。」他舔了舔嘴脣。「但為了安全起見，我希望妳在我離開之後，把控制器毀了。這是唯一能確保不會有人再使用控制器的方法。」

「奈塞尼爾說你可能會要我做這件事。我想他會有點失望，因為他以為我們會追隨他的腳步。」

「我們必須走自己的路。」艾弗朗說。

他再次拋起了硬幣，硬幣在晨光裡閃閃發亮。他接住了硬幣。

「我希望——」他開口說。

「別再許願了。」

柔伊把他的手拉到控制器上，讓他把硬幣放進凹槽中。柔伊打開控制器，在硬幣停止旋轉時，他直視著她的雙眼。他腦中有千言萬語，最後他卻只能說出：「再見，柔伊。」

「再會。」她說。

他拿起了硬幣。

艾弗朗聽到一聲尖叫。他抬起頭來，竟然看見留在上一個宇宙的女孩。他一度以為他哪都沒去。或許硬幣壞了，或是他許願時不夠專心……

但沒多久他就發現這個人不是柔伊。她推了一下眼鏡，薰衣草色鏡框後的雙眼正盯著他看。

「珍娜。」他說。

「艾弗朗？」她問。她的聲音有些害怕。「你是怎麼辦到的？」

「如果我嚇到妳了，真的很抱歉。這件事……一言難盡。」他說。他沒辦法跟她說這只是魔術詭計，因為他就突然出現在她面前幾呎遠的地方。而且他也不想騙她。他在其他地方對她說過謊，只是讓自己有麻煩，而且她也證明了她是能夠理解一切的人。

「我想一秒鐘之前我還看見有人跟你在一起。是個女孩。」珍娜說。她環顧著四周。「她去哪了？」

「我可以跟妳解釋，不過需要一些時間。而且妳也可能不相信我。」他說。特別是這次，他沒辦法用示範的方式證明給她看。不過，他身上還有奈特的相機，裡面全是在其他宇宙中拍的照片。「妳覺得我們能聊一下嗎？」他問。

「我正準備要去上班。」

「我陪妳走到圖書館，然後跟妳說明一切。」他說。

「好，我想這會是件有趣的事。」

「或許妳也可以告訴我前些日子發生了哪些事。」

她一臉困惑的樣子。「你說得好像你曾經離開一樣。」

「確實如此。」

「但我昨天晚上還和你見過面啊。」她說。「你手裡那個是什麼東西？」

「一個紀念品，」他說。「一枚硬幣。」

艾弗朗攤開了手。這枚硬幣現在只是個亮銀色的碟形物而已，冰冷而平凡。讓他回到自己的宇宙卻沒和其他類比交換，還耗盡了全部的電力。此外，柔伊應該已經摧毀了控制器，切斷了他與她聯絡的唯一方式。現在他們已經無法再見到對方了。

他看著珍娜，想知道他們是否能夠擁有那種關係，就像柔伊和她的艾弗朗一樣。

他如果沒看過各種可能性就回到原本的生活，一定會覺得不甘心。如果他的決定是對的，他知道自己能夠幫助媽媽，並且讓自己和奈森之間的友誼更上一層樓。他也可以告訴珍娜自己對她的感受，很有自信地知道她很可能也是這麼想。

他拋了硬幣然後接住了。

「正面還反面？」珍娜問。

艾弗朗用拇指撫摸著平滑的碟面，他看了空白的碟面一眼笑了。

「人頭朝上。」

公平硬幣系列一

人頭朝上

FAIR COIN

潮流文學

人頭朝上（公平硬幣系列一）

（原名：FAIR COIN）

著　者／E．C．邁爾斯(E. C. Myers)
譯　者／游懿萱
發 行 人／黃鎮隆
總　編　輯／洪琇菁
協　理／陳君平
美術編輯／李政儀
執行編輯／鄭心彤
國際版權／林孟璇、劉惠卿
企劃宣傳／邱小祐、劉宜蓉、吳姍
文字校對／施亞蒨
內文排版／謝青秀

出版／城邦文化事業股份有限公司　尖端出版
台北市中山區民生東路二段一四一號十樓
電話：（〇二）二五〇〇—七六〇〇
傳真：（〇二）二五〇〇—二六八三
E-mail：7novels@mail2.spp.com.tw

發行／英屬蓋曼群島商家庭傳媒股份有限公司城邦分公司　尖端出版
台北市中山區民生東路二段一四一號十樓
電話：（〇二）二五〇〇—七六〇〇（代表號）
傳真：（〇二）二五〇〇—一九七九

中彰投以北經銷（含宜花東）／高見文化行銷股份有限公司
電話：〇八〇〇—〇五五—三六五
傳真：（〇二）二六六八—六二二〇

雲嘉經銷／威信圖書有限公司　嘉義公司
電話：（〇五）二三三—三八五二
傳真：（〇五）二三三—三八六三

南部經銷／威信圖書有限公司　高雄公司
客服專線：〇八〇〇—〇二八—〇二八
電話：（〇七）三七三—〇〇七九
傳真：（〇七）三七三—〇〇八七

香港經銷／城邦（香港）出版集團有限公司
香港灣仔駱克道一九三號東超商業中心1樓
電話：（八五二）二五〇八—六二三一
傳真：（八五二）二五七八—九三三七
E-mail：hkcite@biznetvigator.com

新馬經銷／城邦（馬新）出版集團Cite（M）Sdn. Bhd.
E-mail：cite@cite.com.my
大眾書局（新加坡）POPULAR（Singapore）
E-mail：feedback@popularworld.com
大眾書局（馬來西亞）POPULAR（Malaysia）
E-mail：popularmalaysia@popularworld.com

法律顧問／王子文律師　元禾法律事務所
台北市羅斯福路三段三十七號十五樓

二〇一六年九月一版一刷

■中文版■

郵購注意事項：
1. 填妥劃撥單資料：帳號：50003021戶名：英屬蓋曼群島商家庭傳媒(股)公司城邦分公司。2. 通信欄內註明訂購書名與冊數。3. 劃撥金額低於500元，請加附掛號郵資50元。如劃撥日起 10～14日，仍未收到書時，請洽劃撥組。劃撥專線TEL：(03) 312-4212 ・ FAX：(03) 322-4621。E-mail：marketing@spp.com.tw

國家圖書館出版品預行編目(CIP)資料

人頭朝上（公平硬幣系列一）/ E・C・邁爾斯作 ；
游懿萱譯．— 1版．—［臺北市］：尖端出版 ：
家庭傳媒城邦分公司發行，2016.09
冊 ： 公分

譯自 ：FAIR COIN
ISBN 978-957-10-6767-4(平裝)

874.57 105009937